DU MÊME AUTEUR

Aux Éditions Gallimard, dans la collection « Écoutez lire »

LE COUTEAU, 2024

Aux Éditions JC Lattès

GRIMUS, 1977 (FOLIO N° 7257)

Aux Éditions Stock

LES ENFANTS DE MINUIT, 1983 (FOLIO N° 5029)

Aux Éditions Plon

LES VERSETS SATANIQUES, 1989 (FOLIO N° 5343)
EST, OUEST, 1997 (FOLIO N° 5263)
LA HONTE, 1998 (FOLIO N° 5324)
LE DERNIER SOUPIR DU MAURE, 1999 (FOLIO N° 4949)
LA TERRE SOUS SES PIEDS, 1999 (FOLIO N° 5196)
FURIE, 2001 (FOLIO N° 5162)
FRANCHISSEZ LA LIGNE, 2003
HAROUN ET LA MER DES HISTOIRES, 2004 (FOLIO N° 5094)
SHALIMAR LE CLOWN, 2005
L'ENCHANTERESSE DE FLORENCE, 2008 (FOLIO N° 5030)
LUKA ET LE FEU DE LA VIE, 2010 (FOLIO N° 5342)
JOSEPH ANTON, 2012 (FOLIO N° 5654)

Aux Éditions Christian Bourgois

PATRIES IMAGINAIRES, 1993

Aux Éditions Actes Sud

DEUX ANS, HUIT MOIS ET VINGT-HUIT NUITS, 2016
LA MAISON GOLDEN, 2018
QUICHOTTE, 2019
LANGAGES DE VÉRITÉ, 2022
LA CITÉ DE LA VICTOIRE, 2023

Du monde entier

SALMAN RUSHDIE

LE COUTEAU

RÉFLEXIONS SUITE À UNE TENTATIVE D'ASSASSINAT

Traduit de l'anglais
par Gérard Meudal

nrf

GALLIMARD

Titre original :

KNIFE

Illustration p. 21 : photo © PVDE / Bridgeman images.

Ce livre est dédié
aux hommes et aux femmes
qui m'ont sauvé la vie.

Nous sommes différents, nous ne sommes plus ce que nous étions avant la calamité d'hier[1].

SAMUEL BECKETT

1. Samuel Beckett, *Proust*, traduit de l'anglais par Édith Fournier, Éditions de Minuit, 1990. *(Toutes les notes sont du traducteur.)*

PREMIÈRE PARTIE

L'Ange de la Mort

1

LE COUTEAU

À dix heures quarante-cinq le 12 août 2022, par un vendredi matin ensoleillé dans le nord de l'État de New York, j'ai été attaqué et j'ai failli être assassiné par un jeune homme armé d'un couteau juste après être monté sur scène dans l'amphithéâtre de Chautauqua pour y parler de l'importance de préserver la sécurité des écrivains.

J'étais accompagné de Henry Reese, cofondateur avec son épouse Diane Samuels du projet de Pittsburgh Ville Refuge, qui donne asile à un certain nombre d'écrivains en danger dans leur propre pays. Henry et moi étions venus à Chautauqua parler de la création en Amérique de lieux sûrs destinés à des écrivains venus d'ailleurs et de mon engagement dès les prémices de ce projet. Cela faisait partie d'un programme d'une semaine de manifestations organisées par l'Institution de Chautauqua intitulé « Plus qu'un refuge. Redéfinir l'accueil américain ».

Nous n'avons jamais eu cette conversation. Et je n'allais pas tarder à découvrir que, ce jour-là, l'amphithéâtre n'était pas pour moi un lieu sûr.

Je revois encore l'instant au ralenti. Mes yeux suivent la course de l'homme qui jaillit du public et vient vers moi.

Je distingue chaque pas de sa course effrénée. Je me vois me lever et me tourner vers lui. (Je continue à lui faire face. Je ne lui ai jamais tourné le dos. Je n'ai aucune blessure dans le dos.) Je lève la main gauche dans un geste d'autodéfense. Il y plonge le couteau.

Ensuite je reçois de nombreux coups, au cou, à la poitrine, à l'œil, partout. Je sens que mes jambes me lâchent et je m'écroule.

*

Le jeudi 11 août avait été ma dernière soirée insouciante. Henry, Diane et moi nous étions promenés en toute légèreté dans le parc de l'Institution et nous étions retrouvés pour un dîner agréable au restaurant 2 Ames au coin de la partie verdoyante du parc nommée Bestor Plaza. Nous avions évoqué le discours que j'avais prononcé dix-huit ans auparavant à Pittsburgh sur mon rôle dans la création du Réseau international des villes refuges. Henry et Diane y avaient assisté et s'en étaient inspirés pour faire aussi de Pittsburgh une ville refuge. Ils avaient commencé en finançant une petite maison et en soutenant financièrement un poète chinois, Huang Xiang, qui eut cette initiative frappante de recouvrir les murs extérieurs de sa nouvelle demeure d'un poème en grands idéogrammes chinois à la peinture blanche. Henry et Diane développèrent progressivement le projet jusqu'à disposer de toute une rue de maisons refuges, Sampsonia Way, dans les quartiers nord de la ville. J'étais heureux d'être à Chautauqua pour fêter leur réussite.

Ce que j'ignorais c'était que mon assassin en puissance était déjà présent sur les lieux de l'Institution de Chautauqua. Il y était entré sous une fausse identité, un faux nom inventé à partir du véritable nom de certains extrémistes musulmans chiites bien connus, et au moment même où nous rentrions de dîner vers là où nous étions logés, il était là lui aussi quelque part dans les environs. Il y était depuis deux nuits, rôdant aux alentours, dormant à la dure, étudiant les lieux de l'attentat qu'il projetait, ourdissant son plan sans se faire remarquer par aucune caméra de surveillance ni par aucun vigile. On aurait pu tomber sur lui à n'importe quel moment.

Je ne veux pas évoquer son nom dans ce récit. Mon agresseur, mon aspirant assassin, l'Imbécile qui s'est imaginé des choses sur mon compte et avec qui j'ai eu un Rendez-vous quasi mortel, je me suis surpris à penser à lui, et on peut le comprendre, sous l'aspect d'un âne. Quoi qu'il en soit, dans le cadre de ce texte, je l'évoquerai sous un nom plus formel : « le A. ». Quant aux noms que je lui donne pour mon usage personnel, cela ne regarde que moi.

Ce « A. » ne s'est pas donné la peine de se renseigner sur l'homme qu'il avait décidé d'assassiner. De son propre aveu, il avait à peine lu deux pages de mes écrits et regardé deux ou trois vidéos de moi sur YouTube, et c'était parfaitement suffisant pour lui. On peut donc en déduire que, quels qu'aient été les motifs de l'agression, ce n'étaient pas *Les versets sataniques* qui étaient en cause.

Je vais tenter dans ce livre de les comprendre.

*

Le matin du 12 août, nous avons pris un petit déjeuner de bonne heure en compagnie des mécènes de la manifestation, à l'extérieur, sur la terrasse ensoleillée du majestueux hôtel Athenaeum de l'Institution. Je n'aime pas les petits déjeuners copieux et je me contentai d'un café et d'un croissant. J'ai fait la connaissance du poète haïtien Sony Ton-Aime qui dirige le département des arts littéraires Michael I. Rudell de Chautauqua et qui était chargé de nous présenter sur scène. Nous avons brièvement parlé de livres et de la question de savoir s'il est bien ou mal de commander de nouveaux ouvrages sur Amazon (j'avoue qu'il m'est arrivé de le faire). Puis nous avons traversé le hall de l'hôtel, franchi une petite cour pour gagner les coulisses de l'amphithéâtre où Henry m'a présenté à sa mère nonagénaire, ce qui fut charmant.

Juste avant que nous n'entrions en scène on m'a tendu une enveloppe contenant un chèque, les honoraires de mon intervention. Je l'ai glissée dans la poche intérieure de ma veste, et il était l'heure de commencer. Sony, Henry et moi sommes entrés en scène.

L'amphithéâtre peut accueillir plus de quatre mille personnes. Toutes les places n'étaient pas occupées mais il y avait beaucoup de monde. Nous avons été brièvement présentés par Sony qui s'exprimait à un pupitre placé à gauche de la scène. J'étais assis à droite. Le public applaudit chaleureusement. Je me souviens d'avoir levé la main pour le remercier. À cet instant, du coin de mon œil droit, et c'est bien la dernière chose que mon œil droit aura perçu, je vis l'homme en noir foncer vers moi en descendant l'allée située du côté droit des sièges. Vêtements noirs, masque noir sur le visage, il arrivait menaçant et concentré, un véritable missile. Je me levai, le regardai approcher. Je n'ai pas tenté de fuir. J'étais pétrifié. Il s'était écoulé trente-trois ans et demi depuis la fameuse condamnation à mort prononcée par l'ayatollah Ruhollah Khomeyni contre moi et tous ceux qui étaient impliqués dans la publication des *Versets sataniques*, et pendant ces années, je l'avoue, j'ai parfois imaginé mon assassin se lever de quelque assemblée publique ou autre et foncer vers moi exactement de cette façon. Aussi, ma première pensée quand je vis cette silhouette meurtrière se précipiter vers moi fut : *C'est donc toi. Te voilà.* On raconte que les dernières paroles de Henry James ont été : « Elle a donc fini par venir, la chose distinguée. » La mort venait à moi, également. Mais elle ne m'a pas frappé comme une chose distinguée. Je l'ai trouvée anachronique. Ce fut ma seconde pensée : *Pourquoi maintenant ? Vraiment ? Il s'est passé tant de temps. Pourquoi maintenant, après toutes ces années ?* Le monde était assurément allé de l'avant et cette question était réglée. Et pourtant ici, approchant à toute vitesse, il y avait une sorte de voyageur temporel, un fantôme meurtrier surgi du passé.

Aucun personnel de sécurité n'était présent dans l'amphithéâtre ce matin-là – pourquoi ? Je ne sais pas. Il put donc sans obstacle foncer sur moi. Je me tenais là, je le regardais cloué sur place comme un stupide lapin ébloui par les phares.

Puis il m'atteignit.

Je n'ai jamais vu le couteau ou du moins je n'en ai aucun souvenir. Je ne sais pas s'il était long ou court, pourvu d'une large lame comme les couteaux de chasse Bowie ou étroit comme un stylet, un couteau à pain dentelé, une lame courbe en forme de croissant, un couteau à cran d'arrêt de gamin des rues ou même un couteau à découper ordinaire volé dans la cuisine de sa mère. Je m'en fiche. Elle a été bien assez efficace, cette arme invisible, et elle a accompli sa tâche.

*

Deux nuits avant de prendre l'avion pour Chautauqua, j'ai fait un rêve où j'étais attaqué par un homme armé d'une lance, un gladiateur dans un amphithéâtre romain. Il y avait un public réclamant du sang à grands cris. Je roulais sur le sol d'un côté et de l'autre pour tenter d'éviter les coups du gladiateur et je hurlais. Ce n'était pas la première fois que je faisais un tel rêve. À deux reprises auparavant, tandis que dans mon rêve je me roulais à terre avec frénésie, mon véritable moi, endormi mais criant également, avait projeté son corps, mon corps, hors du lit et je m'étais éveillé en m'écrasant douloureusement sur le sol de la chambre.

Cette fois-ci, je ne tombai pas du lit. Mon épouse, Eliza, la romancière, poète et photographe Rachel Eliza Griffiths, me réveilla juste à temps. Je me redressai dans le lit, secoué par la violence et l'intensité du rêve. C'était comme une prémonition (même si les prémonitions sont des choses auxquelles je ne crois pas). Après tout, la salle de Chautauqua où je devais prendre la parole était aussi un amphithéâtre.

« Je ne veux pas y aller », dis-je à Eliza. Mais certaines personnes comptaient sur moi – Henry Reese comptait sur moi. L'événement avait été annoncé depuis un certain temps, des billets avaient été vendus et j'allais être généreusement rétribué pour ma venue. Il se trouve que nous avions d'importantes factures à payer pour la maison, tout notre système de climatisation était ancien, sur le point de lâcher et devait être remplacé, donc cet argent arriverait à point nommé. « Je ferais mieux d'y aller », dis-je finalement.

Chautauqua, la ville, tire son nom du lac Chautauqua sur la rive duquel elle est bâtie. « Chautauqua » est un mot de la langue érié parlée par le peuple érié mais ils ont tous deux disparu, le peuple et le langage, de sorte que le sens du mot n'est pas clair. Il peut signifier « deux mocassins », ou bien « un sac séparé en deux par un nœud », ou quelque chose de complètement différent. C'est peut-être une description de la forme du lac ou peut-être pas. Il y a des choses qui se perdent dans le passé où nous finirons tous, oubliés pour beaucoup d'entre nous.

J'ai découvert le nom pour la première fois en 1974, à peu près à l'époque où j'achevais mon premier roman. C'était dans le livre culte de l'année, *Traité du zen et de l'entretien des motocyclettes* de Robert M. Pirsig[1]. Je n'ai pas retenu grand-chose aujourd'hui de ce *ZAMM* comme on l'appelait, je ne m'intéresse guère ni aux motocyclettes ni au bouddhisme zen mais je me rappelle avoir aimé ce nom étrange et avoir aussi aimé l'esprit des colloques « Chautauqua » au cours desquels on débattait dans une atmosphère de tolérance, d'ouverture et de liberté. Le « Mouvement de Chautauqua » s'est répandu à travers l'Amérique à partir de cette ville de bord du lac et Theodore Roosevelt l'a qualifié de « chose la plus américaine d'Amérique ».

J'avais déjà pris la parole une fois à Chautauqua, presque exactement douze ans plus tôt, en août 2010. Je me souvenais bien de l'atmosphère douillette et préservée de l'Ins-

1. Robert M. Pirsig, *Traité du zen et de l'entretien des motocyclettes*, traduit de l'anglais par Maurice Pons, André et Sophie Mayoux, Seuil, 1978.

titution de Chautauqua, des rues propres et ordonnées, bordées d'arbres qui entourent l'amphithéâtre. (Mais à ma grande surprise ce n'était plus le même amphithéâtre. L'ancien avait été démoli et reconstruit en 2017.) Entre les murs de l'Institution, des gens grisonnants et larges d'esprit se retrouvaient pour former une communauté idyllique et vivre dans de confortables maisons de bois dont on ne jugeait pas nécessaire de verrouiller les portes. Passer un moment dans cet endroit donnait l'impression de remonter dans le temps vers un monde ancien, innocent, qui ne pouvait exister qu'en rêve.

Au cours de cette dernière soirée d'innocence, la nuit du 11 août, je me tenais tout seul devant la résidence et je contemplais la pleine lune qui brillait de tout son éclat au-dessus du lac. Seul, enveloppé dans la nuit, rien que la lune et moi, ensemble. Dans mon roman *La cité de la victoire*, les premiers rois de Bisnaga au sud de l'Inde prétendent descendre du dieu Lune, s'associant à la « Lignée lunaire » qui comprend parmi ses membres le seigneur Krishna et ce puissant guerrier qui ressemble à Achille, Arjuna dans le *Mahabharata*. J'aimais bien l'idée qu'au lieu que de simples Terriens montent sur la Lune à bord d'un vaisseau portant curieusement le nom du dieu grec du Soleil, Apollon, les divinités lunaires soient descendues depuis leur satellite sur la Terre. Je restai là un moment sous la lumière de la lune et je laissai mon esprit vagabonder autour de sujets lunaires. Je pensai à l'histoire apocryphe de Neil Armstrong posant le pied sur la Lune et murmurant « Bonne chance, M. Gorsky » parce que, quand il était petit garçon dans l'Ohio, il avait entendu ses voisins les Gorsky se disputer parce que M. Gorsky avait envie d'une fellation. « Quand le fils des voisins marchera sur la Lune, tu obtiendras satisfaction », lui répondait Mme Gorsky. Malheureusement l'histoire n'était pas vraie mais mon amie Allegra Huston en a fait un film comique.

J'ai aussi pensé à « La distance de la Lune », le récit d'Italo Calvino dans *Cosmicomics* qui évoque une époque où la Lune était beaucoup plus proche de la Terre qu'aujourd'hui, et où les amoureux pouvaient y monter d'un seul bond pour de romantiques rendez-vous galants lunaires.

Et j'ai pensé à *Billy Boy*, le dessin animé de Tex Avery, où une petite chèvre mange la Lune.

C'est ainsi que fonctionne ma pensée, par un jeu de libres associations.

Pour finir je me suis également souvenu du *Voyage dans la Lune* de Georges Méliès, un film muet de quatorze minutes, le classique des débuts du cinéma, datant de 1902, sur les premiers hommes à atteindre la Lune, en voyageant dans une capsule en forme d'obus tirée par un canon aux proportions immenses. Ils portent des chapeaux hauts de forme, des redingotes et tiennent des parapluies. La scène la plus fameuse du film est celle de l'alunissage.

Je ne me doutais pas en repensant à l'image du vaisseau spatial blessant l'œil droit de la Lune de ce que la matinée suivante réserverait à mon propre œil droit.

Je repense à cet homme heureux, moi-même, qui se tient là, baigné dans la lueur de la lune d'été par un mardi soir du mois d'août. Il est heureux parce que la scène est magnifique, parce qu'il est amoureux et parce qu'il a achevé son roman – il vient tout juste de mettre la toute dernière main à la correction des épreuves et ses premiers lecteurs sont enthousiastes. La vie lui paraît belle. Mais nous savons ce que lui ignore. Nous savons que l'homme heureux au bord du lac court un danger mortel. Mais il n'en a pas la moindre idée, ce qui ne fait qu'aggraver l'inquiétude que nous éprouvons pour lui.

Il s'agit là d'un procédé littéraire connu sous le nom de préfiguration. Un des exemples les plus célèbres en est le fameux début de *Cent ans de solitude*. « Bien des années plus tard, face au peloton d'exécution… » Lorsque nous, lecteurs, savons ce que le personnage ignore, nous avons envie de le mettre en garde : « Sauve-toi, Anne Frank, ils vont découvrir ta cachette demain. » Quand je repense à cette dernière soirée insouciante, l'ombre du futur s'abat sur ma mémoire. Mais je ne peux pas m'avertir moi-même. Il est trop tard. Je ne peux que raconter l'histoire.

Voici un homme seul dans l'obscurité, ignorant du danger qui est déjà très proche. Voici un homme qui va se coucher. Le lendemain matin sa vie va changer. Il n'en sait rien, le pauvre innocent. Il dort. Le futur fonce sur lui pendant son sommeil.

Sauf que, bizarrement, c'est vraiment le passé qui revient, mon propre passé qui fonce sur moi, non pas un gladiateur dans un rêve mais un homme masqué armé d'un couteau qui tente d'appliquer une sentence de mort vieille de trois décennies. Dans la mort, nous sommes tous des gens d'hier, à jamais piégés dans le passé. C'était dans cette cage que le couteau voulait m'enfermer. Non pas le futur. Le retour du passé qui cherche à m'attirer vers lui.

*

Pourquoi ne me suis-je pas défendu ? Pourquoi ne me suis-je pas enfui ? Je suis juste resté là comme une piñata et je l'ai laissé me fracasser. Suis-je faible au point de ne pouvoir esquisser le moindre geste de défense. Suis-je si fataliste que j'étais prêt tout simplement à me livrer à mon assassin ?

Pourquoi n'ai-je pas réagi ? D'autres, la famille, les amis, ont tenté de répondre à ma place. « Tu avais à ce moment-là soixante-quinze ans. Il en avait vingt-quatre. Tu n'aurais pas pu te battre contre lui. » « Tu étais probablement en état de choc avant même qu'il ne t'ait atteint. » « Qu'est-ce que tu aurais pu faire ? Il courait plus vite que toi et tu n'étais pas armé. » Et, inlassablement : « Mais où était donc la sécurité ? »

Je ne sais vraiment que penser ni comment répondre à ces questions. Certains jours j'éprouve de l'embarras et même de la honte à ne pas avoir réussi ne serait-ce qu'à tenter de riposter. D'autres jours je me dis de ne pas être stupide, qu'aurais-je bien pu faire de plus ?

Voici les réflexions auxquelles je suis parvenu et qui s'approchent le plus d'une explication de mon inaction : les victimes de violence traversent une crise dans leur compréhension de la réalité. Des enfants qui se rendent à l'école, une assemblée dans une synagogue, des clients dans un supermarché, un homme sur la scène d'un amphithéâtre sont tous, pour ainsi dire, les occupants d'une image stable du monde. Une école est un lieu d'éducation. Une synagogue est un lieu de culte. Un supermarché, un endroit voué au commerce. Une scène, un espace dédié au spectacle. Tel est le cadre dans lequel ils se voient.

La violence fait voler en éclats ce tableau. Soudain ils ne savent plus quelles sont les règles, ce qu'il faut dire, comment se comporter, quels choix faire. Ils ne connaissent plus la forme des choses. La réalité se dissout et est remplacée par l'incompréhensible. La peur, la panique, la paralysie l'emportent sur la pensée rationnelle. Il devient impossible de « penser juste » parce qu'en présence de la violence, les gens ne savent plus ce que pourrait vouloir dire « penser juste ». Ils sont, nous sommes, déstabilisés et même rendus fous. Notre esprit ne sait plus comment fonctionner.

Par cette splendide matinée, dans ce cadre agréable, la violence fonçait sur moi et ma réalité s'est écroulée. Il n'est peut-être pas très étonnant que, durant les rares secondes dont je disposais, je n'aie pas su quoi faire.

*

Les premiers jours après l'attentat, allongé dans mon lit d'hôpital alors que diverses parties de mon corps ne tenaient ensemble que grâce à des agrafes métalliques, je répétais fièrement à qui voulait l'entendre : « Je n'ai jamais perdu conscience et donc je me souviens de tout. » Je vois clairement à présent que c'était faux. Il est vrai que je suis resté confusément conscient de ce qui m'entourait et que je ne me suis pas complètement évanoui. Mais il n'est pas vrai que mes capacités d'observation fonctionnaient normalement ou quoi que ce soit de ce genre. L'assurance de mon affirmation était probablement dopée par les puissants antalgiques que l'on m'avait donnés à ce moment-là, du fentanyl, de la morphine, et j'en passe. Ce qui suit est donc un collage constitué de bribes de mes propres souvenirs ajustées avec d'autres témoignages oculaires et des informations de journalistes.

J'ai senti qu'il me frappait très fort sur le côté droit de la mâchoire. Je me rappelle m'être dit : « Il l'a cassée. Toutes mes dents vont tomber. »

Sur le moment j'ai pensé avoir été frappé par quelqu'un de particulièrement costaud. (J'ai appris par la suite qu'il avait pris des cours de boxe.) Maintenant je sais que dans ce poing, il y avait un couteau. Le sang a commencé à s'écouler de mon cou. En tombant, je me suis rendu compte qu'un liquide éclaboussait ma chemise.

Un certain nombre de choses se produisirent ensuite très rapidement et je ne peux affirmer dans quel ordre. Il y eut la large blessure au couteau à ma main gauche qui sectionna tous les tendons et la plupart des nerfs. Il y eut au moins deux autres entailles profondes sur mon cou, l'une en travers, l'autre plus à droite et une autre sur mon visage. Quand je regarde ma poitrine aujourd'hui, je vois une série de blessures qui descendent jusqu'au milieu, deux autres entailles en bas à droite et une autre en haut de ma cuisse droite. Et j'ai une blessure au côté gauche de la bouche et j'en avais une autre à la naissance des cheveux.

Et il y eut le coup de poignard dans l'œil. Ce fut le coup le plus cruel, une blessure profonde. La lame s'enfonça jusqu'au nerf optique, ce qui signifie qu'il n'y aurait aucune possibilité de sauver la vue de cet œil. Elle était perdue.

Il me poignardait sauvagement, de taille et d'estoc, le couteau volait vers moi comme animé d'une vie propre et je tombais à la renverse loin de lui tandis qu'il m'attaquait – mon épaule gauche heurta lourdement le sol dans ma chute.

*

Dans le public, certaines personnes, incapables de renoncer à l'image qu'elles avaient du monde pour faire face à ce qui était en train de se passer dans la réalité, ont pensé que l'agression devait être une sorte de performance artistique spectaculaire destinée à mettre en lumière les enjeux de la sécurité des écrivains dont nous étions venus parler.

Même Henry Reese, assis sur sa chaise, mit un certain temps à adapter sa perception de la réalité. Et puis il vit que l'homme « s'acharnait » sur moi, et il vit mon sang.

La suite relève du pur héroïsme.

Henry affirme avoir agi « instinctivement » mais je n'en suis pas sûr. Henry, tout comme moi, est septuagénaire et le A. avait vingt-quatre ans, il était armé et déterminé à tuer. Pourtant Henry traversa rapidement la scène et s'agrippa à lui. Selon moi, il serait plus juste de dire : il a agi conformément à ce qu'il y a de meilleur en lui. Tel qu'en lui-même en d'autres termes. Son courage est la conséquence de ce qu'il est.

Puis des gens du public sont aussi intervenus conformément à ce qu'il y avait de meilleur en eux. Je ne sais pas exactement combien de personnes sont accourues prêter main-forte mais depuis ma position sur le sol, j'étais conscient d'une masse de corps qui luttaient pour plaquer mon aspirant assassin même s'il était jeune, vigoureux, qu'il brandissait un couteau ensanglanté et qu'il n'était pas facile à maîtriser. Sans Henry et le public, je ne serais pas assis ici en train d'écrire ces mots.

Je n'ai pas vu leurs visages et je ne connais pas leurs noms mais ils furent les premiers à me sauver la vie. Ainsi lors de cette matinée à Chautauqua, j'ai connu à la fois le pire et le meilleur de la nature humaine, presque simultanément. C'est ce qui caractérise notre espèce. Nous avons en nous à la fois la possibilité d'assassiner un vieil étranger pratiquement sans raison, la capacité du Iago de Shakespeare que Coleridge qualifie de « *malignité* sans raison », et nous avons aussi l'antidote à cette maladie, le courage, l'altruisme, la volonté de risquer sa vie pour venir au secours de ce vieil étranger gisant au sol.

Et finalement un représentant de l'ordre est arrivé pour arrêter mon assassin potentiel. J'ignorais tout de cela. J'avais d'autres chats à fouetter.

*

On peut se servir d'une arme à feu de loin. Une balle peut accomplir un long trajet pour former un pont létal entre la victime et son assassin. Un coup de feu s'opère à distance mais une attaque au couteau suppose une forme de proximité, un couteau est une arme de combat rapproché et les crimes qu'il commet créent une rencontre intime. *Me voici, salopard,* chuchote le couteau à sa victime. *Je t'attendais. Tu me vois bien ? Je suis juste devant ton visage. Je plonge mon tranchant meurtrier dans ton cou. Tu le sens ? Et encore un coup. Et encore un autre. Je suis là. Je suis juste devant toi.*

D'après les informations, le A. passa vingt-sept secondes avec moi. En vingt-sept secondes, si vous avez une tournure d'esprit encline à la religion, vous pouvez réciter le Notre Père ou, si vous rejetez la religion, vous pouvez lire à haute voix un sonnet de Shakespeare, celui qui évoque une journée d'été peut-être ou mon préféré, le numéro 130 : « Ma maîtresse a des yeux qui n'ont rien du soleil[1]. » Quatorze pentamètres iambiques, une octave et un sizain.

C'est le temps que nous avons passé ensemble dans le seul moment d'intimité que nous partagerons jamais. Une intimité d'étrangers. C'est une expression qu'il m'est arrivé d'employer pour définir le moment joyeux qui se produit dans l'acte de lire, l'union heureuse de la vie intérieure de l'auteur avec celle du lecteur.

Mais cette union-ci n'avait rien d'heureux. Sauf pour le A. peut-être. Il avait atteint sa cible après tout. Sa lame s'enfonçait dans le corps de sa cible encore et encore et il avait toutes les raisons de penser qu'il avait réussi dans son entreprise et qu'il se tenait sur la scène de l'Histoire comme celui qui avait mis à exécution une antique menace.

1. William Shakespeare, *Sonnets*, traduit par Jean Fuzier dans l'*Anthologie bilingue de la poésie anglaise*, « Bibliothèque de la Pléiade », Gallimard, 2005.

Oui, je pense qu'il a dû se sentir heureux pendant notre moment d'intimité. Mais ensuite, il a été tiré en arrière et cloué au sol. Ses vingt-sept secondes de gloire étaient écoulées. C'était à nouveau personne.

*

Je me rappelle être allongé au sol et regarder la mare de sang qui s'écoule de mon corps. « Cela fait beaucoup de sang », me suis-je dit. Et puis j'ai pensé : « Je suis en train de mourir. » Je n'éprouvais pas cela comme un drame ou une chose particulièrement horrible. Cela semblait simplement probable. Oui c'était vraisemblablement ce qui était en train de se produire. C'était une évidence.

Il est rare de pouvoir décrire une expérience de mort imminente. Je voudrais d'abord raconter ce qui ne s'est pas produit. Il n'y avait rien de surnaturel là-dedans. Pas de « tunnel de lumière ». Je n'ai pas eu le sentiment de m'élever hors de mon corps. En fait je me suis rarement senti aussi fortement relié à mon corps. Mon corps était en train de mourir et il m'emportait avec lui. C'était une sensation physique intense. Plus tard, alors que j'étais hors de danger, je me suis demandé quelle pouvait être la nature ou l'identité de ce « moi », la personnalité qui habitait le corps mais ne se résumait pas à lui, cette chose que le philosophe Gilbert Ryle a appelée un jour le « fantôme dans la machine ». Je n'ai jamais cru à l'immortalité de l'âme et mon expérience à Chautauqua semble le confirmer. Ce « moi », quelles qu'en soient la nature ou l'identité, était certainement sur le point de mourir en même temps que le corps qui le contenait. Il m'est arrivé de dire, en plaisantant à moitié, que notre sentiment de l'existence d'un « moi » ou d'un « je » désincarnés pourrait indiquer que nous possédons une âme mortelle, une entité ou une conscience qui disparaissent en même temps que notre existence corporelle. Je crois à présent que ce n'est peut-être pas tout à fait une plaisanterie.

Étendu au sol je ne pensais à rien de tout cela. Ce qui occupait mes pensées et qui était pénible à supporter c'était l'idée que j'allais mourir loin de ceux que j'aimais, entouré d'étrangers. Ce que j'éprouvais le plus fort c'était un sentiment de profonde solitude. Je ne reverrais jamais Eliza, je ne reverrais jamais mes fils, ni ma sœur, ni ses filles.

« Que quelqu'un les prévienne », essayai-je de dire. Je ne sais pas si qui que ce soit m'a entendu ou compris. Ma voix me semblait lointaine, éraillée, hésitante, confuse, fausse.

Je voyais *à travers un verre obscurci*. J'entendais confusément. Il y avait beaucoup de bruit. J'avais conscience d'un groupe de gens qui m'entouraient, penchés sur moi, criant tous en même temps. Un dôme bruyant d'êtres humains qui enfermait mon corps couché à terre. *Une cloche*, pour recourir au vocabulaire culinaire. Comme si j'étais le plat principal sur un plateau servi *saignant*, et qu'ils me gardaient au chaud en maintenant, pour ainsi dire, le couvercle posé sur moi.

Il faut que je parle de la douleur parce que, sur ce point, mes propres souvenirs diffèrent considérablement de ceux des gens qui m'entouraient, un groupe dans lequel il y avait au moins deux médecins qui se trouvaient dans le public. Des membres de ce groupe ont déclaré aux journalistes que *je gémissais de douleur* et n'arrêtais pas de demander : « Qu'est-ce qu'elle a ma main ? Elle me fait tellement mal ! » Dans mes propres souvenirs, bizarrement, il n'y a aucune trace de douleur. Peut-être le choc et la confusion avaient-ils submergé la perception que mon esprit avait de la douleur. Je ne sais pas. C'est comme si on avait débranché mon moi « extérieur » présent au monde qui gémissait, et mon moi « intérieur » profond, qui était comme déconnecté de mes sens et se trouvait, je le pense maintenant, proche du délire.

Red Rum est l'anagramme de Murder. Red Rum, le cheval, a remporté trois fois le Grand National Steeplechase, en 73, en 74 et en 77. Voilà le genre de bêtises incohérentes qui me surgissaient entre les oreilles. Pourtant j'entendais certaines paroles prononcées au-dessus de ma tête.

« Découpez ses vêtements pour qu'on puisse voir les blessures », cria quelqu'un.

« Oh, pensai-je, mon beau costume Ralph Lauren. »

Il y eut alors des ciseaux, ou peut-être un couteau. Je n'en ai pas la moindre idée et mes vêtements me furent enlevés. Il y avait certaines choses dont les gens devaient s'occuper de toute urgence. Il y avait aussi des choses que j'avais besoin de dire.

« Mes cartes de crédit sont dans cette poche », marmonnai-je à quiconque était susceptible de m'écouter. « Mes clefs sont dans cette autre poche. »

J'entendis une voix d'homme dire : « Quelle importance ? »

Puis une autre voix : « Bien sûr c'est important. Ne sais-tu pas qui c'est ? »

J'étais probablement en train de mourir, alors en effet, quelle importance ? Je ne m'attendais pas à avoir encore l'usage de clefs ou de cartes de crédit.

Mais aujourd'hui, quand j'y repense, quand j'entends ma voix cassée insister sur ces objets, les objets de ma vie quotidienne normale, je me dis qu'une part en moi, une part combattante profondément enfouie en moi, n'avait tout simplement pas prévu de mourir et avait bien l'intention de se servir à nouveau de ces clefs et de ces cartes, dans le futur, un futur auquel cette part intime de moi-même persistait à croire de toutes ses forces.

Une part de moi murmurait : *Vivre. Vivre.*

*

Sachez que j'ai tout récupéré, les cartes, les clefs, ma montre, un peu d'argent, tout. Rien n'a été volé. Je n'ai pas récupéré le chèque qui était dans ma poche intérieure. Il était taché de sang et la police l'a donc gardé comme pièce à conviction. Pour la même raison, ils ont aussi gardé mes chaussures. (Des gens m'ont demandé pourquoi j'étais tellement surpris qu'aucun de mes objets personnels n'ait été subtilisé. Pourquoi quelqu'un voudrait-il voler dans un moment aussi terrible ? J'imagine que parfois je me fais moins d'illusions sur la nature humaine que ces gens qui m'ont posé la question. Je suis heureux de voir que mes soupçons ne se sont pas vérifiés.)

*

Je sentais la pression d'un pouce sur mon cou. On aurait dit un gros pouce. Il appuyait sur la blessure la plus profonde pour empêcher le sang de jaillir. Le propriétaire de ce pouce ne cessait de se présenter à qui voulait bien l'entendre. C'était un pompier à la retraite. Il s'appelait Mark Perez. Ou peut-être était-ce Matt Perez. Il est l'une des nombreuses personnes qui m'ont sauvé la vie. Mais sur le moment je ne pensais pas à lui comme à un pompier à la retraite. Je le prenais pour un pouce.

Quelqu'un, probablement un médecin, disait : « Relevez-lui les jambes. Il faut que le sang reflue vers le cœur. » Puis il y eut des bras qui me soulevaient les jambes. J'étais étendu au sol, mes vêtements arrachés et j'avais les jambes qui s'agitaient en l'air. J'étais comme le Roi Lear « pas tout à fait dans mon bon sens » mais il me restait assez de conscience pour me sentir... humilié.

Au cours des mois suivants, il y aurait de nombreuses autres humiliations physiques de cette nature. En présence de graves blessures, votre intimité corporelle cesse d'exister, vous perdez l'autonomie de votre moi physique, le contrôle du vaisseau sur lequel vous voguez. Vous l'acceptez faute d'alternative. Vous renoncez à être le capitaine de votre bateau pour lui éviter de couler. Vous laissez les autres faire ce qu'ils veulent de votre corps, presser, drainer, injecter, suturer et inspecter votre nudité, afin de vivre.

*

Je fus porté sur une civière qui fut installée sur un brancard. Puis je fus rapidement emmené hors des coulisses à l'air libre en direction de l'hélicoptère qui m'attendait. Pendant tout ce trajet, le pouce nommé Matt ou Mark Perez resta en position, appuyé sur la blessure de mon cou. Arrivé à l'hélicoptère, cependant, le pouce et moi avons dû nous séparer.

« Combien pesez-vous ? »

Je commençai à faiblir mais je compris que la question m'était adressée. Même dans l'état épouvantable où j'étais, cela m'embarrassait de répondre. Ces dernières années mon poids s'était envolé hors de contrôle. Je savais que je devais perdre environ vingt-cinq kilos mais c'était beaucoup, et je n'avais pas vraiment fait le nécessaire. Et à présent il fallait que j'annonce à tous ceux qui pouvaient m'entendre le chiffre infamant.

Je parvins à répondre par de simples syllabes : « Un, zéro, neuf. »

L'hélicoptère était un petit bourdon jaune et noir, sans portes, à la charge maximale strictement limitée. Il n'y avait pas de place à bord pour le pouce nommé Mark ou Matt Perez. Un autre pouce ou quelque chose d'autre prit sa place. Je ne percevais plus rien clairement.

Nous volions, je le savais. Je sentais l'air au-dessous de nous, le mouvement, l'activité empressée tout autour de moi. L'atterrissage fut si doux que je n'ai pas compris que nous étions revenus au sol. Impression de gens qui courent. Je devine qu'un masque d'anesthésie m'est posé sur la bouche et le nez. Et après… plus rien.

*

Quatre jours plus tard, l'Institution de Chautauqua publia une déclaration disant entre autres ceci : « Il va y avoir une augmentation substantielle de la présence des forces de police dans toute l'Institution. De plus, d'importants protocoles de sécurité vont être mis en place. Beaucoup d'entre eux ne seront pas portés à la connaissance des visiteurs ni des résidents. L'Institution travaille avec nos consultants professionnels en matière de sécurité et de multiples agences de maintien de l'ordre sur la question de nouvelles améliorations en matière de dispositifs de sécurité et de gestion du risque. »

(Dix mois plus tard, le 15 juin 2023, les nouveaux dispositifs de sécurité promis furent révélés à la presse.)

On ferme les portes de l'écurie, pourrait-on dire, après que le cheval s'est échappé.

Quoi qu'il en soit, comme le lecteur attentif l'aura deviné, j'ai survécu. Dans le merveilleux roman du Brésilien Machado de Assis, *Les mémoires posthumes de Brás Cubas*, le héros éponyme confie qu'il raconte son histoire depuis sa tombe. Il n'explique pas comment il y parvient et c'est un tour que je n'ai pas appris.

Et donc ayant survécu – et il y a encore beaucoup à dire à ce sujet –, je suis incapable de me soustraire à ma propension pour la libre association d'idées.

Les couteaux. Les couteaux dans mes films préférés. *Le couteau dans l'eau* de Polanski, une fable sur la violence et l'infidélité. « Le couteau subtil » de Philip Pullman qui peut ménager des ouvertures entre les mondes et permettre à celui qui le possède de traverser des réalités multiples. Et bien sûr, le couteau de boucher à l'aide duquel le protagoniste du *Procès* de Kafka est assassiné à la dernière page du livre. « "Comme un chien", dit K. C'était comme si la honte allait lui survivre[1]. »

Et encore deux couteaux plus personnels.

Le premier : en 1968, après avoir obtenu mon diplôme à Cambridge, j'allai séjourner chez mes parents à Karachi au Pakistan et j'essayai d'imaginer ce que j'allais pouvoir faire de ma vie. À l'époque, la chaîne de télévision locale,

1. Franz Kafka, *Le procès*, traduit de l'allemand par Bernard Lortholary, Flammarion, 1983.

relativement récente, diffusait chaque soir une émission en anglais. Généralement quelque chose comme un épisode de *Columbo.* L'homme courtois qui dirigeait alors la télévision de Karachi, Aslam Azhar, était un ami de ma tante Baji (Begum Amina Majeed Malik, une enseignante distinguée et la sœur aînée de ma mère). Elle m'obtint un rendez-vous avec lui et je lui exposai mon idée. S'il voulait mettre sur pied une petite programmation en langue anglaise, dis-je, pourquoi ne pas donner sa chance de temps en temps à un sujet original au lieu de toutes ces rediffusions de *Hawaii 5-0.* Je proposai la pièce en un acte d'Edward Albee, *Zoo Story.* « Elle dure cinquante minutes, dis-je, la même longueur qu'un épisode de *Columbo.* Elle pourrait donc entrer dans la même case. La distribution ne compte que deux personnages et le décor ne coûte pas plus cher qu'un banc public. Donc en plus cela serait bon marché. » L'idée lui plut. Je fus à la fois metteur en scène et acteur de cette production. C'était un boulot lamentable et fort heureusement il n'a pas été conservé.

Au moment crucial de la pièce, mon personnage devait s'empaler sur le couteau que tenait l'autre personnage. Le couteau qu'on m'avait donné n'était pas un accessoire de théâtre. La lame ne s'escamotait pas dans le manche. C'était un vrai couteau, tout ce qu'il y a de plus réel, pourvu d'une lame de plus de quinze centimètres.

« Que suis-je censé faire avec ça ? demandai-je au chef accessoiriste.

— Jouer », répondit-il.

Le second : il y a vingt ans, le roman qui est devenu *Shalimar le clown* est né d'une simple image que je ne parvenais pas à chasser de mon esprit, celle d'un mort allongé au sol alors qu'un deuxième homme, son assassin, se tient au-dessus de lui, un couteau ensanglanté à la main. Au début c'est tout ce que j'avais, l'acte sanglant. Ce n'est que plus tard que j'ai compris qui étaient les deux hommes et quelle était leur histoire. Quand j'y repense aujourd'hui, je suis ébranlé. Je ne vois pas en général mes livres comme des prophéties. J'ai eu quelques ennuis avec des prophètes dans ma vie et je ne postule pas pour ce genre d'emploi. Mais il est difficile, en repensant à la genèse de ce roman, de ne pas voir dans cette image, à tout le moins, une prémonition. L'imagination emprunte parfois des voies que même un esprit imaginatif ne parvient pas parfaitement à comprendre.

Les premières lignes des *Versets sataniques* reviennent aussi me hanter. « Pour renaître, chantait Gibreel Farishta en tombant des cieux, il faut d'abord mourir[1]. »

*

À la parution des *Versets sataniques* en 1988, j'avais quarante et un ans. C'était mon cinquième livre publié. Le 12 août 2022, j'avais soixante-quinze ans et j'attendais impatiemment la parution de mon vingt et unième livre, *La cité de la victoire*. Plus des trois quarts de ma vie d'écrivain se sont déroulés depuis que, comme je le dis souvent, les excréments se sont répandus dans le système de ventilation. Les gens curieux de découvrir mon œuvre ont beaucoup plus de choix qu'ils n'en avaient à l'époque et je leur dis parfois qu'ils devraient peut-être pour commencer choisir un autre livre que « celui-là ».

1. Salman Rushdie, *Les versets sataniques*, traduit de l'anglais par A. Nasier, Christian Bourgois, 1989.

Pendant des années, je me suis senti obligé de défendre le texte de « ce » roman et aussi le caractère de son auteur. Il était à la mode dans certains cercles littéraires de qualifier le livre d'illisible, un livre dans lequel il était impossible de dépasser la page 15. Dans de tels cercles, les gens parlaient du « club de la page 15 ». Une pièce sur la prétendue affaire Rushdie, intitulée *Iranian Nights*, a été montée au Royal Court Theater. Et on y trouve ce refrain récurrent : « C'était un livre impossible à lire. » J'ai éprouvé le besoin de défendre le texte. De plus, de nombreuses personnalités qui n'étaient pas musulmanes se sont ralliées à l'attaque des islamistes pour dire quelle mauvaise personne j'étais. Parmi elles John Berger, Germaine Greer, le président Jimmy Carter, Roald Dahl et divers éminents conservateurs britanniques. Des commentateurs comme le journaliste Richard Littlejohn et l'historien Hugh Trevor-Roper ont déclaré que cela ne les dérangerait absolument pas si j'étais attaqué.

(J'ai survécu à Trevor-Roper mais je suppose que Littlejohn doit être plutôt content à présent, où qu'il soit.)

Je n'ai plus la moindre envie de défendre le roman ni de me défendre moi-même. Les essais *De bonne foi* et *Y a-t-il rien de sacré ?* ainsi que le récit autobiographique *Joseph Anton* contiennent tout ce que j'ai à dire à ce sujet. Pour le reste, je me contente d'être jugé sur les livres que j'ai écrits et la vie que j'ai vécue. Permettez-moi de le dire franchement : je suis fier du travail que j'ai accompli et cela inclut bien évidemment *Les versets sataniques*. Si quelqu'un s'attend à ce que j'exprime des remords, il peut arrêter immédiatement de me lire. Mes romans peuvent se débrouiller seuls. Un des avantages du passage du temps c'est qu'à présent, de nombreux jeunes lecteurs peuvent découvrir *Les versets sataniques* comme un bon vieux roman ordinaire et non pas une patate chaude idéologique. Certains l'aiment, d'autres pas, c'est cela la vie ordinaire d'un livre.

Rectificatif : cette approche purement littéraire n'était possible que jusqu'à ce jour d'août. L'un des aspects agaçants de ce qui est arrivé à Chautauqua c'est que, au moins pour un certain temps ou peut-être pour toujours, « ce » roman a été replacé dans une histoire de scandale.

Mais je n'ai aucune envie de vivre plus longtemps dans cette histoire.

2

ELIZA

Dans mon recueil d'essais, *Langages de vérité,* j'ai écrit sur le festival PEN American World Voices, sur sa genèse et ses débuts. Pour éviter de me répéter, je dirais seulement que si Norman Mailer n'avait pas été président du PEN Club en 1986, si je n'avais pas levé une tonne d'argent et invité une brillante délégation des plus grands écrivains du monde à ce congrès légendaire au cours duquel Günter Grass et Saul Bellow se fâchèrent à propos de la pauvreté dans le sud du Bronx, où John Updike évoqua les petites boîtes aux lettres bleues des États-Unis comme métaphore de la liberté et où sa conception terre à terre irrita une partie considérable du public, où Cynthia Ozick accusa l'ancien chancelier autrichien Bruno Kreisky (lui-même juif) d'antisémitisme pour avoir rencontré Yasser Arafat, où Grace Paley s'emporta contre Norman Mailer pour avoir inscrit trop peu de femmes dans les tables rondes et Nadine Gordimer et Susan Sontag se désolidarisèrent de Grace parce que la « littérature n'est pas un employeur qui offre les mêmes chances à tout le monde », et si je n'avais pas été le petit nouveau éperdu d'admiration pour ses aînés, si ces journées formidables à l'Essex House au sud de Central Park n'avaient pas eu lieu, je n'aurais jamais eu l'idée de lancer près de quarante ans plus tard un festival international de littérature dans une ville qui compte déjà des festivals internationaux de n'importe quoi mais pas, jusque-là, de littérature. Et si je ne m'étais pas appliqué à la création de ce festival avec l'aide de Mike Roberts et d'Esther Allen du PEN et de beaucoup d'autres membres du PEN, et si ce festival n'avait pas été couronné de succès, devenant sur le plan littéraire l'équivalent annuel du film *Jusqu'au bout du rêve* dans le domaine du base-ball (« Si tu le construis, ils viendront »), alors, selon toute vraisemblance, je n'aurais jamais rencontré Eliza. Mais tout cela s'est produit et je l'ai donc bel et bien rencontrée, le 1er mai 2017, dans le salon vert de Cooper Union avant la session inaugurale du festival. Peut-être tout cela est-il arrivé *de sorte que* nous puissions nous rencontrer. Auquel cas je dois reconnaître que nous devons cette bonne fortune à M. Norman Mailer.

J'ai été le président du festival pendant les dix premières années puis j'en ai cédé la direction, la plaçant entre d'excellentes mains, celles de Colm Toíbín pour commencer. En 2017, mon unique tâche en tant que cofondateur était de présenter la rencontre inaugurale et de conduire sur la scène les premiers intervenants : le grand poète syrien Adonis (Ali Ahmad Saïd Esber) qui devait lire en arabe, et la personne qui devait lire la traduction anglaise de ses poèmes, une poétesse afro-américaine qui m'était totalement inconnue, Rachel Eliza Griffiths.

Je m'avançai pour accueillir Adonis (en français, il ne parle pas anglais) et fus récompensé par le sourire éblouissant de la femme qui se tenait à ses côtés et qui me serra la main en se présentant sous le nom d'« Eliza ».

Lecteur : ce sourire-là n'était pas facile à oublier.

Elle préférait, dit-elle, se faire appeler par son deuxième prénom parce que c'était celui que sa mère avait toujours employé. Il se trouve que je me fais également appeler par mon deuxième prénom, aussi avions-nous cela en commun. Personne ne m'a jamais appelé « Ahmed », sauf ma mère quand elle était fâchée contre moi, et dans ce cas elle utilisait toujours mes deux prénoms : « Ahmed Salman viens ici tout de suite ! » Au cours des années, j'ai établi mentalement une liste de personnalités qui se servent de leur deuxième prénom, James Paul McCartney, Francis Scott Fitzgerald, Robyn Rihanna Fenty, F. Murray Abraham, Lafayette Ron Hubbard, Joseph Rudyard Kipling, Edward Morgan Forster, Keith Rupert Murdoch, Thomas Sean Connery, Rachel Meghan Markle. Parfois (trop souvent peut-être) il m'arrive de citer cette liste comme un bon mot dans une soirée mais quelque chose dans le sourire d'Eliza m'engagea à ne pas suivre cette voie.

« N'en fais pas trop », me dis-je.

Bien vu.

Encore quelques mots sur la question des prénoms. Je découvrirais bientôt que son père, tous les membres de sa famille ainsi que la quasi-totalité de ses vieux amis l'appelaient Rachel mais elle m'avait demandé de l'appeler Eliza – c'est ce que j'ai fait et que je fais toujours. À la suite de la mort de sa mère en 2014, un séisme dans sa vie et la source d'inspiration de son cinquième recueil de poèmes *Seeing the Body*, elle a tenu à se raccrocher à la version que sa mère avait d'elle.

Et c'était « Eliza ». C'est ainsi que sa mère l'avait souvent nommée, c'est donc ce qu'elle voulait être et qu'elle est en passe de devenir.

À présent je dirais que le match Eliza-Rachel se solde par un score de 50-50 et qu'Eliza progresse.

Aucun de nous deux ne nourrissait de pensées romantiques ce soir-là dans le salon vert. Je sais que ce n'était pas son cas, quant à moi j'étais divorcé depuis près de quinze ans et cela faisait plus d'un an et demi que je ne voyais absolument plus personne. J'avais eu récemment une conversation avec ma sœur Sameen qui a un an de moins que moi mais qui, selon elle, est ma « sœur beaucoup plus jeune », et nous avions tous les deux été d'avis que les chapitres romantiques de notre vie pourraient bien être terminés. Et nous étions d'accord sur ce point, nous l'acceptions. En ce qui me concerne, j'avais une belle vie, deux fils merveilleux, un travail que j'aimais, des amis chers, une belle maison, et suffisamment d'argent. Les temps durs d'autrefois étaient loin derrière moi. J'aimais New York. Il n'y avait rien à changer dans le tableau. Il n'y manquait rien. Aucun besoin d'un autre personnage dans le paysage, d'une autre personne, une compagne, une amante, pour le compléter. C'était déjà plus qu'assez.

Et je n'étais donc absolument pas en quête d'une histoire d'amour. J'étais même fermement décidé à ne pas en rechercher une. Et puis c'est arrivé sans prévenir, en me donnant un grand coup derrière l'oreille et je n'ai pas eu la force de résister.

Comme dirait le Mandalorien de l'amour, *telle est la voie.*

*

Après l'événement World Voices, tandis que le public sortait sur Cooper Square sous le regard de la statue de Peter Cooper sur son socle, une veillée aux chandelles se déroulait en soutien au mouvement Black Lives Matter. L'esprit du jeune Trayvon Martin – dont l'assassinat par George Zimmerman suivi de l'acquittement scandaleux de ce dernier avait inspiré le mouvement qui est devenu BLM – était aussi dans l'air. Eliza et moi nous nous sommes joints à la foule et nous avons tenu une bougie ensemble. J'ai demandé à quelqu'un de prendre une photo à l'aide de mon iPhone et je suis bien content à présent d'avoir une image de cet instant, même si rien ne s'est produit à ce moment-là, ou peut-être serait-il plus juste de dire que rien n'a semblé se produire. Nous avons tenu la bougie pendant un moment puis nos chemins se sont séparés.

Il y avait un after organisé par le PEN sur le toit de l'hôtel Standard East Village, à quelques minutes à pied de Cooper Union. J'ai pris un verre avec Marlon James et Colum McCann au bar du rez-de-chaussée de l'hôtel et je me suis dit : « Je vais peut-être simplement rentrer à la maison. » Ils m'ont annoncé qu'ils allaient à la fête sur la terrasse et ont gentiment tenté de me persuader de les suivre, même pour un moment. J'ai un peu hésité avant d'accepter.

Sur de tels coups de dés, une vie peut complètement changer. Le hasard détermine notre destin au moins aussi profondément que nos choix ou que ces notions inexistantes de *karma, kismet,* « destinée ».

En arrivant à la fête, la première personne que je vis fut Eliza et à partir de cet instant, je ne regardai personne d'autre. Ce qui ne s'était pas produit, quelle qu'en soit la nature, dans le salon vert et lors de la veillée aux chandelles venait apparemment de se produire après tout, au moment où on ne s'y attendait pas. Nous avons entamé une conversation avec aisance et une légère touche de séduction.

Le rooftop où se déroulait la fête était composé d'un espace intérieur et d'une terrasse à l'air libre séparés sur toute la longueur par des portes coulissantes en verre. La nuit était douce et brillante et je suggérai de sortir pour contempler les lumières de la ville. Elle passa la première. Marchant à sa suite, j'omis de remarquer un détail important, à savoir que tandis qu'une des portes coulissantes était ouverte, celle par laquelle elle venait de passer, l'autre était fermée. En m'avançant, complètement distrait par la présence de cette femme brillante et superbe que je venais de rencontrer et, de ce fait, ne regardant pas vraiment où j'allais et croyant franchir un espace vide, je heurtai violemment la porte en verre et tombai au sol de façon dramatique. C'était la chose la plus maladroite et la plus déplacée que l'on puisse faire. Il y a un recueil de P. G. Wodehouse intitulé *Le cœur d'un maladroit*[1], dont le titre aurait parfaitement convenu à cet épisode.

J'avais la tête qui tournait. *Ne t'évanouis pas*, m'ordonnai-je férocement. *Putain ne tombe pas dans les pommes !*

Mes lunettes s'étaient brisées et m'avaient blessé le nez, donc le sang ruisselait sur mon visage. Eliza accourut auprès de moi et se mit à éponger le sang sur mon nez. J'entendais des voix criant que j'avais fait une chute. C'était un véritable brouhaha. Mais je ne perdis pas

1. P. G. Wodehouse, *The Heart of a Goof*, publié en français sous le titre *Courtes histoires de green*, traduit de l'anglais par Frédéric Monneyron, Michel de Maule, 2011.

conscience. Je me remis debout avec un peu d'aide et, me sentant ébranlé, déclarai que je ferais mieux de commander un taxi et de rentrer chez moi.

Eliza m'accompagna dans l'ascenseur. Un taxi était là. J'y montai.

Puis Eliza y prit place également.

Et, comme il me plaisait à le dire chaque fois que nous nous mettions à raconter notre histoire à nos amis, nous ne nous sommes plus quittés depuis.

Je disais aussi volontiers : « Elle m'a littéralement mis K.O. »

Je pense que c'est un exemple de ce qu'on appelle, à Hollywood, une rencontre digne d'une comédie romantique.

*

Il est évident que si je n'avais pas eu cette violente rencontre avec la porte de verre coulissante, Eliza ne serait jamais montée dans un taxi avec moi. (Elle partage totalement ce point de vue.) Elle m'a accompagné parce qu'elle se faisait du souci pour moi et voulait s'assurer que j'allais bien.

Nous sommes rentrés chez moi et nous nous sommes mis à parler. Nous avons bavardé jusqu'à peut-être quatre heures du matin. À un moment, elle déclara qu'elle était heureuse que nous soyons amis à présent. Je répondis : « J'ai assez d'amis. Là c'est autre chose. » Cela fit forte impression. « Oh, pensa-t-elle, il a assez d'amis. » Elle était ravie.

Elle rentra chez elle à Brooklyn alors que le soleil se levait. Après son départ, j'écrivis une note. « Je crois que je suis amoureux d'Eliza. J'espère que cela est bien réel. »

*

Il m'apparaît désormais que cette scène de comédie romantique présente d'étranges ressemblances avec la scène de l'agression : les lunettes cassées, le sang (beaucoup moins, mais tout de même, du sang), la chute au sol dans une sorte d'étourdissement, les gens qui se rassemblent et me surplombent. C'est une sorte de préfiguration comique. Mais la grande différence c'est qu'il s'agit d'une scène heureuse. Il est ici question d'amour.

Une des pistes les plus importantes qui m'ont permis de comprendre ce qui m'est arrivé et la nature de l'histoire que je suis en train de raconter ici c'est qu'il s'agit d'une histoire dans laquelle la haine, le couteau comme métaphore de la détestation, obtient comme réponse l'amour, et c'est lui qui l'emporte. Peut-être la porte de verre coulissante est-elle une analogie du *coup de foudre*. Une métaphore de l'amour.

*

J'ai toujours voulu écrire sur le bonheur, en grande partie parce que c'est extrêmement difficile. L'écrivain français Henry de Montherlant est l'auteur de cette formule célèbre : « Le bonheur écrit à l'encre blanche sur des pages blanches. » En d'autres termes, on ne peut pas le faire apparaître sur la page. Il est invisible. Il ne se montre pas. Eh bien en voilà un défi, me suis-je dit, j'aime les défis. J'ai entrepris d'écrire un récit intitulé *Encre blanche sur une page blanche.* Son héros s'appelait Henry, en hommage à Montherlant et au Henry des *Chants rêvés* de John Berryman. Je voulais que mon Henry souffre du bonheur de la façon dont les gens souffrent de maladies incurables ou de la stupidité. J'ai pensé au *Candide* de Voltaire et j'ai voulu que Henry pense à l'instar de Candide qu'il vit dans le meilleur des mondes possibles. Je me suis dit qu'il ne pouvait pas être un homme de couleur puisqu'il était aussi heureux. Il fallait qu'il fût blanc.

J'ai écrit ce premier paragraphe : « Henry White était blanc et heureux. Longtemps il n'y eut rien de plus à dire de lui. Il était entouré de gens dont le malheur méritait d'être raconté mais Henry était satisfait et ne présentait donc aucun intérêt. Personne ne savait que faire de lui. Il était blanc et heureux depuis le jour de sa naissance. Pourtant il ne se considérait pas comme un Blanc, parce que le blanc est la couleur des gens qui ne jugent pas utile de réfléchir à leur couleur, puisqu'ils étaient tout simplement des gens, la couleur c'était aux autres d'y penser, à ceux qui n'étaient pas simplement des gens. Henry était heureux par nature, la nature d'un être humain dont le bonheur n'avait jamais été saboté et qui estimait être en droit de le rechercher comme la Déclaration des droits de l'homme le lui avait garanti bien avant sa naissance. À côté de la boîte aux lettres de la famille, dans la petite rue de sa ville en Nouvelle-Angleterre, pas très loin du cabinet du dentiste qui affichait fièrement une petite pancarte où l'on pouvait lire "La maison des dents", il avait planté un poteau en bois sur lequel un écriteau annonçait : "La Maison du Bonheur". » (Note : Ma tante Baji vivait elle aussi dans une maison nommée « la Maison du Bonheur », rue Deepchand Ojha à Karachi, au Pakistan, il y a de cela un million d'années.)

J'en suis resté là. Un jour peut-être j'achèverai cette histoire, peut-être pas. J'ai souvent pensé au Henry de Berryman et aussi au mien.

> Une fois dans un sycomore, j'étais content
> tout en haut et j'ai chanté.

Nous dit Berryman dans le premier de ses *Chants rêvés.* Et plus tard il y a aussi le Henry indien :

> et Henry heureux ne pouvait contenir son excitation.
> Hors de lui, de ses possibilités ;
> il salaamait les heures du matin à moitié aveugle
> tandis que les lépreux dégoulinants lui renvoyaient ses salaams[1].

Je voulais accabler Henry de catastrophes dans mon histoire à la *Candide.* Je voulais que ses parents meurent, qu'il soit ruiné, que sa belle Cunégonde le quitte, qu'elle contracte la syphilis et perde ses dents. Je voulais qu'il manque de se faire tuer dans la catastrophe de Lisbonne, je voulais que les lépreux le détroussent et se moquent de sa détresse. Je voulais que l'armure que lui avait conférée sa blancheur soit fracassée et qu'il regarde le monde avec des yeux de non-Blanc, qu'il devienne Henry Non-Blanc. S'il persistait à être heureux après tout cela et se contentait de cultiver son jardin, alors son bonheur, et tout bon-

1. John Berryman, *Chants rêvés,* traduit de l'anglais par Sabine Huynh, revue *Catastrophes,* revuecatastrophes.wordpress.com, 17 mars 2022.

heur peut-être, n'était-il pas qu'une forme d'imbécillité maladive, une hallucination ? Le monde est monstrueux et le bonheur est donc un mensonge. Peut-être à la fin y aurait-il, comme chez Berryman, un pont duquel sauter et en finir.

Du moins un tel bonheur fou ne pouvait s'écrire à l'encre blanche.

Je n'ai jamais achevé cette histoire. Je le ferai peut-être un jour ou peut-être pas. Elle vit encore dans quelque recoin assombri de mon cerveau.

J'ai cessé d'y travailler parce qu'il m'est arrivé quelque chose de hautement improbable grâce à cette rencontre fortuite avec Eliza : j'ai trouvé le bonheur. Être heureux, c'était désormais mon histoire et plus seulement mon caractère, et cela ne s'écrivait pas à l'encre blanche. C'était jubilatoire.

J'ai été heureux – nous avons été heureux – pendant plus de cinq ans. Puis une version de la catastrophe que je destinais à Henry s'est abattue sur moi. Notre bonheur pourrait-il survivre à pareil coup ? Et s'il survivait, serait-il une illusion, une façon de détourner le regard de la monstruosité du monde que le couteau avait si clairement mise en évidence ? Qu'est-ce que cela voudrait dire d'être heureux après une tentative d'assassinat ? Qu'est-ce que cela signifierait, qu'est-ce que cela nous ferait, si nous cessions d'être heureux ?

Le 12 août 2022, ces questions m'auraient paru absurdes si elles m'avaient effleuré. Ce jour-là il semblait bien que rien de moi n'allait survivre.

*

Elle était belle mais son rapport à la beauté était, d'après elle, compliqué. Elle aimait Rilke selon qui « le beau n'est que ce degré de terrible qu'encore nous supportons et nous ne l'admirons tant que parce que, impassible, il dédaigne de nous détruire[1] ».

Elle était faite de beauté et de terreur, à parts égales. J'ai commandé tous ses recueils de poèmes, je les ai lus et j'ai compris que son don, sa nature, sa façon d'être au monde étaient exceptionnels. Elle écrit :

Je suis une hors-la-loi
une femme dansant dans l'ombre. Qui vit trop vite pour
être blessée.
Comment nommer ceux qui reçoivent la beauté.

Je me sentais comme Ali Baba apprenant la formule magique qui ouvre la grotte au trésor, *Sésame, ouvre-toi.* Et là, dans sa splendeur éblouissante, le trésor, c'était elle.

J'ai eu cette chance qu'elle aussi pensait du bien de moi. Des années plus tard, son père lui a demandé comment nous étions tombés amoureux et elle raconta que peu après notre rencontre nous dînions ensemble dans un restaurant et qu'elle a soudain pensé que tout ce qu'elle désirait c'était de passer le reste de sa vie auprès de cet homme. Nous avons donc l'un et l'autre reçu et donné l'amour. Le plus doux des échanges de cadeaux.

Tout s'est passé rapidement. Nos vies étant trop rapides pour nous laisser le temps d'être blessés. En l'espace de quelques semaines, nous vivions ensemble, même si cha-

1. Rainer Maria Rilke, *Élégies de Duino,* « Première élégie », traduit de l'allemand par Maurice Betz, L'Escampette, 2006.

cun de nous, en réalité, était blessé. (Pour ne parler que de moi, je portais les blessures de guerre de mon passé sentimental en dents de scie.) Nos amis nous ont conseillé la prudence. Les siens, qui avaient lu dans les médias des propos désobligeants et faux sur mon compte, la mirent en garde contre moi. Les miens, qui avaient vu à quel point j'avais été profondément et souvent blessé par le passé, me demandaient, inquiets : « Es-tu sûr de toi ? » C'est peut-être là la réaction inévitable du monde lorsque l'amour naissant n'est pas le premier, qu'il n'est pas jeune, pas innocent mais qu'il apparaît après de pénibles expériences. *Sois prudent,* nous dit le monde, *ne va pas souffrir une fois de plus.*

Mais nous avons suivi notre voie, comme des bateaux à contre-courant. Quelque chose de très fort s'était produit dans notre vie et nous le savions tous les deux. Au fil du temps, alors que je rencontrais ses amis et elle les miens, les mises en garde cessèrent. Environ six semaines après ma dispute avec la porte vitrée, nous allâmes dans un restaurant chinois de Tribeca avec la femme qui était sa meilleure amie, la poétesse Kamilah Aisha Moon, qui a publié deux volumes de poèmes très estimés, *Starshine* et *She has a name.* Aisha, encore quelqu'un qui se fait appeler par son deuxième prénom, était plus âgée et plus triste qu'Eliza (qu'elle appelait Rachel), mais elles étaient aussi proches que des sœurs. On s'est bien entendus elle et moi, et la soirée fut agréable et pleine de rires. À un moment Eliza se rendit aux toilettes et Aisha se pencha immédiatement pour me regarder dans les yeux et me dit avec un immense sérieux : « Vous avez intérêt à bien la traiter. »

*

Le monde des poètes, comme je commençais à le découvrir, était bien plus convivial que celui des romanciers. Les poètes semblaient tous se connaître, ils se lisaient les uns les autres, se retrouvaient entre eux, participaient constamment ensemble à des lectures et des manifestations. Ils se téléphonaient tard dans la nuit et bavardaient jusqu'au petit matin. Pour un romancier qui demeure assis seul dans une pièce pendant des années et ne passe la tête au-dessus du parapet que de temps en temps, les poètes paraissaient étonnamment sociables, une sorte de famille élargie, une communauté. Et au sein de la communauté plus vaste des poètes, le cercle des poètes noirs semblait encore plus resserré et plus disposé à l'entraide mutuelle. Comme ils en savaient long les uns sur les autres ! Comme ils s'impliquaient dans le travail des autres ! Comme leurs vies étaient entrelacées ! Manifestement, il y avait moins d'enjeux financiers en poésie qu'en prose (à moins d'être Maya Angelou, Amanda Gorman ou Rupi Kaur), et on aurait dit que l'« exiguïté » économique de ce monde produisait des relations humaines plus profondes. Cela paraissait enviable.

Le voyage qui permet de franchir la frontière entre Poésieland et Proseville semble souvent passer par le Mémoiristan. Les mémoires dans la période littéraire actuelle sont devenus une expression artistique majeure, ils nous permettent de remodeler la perception que nous avons du présent grâce aux expériences personnelles et au passé extraordinaire des mémorialistes.

(Un simple exemple récent pourrait être le *How to Say Babylon* de Safiya Sinclair, le récit puissant à l'écriture magnifique d'une enfance en Jamaïque et de la nécessité d'échapper à la tyrannie d'un père rastafarien.)

Eliza était différente. Elle avait toujours voulu être romancière, dès qu'elle avait commencé à rêver d'écrire, c'est à cela qu'elle aspirait. Elle avait toujours écrit de la fiction, même avant de commencer à écrire des vers, mais à présent, après cinq recueils de poèmes signés de son nom, quatre déjà publiés au moment de notre rencontre, le cinquième, *Seeing the Body*, sur le point de l'être, le moment était venu pour la romancière de se manifester.

J'ai rapidement compris qu'elle était tenue en haute estime par ses collègues poètes. Mais j'étais également à moitié convaincu de la justesse de ce lieu commun selon lequel peu de poètes parviennent à pénétrer dans l'univers du roman. (Je savais, de façon absolument certaine, que très, très peu de romanciers sont capables de passer dans le monde de la poésie. J'ai publié un seul poème dans ma vie et il n'y a pas lieu d'en parler davantage.) Lorsque Eliza m'a annoncé qu'elle avait achevé la première version d'un roman, j'étais, disons, mal à l'aise.

Elle non plus n'était pas à l'aise et n'a initialement pas voulu me laisser lire son ébauche. Nous savions bien l'un et l'autre qu'il est pratiquement impossible pour deux écrivains de vivre ensemble s'ils n'apprécient pas mutuellement leur travail, et par « apprécier » je veux dire « aimer vraiment et même adorer ». Mais elle finit par me la donner et, à mon grand soulagement, j'ai pu dire, en toute sincérité, que j'étais impressionné. Peu après j'ai appris qu'elle était aussi une photographe exceptionnelle et une grande danseuse, que son pâté de crabe était légendaire et qu'elle savait chanter. Personne n'a jamais eu envie de m'entendre chanter, de me voir danser ou de goûter mon pâté de crabe. En tant qu'individu capable d'une seule chose, j'étais en admiration devant la multiplicité de ses talents. Il devint évident qu'il ne s'agissait pas d'une simple relation entre égaux mais plutôt d'une relation dans laquelle j'étais, d'une bonne longueur, le moins égal des deux. Mieux encore, c'était une relation qui n'impliquait aucune compétition, fondée sur un soutien mutuel absolu.

Le bonheur.

*

Il est un genre de bonheur intense qui préfère l'intimité, qui s'épanouit loin du regard du public, qui n'a pas besoin d'être connu pour être validé, un bonheur réservé aux gens heureux, qui est, en soi, *suffisant.* J'en avais assez de voir ma vie privée disséquée et jugée par des étrangers, j'étais fatigué de la malveillance des mauvaises langues. Eliza était, et est toujours, une personne réservée, son principal souci dans le fait de vivre avec moi était qu'elle devrait peut-être renoncer à sa vie privée pour être baignée dans la lumière acide de la curiosité du public. J'avais trop longtemps vécu sous cet éclairage implacable et je ne voulais pas qu'elle y soit exposée. Je ne voulais pas l'être moi non plus.

Il est arrivé une chose étrange à la notion de vie privée, par les temps surprenants que nous vivons. Au lieu d'être chèrement aimée il semble qu'elle soit devenue pour beaucoup d'Occidentaux, particulièrement des jeunes, une qualité sans valeur et même indésirable. Si une chose n'est pas rendue publique elle n'existe pas vraiment. Votre chien, votre mariage, votre plage, votre bébé, votre dîner, le mème intéressant que vous avez vu récemment, toutes ces choses doivent nécessairement être quotidiennement partagées.

En Inde, la vie privée est un luxe réservé aux riches. Les pauvres, qui vivent dans des lieux étroits et surpeuplés, ne sont jamais seuls. Beaucoup d'Indiens misérables doivent accomplir leurs gestes les plus intimes, comme satisfaire leurs besoins naturels, en plein air. Pour avoir une pièce à soi, il faut avoir de l'argent. (Je ne pense pas que Virginia Woolf se soit jamais rendue en Inde mais sa réflexion reste valable, même là-bas, même pour les hommes.)

La rareté crée la demande et pour les pauvres, majoritaires dans le monde, une chambre à soi, en particulier pour les femmes, est toujours une chose ardemment désirée. Mais dans l'Occident vorace où l'*attention* est devenue le mets le plus convoité, où la quête des *followers* et des *likes* est la nouvelle forme de gloutonnerie, l'intimité est devenue inutile, superflue, indésirable et même absurde.

Eliza et moi avons décidé de protéger notre vie privée.

Cela ne veut pas dire que nous avons gardé notre liaison secrète. Ma famille était au courant, la sienne aussi. Ses amis étaient au courant, les miens aussi. Nous allions dîner en ville, nous nous rendions au théâtre, nous allions applaudir les matches au Yankee Stadium, visiter des galeries d'art, danser à des concerts de rock. Nous menions, en bref, la vie ordinaire des New-Yorkais. Mais nous restions à distance des réseaux sociaux. Je ne l'ai pas « likée ». Elle ne m'a pas « liké ». Ainsi pendant cinq ans, trois mois et onze jours, nous sommes passés à peu près complètement sous les radars.

Nous avons démontré, je pense, que même dans cette époque si dépendante de l'*attention*, il était encore possible pour deux personnes de mener très ouvertement une vie privée heureuse.

Puis, déchirant cette vie, est survenu le couteau.

*

Quand j'avais vingt ans et que j'étais au King's College de Cambridge, l'éminent anthropologue Edmund Leach était le doyen du collège (« doyen » dans la langue de King's College signifiait « président »). Cette année-là, en 1967, l'année du légendaire Summer of Love, du Human Be-In, de Haight-Ashbury et des fleurs dans les cheveux, Leach a donné à la radio les prestigieuses conférences Reith de la BBC. Elles sont devenues célèbres pour une seule phrase. La voici : « La famille avec son intimité étroite et ses secrets sordides est la source de toutes nos insatisfactions. »

1967 ne fut pas une bonne année pour la notion de famille, au moment où une jeune génération, la mienne, suivait le conseil de Timothy Leary : « Vas-y, mets-toi en phase et décroche ! », ou bien, aux États-Unis du moins, pas en Grande-Bretagne, se voyait enrôlée et expédiée au Vietnam sur l'air d'« I-Feel-Like-I'm-Fixin'-to-Die-Rag[1] » de Country Joe and the Fish (« Soyez le premier du coin / À voir votre fils rentrer dans une boîte », disait Country Joe dans la même chanson). Les familles volaient en éclats sous l'influence conjuguée des drogues psychédéliques, des manifestations politiques et de la « contre-culture », à la consternation des conservateurs d'un

1. « Je me sens comme si j'étais destiné à mourir en haillons. »

peu partout. Et la conférence du doyen Leach donnée au cœur de l'establishment britannique fut perçue par certains comme un acte subversif, un appel à la révolution.

En ce qui me concerne, je ne m'entendais pas bien avec mon père qui était devenu, entre autres choses, un alcoolique irascible. Mes sœurs et moi étions au courant de ses accès de rage nocturnes mais notre mère avait fait de son mieux pour nous en protéger. Nous savions que dans la soirée il valait mieux l'éviter. Nous savions garder le silence au petit déjeuner s'il avait les yeux rouges. Mais nous avions rarement, voire jamais, éprouvé toute la force de sa rage provoquée par le whisky. Et puis en janvier 1961, je suis venu en Angleterre avec lui en avion pour entamer ma vie de pensionnaire et avant le début du trimestre, nous avons passé plusieurs jours ensemble à Londres. Nous partagions la même chambre d'hôtel et j'ai rapidement découvert que Johnnie Walker (Red Label) allait aussi la partager avec nous.

Ces froides nuits de janvier au Cumberland Hotel furent traumatisantes. J'étais réveillé par mon père qui me secouait aux petites heures du matin, après que Johnnie et lui avaient atteint le fond de la bouteille, puis étais insulté dans un langage que je n'avais jamais entendu, des mots dont je ne soupçonnais pas que mon père puisse les connaître et encore moins les employer contre l'aîné de ses enfants, et unique fils. Ma seule idée était de m'éloigner de lui et je n'ai jamais cessé de le faire. Quand j'ai obtenu mon diplôme de Cambridge en 1968, il n'est pas venu à la cérémonie, il n'a pas non plus acheté de billets d'avion pour ma mère ou mes sœurs, et je me suis retrouvé tout seul avec mon diplôme sur la pelouse de King's College, au milieu de familles heureuses qui fêtaient mes camarades diplômés.

La source de toutes nos insatisfactions, me suis-je dit. Oui, en effet.

Je suis resté longtemps sans retourner chez moi après l'obtention de mon diplôme, j'ai plutôt décidé de faire ma vie en Angleterre. Après cela, durant une longue période, la vie de famille a été difficile pour moi, avec le sentiment qu'il m'était impossible d'y trouver une certaine stabilité. Il y a eu des mariages, des divorces. Mon père est mort et au cours de la dernière semaine de sa vie, une tendre réconciliation a eu lieu, importante mais bien trop brève. Quoi qu'il en soit, ce n'est pas le lieu d'aborder des questions aussi intimes ni de divulguer quelque sordide secret. Je dirais simplement que nous ne serions pas ce que nous sommes aujourd'hui sans les calamités que nous avons vécues hier.

À l'époque où j'ai rencontré Eliza, une petite famille aimante s'était solidement constituée autour de moi : mes deux fils, ma sœur, ses deux filles et une nouvelle génération qui commençait à apparaître. C'était le cœur de ma vie rendu encore plus fort par l'instabilité des premières années. Ils ont tous immédiatement aimé Eliza. Ils n'avaient pas montré le même enthousiasme envers une ou deux femmes qui l'avaient précédée. (Mon fils Milan est le genre de jeune homme qui dit ce qu'il pense vraiment. « Papa, m'a-t-il dit un jour, tu as tellement d'amies extraordinaires, elles sont toutes brillantes, chaleureuses et impressionnantes, je les aime vraiment. » Puis, après une pause comique parfaitement minutée, il avait ajouté : « Pourquoi ne sors-tu pas avec des femmes comme elles ? »)

Mais lorsque lui et tout le reste de ma famille rencontrèrent Eliza, ils me dirent : « Enfin ! » (Eliza m'avait alors fait confectionner des tee-shirts portant l'inscription « Enfin ».)

Lorsque j'ai fait la connaissance de la famille d'Eliza, son père, ses trois frères et sœur, leurs conjoints, c'était à la suite d'un deuil douloureux, la mort de la mère d'Eliza, Michele. Mais c'était une famille soudée et aimante où chacun était profondément impliqué dans la vie des autres et où tous étaient richement dotés de talents de toutes sortes. Eliza est l'aînée d'une fratrie de quatre. Son frère Chris est devenu associé de son cabinet d'avocats avant d'avoir quarante ans et il est aujourd'hui le premier et le seul Noir à siéger sur les bancs de la Cour suprême du Delaware ; son frère Adam est un artiste visuel et auteur de romans graphiques (*Washington White*) ; sa sœur, Melissa, a fait son chemin avec succès dans le domaine de la finance. Leur père, Norman, aujourd'hui à la retraite, était aussi avocat et a fait une brillante carrière politique locale dans sa ville natale de Wilmington dans le Delaware, où il a remporté de nombreux mandats.

Ils m'ont tous chaleureusement accueilli dans leur vie. Norman a dit à Eliza qu'il ne l'avait jamais vue plus heureuse et que si j'en étais la cause, il approuvait cette relation. Melissa a exprimé le même sentiment. « Prends le temps de remarquer à quel point tu sembles heureuse, a-t-elle dit un jour à Eliza, vous allez vraiment bien ensemble. »

Sa famille m'aimait ! Ma famille l'aimait ! Notre bonheur était solidement enraciné dans la force bénéfique que peut procurer la famille. J'abandonnai Edmund

Leach en route. La famille n'était plus la source de mes insatisfactions.

Cependant.

Était-il possible, était-il même convenable ou moral de parler de bonheur alors que sévissait une pandémie ? Nous avons tous les deux contracté le Covid-19, au tout début en mars 2020, et heureusement nous en avons guéri. Ce ne fut pas facile. Je l'ai eu sous une forme grave puis Eliza l'a contracté mais, alors qu'elle était très malade, elle a continué à prendre soin de moi. « Il y a eu des moments où j'ai pensé qu'on n'y arriverait pas, où je me suis dit : "C'est peut-être la fin de l'histoire" », m'a-t-elle avoué ensuite. Mais nous nous en sommes sortis. Il y avait des gens qui tous les soirs frappaient sur des casseroles ou des poêles en l'honneur du personnel de santé qui était en première ligne. Nous nous sommes joints à eux pour fêter aussi notre propre survie.

Ensuite l'ange exterminateur s'est mis à frapper à toutes les portes. Personne alors ne savait comment combattre la bestiole tueuse. Médecins et infirmières travaillaient jour et nuit et ils mouraient eux aussi. Les hôpitaux étaient des lieux où les gens allaient mourir. Quand on vous posait un respirateur artificiel, il n'y avait pratiquement aucune chance que vous soyez encore en vie quand on vous l'enlèverait.

Le 12 août 2022, j'ai appris ce que c'était que d'être placé sous assistance respiratoire. Il était impossible de ne pas penser à la gigantesque tragédie, tellement plus vaste que la mienne.

Eliza a perdu deux oncles qu'elle aimait beaucoup, emportés par le coronavirus. Je n'ai perdu aucun membre de ma famille mais un ami cher a disparu prématurément et beaucoup d'autres ont survécu de justesse. Ma belle-fille, l'épouse de Zafar, Natalie, a contracté une forme grave et a été hospitalisée, et pendant un moment nous avons eu peur de la perdre. Sa guérison a été un immense soulagement mais elle a été longue et lente. Et je ne pouvais pas aller à Londres voir ma famille, eux non plus n'ont pu venir me voir à New York pendant deux ans, des années qui m'ont paru des siècles.

Il y a eu des millions de morts et je suis là en train de bavarder sur le fait d'être heureux ? Et au-delà de la pandémie, un monde en crise. Les États-Unis sont déchirés en deux par la droite radicale, le Royaume-Uni est dans un désarroi épouvantable, l'Inde sombre rapidement dans l'autoritarisme, la liberté est attaquée de toutes parts autant par la gauche *bien-pensante* que par les conservateurs épris de censure, la planète elle-même est dans une situation désespérée, les réfugiés, la faim, la soif et la guerre en Ukraine. Affirmer à un tel moment historique « je suis heureux », n'était-ce pas un luxe ? Une forme d'aveuglement choisi, volontaire, égoïste ? N'était-ce pas précisément ce dont Henry White, le héros de mon histoire inachevée, se rendait coupable, prendre le bonheur comme un privilège, un comportement indiscutable qui vous revient de plein droit ? N'était-ce pas une façon de se détourner de la réalité pour s'enfermer dans un égoïsme borné, façon cultivons notre jardin ? De quel droit quelqu'un pouvait-il prétendre au bonheur véritable dans notre monde malheureux et presque à l'agonie ?

Et pourtant le cœur savait ce qu'il savait et il insistait.

*

Le samedi 1er mai 2021, Eliza et moi fêtions notre quatrième anniversaire. La pandémie qui se poursuivait limitait nos possibilités. Nous avons décidé de prendre de brèves vacances de proximité dans un hôtel dominant Central Park. Ils nous ont surclassés, nous donnant une suite au vingt et unième étage et la vue était donc spectaculaire. Après dîner, Eliza me rappela avec hésitation que, quelques mois plus tôt, je lui avais demandé la taille de son annulaire. Était-ce juste par curiosité, se demandait-elle, ou bien, au bout de quatre ans, cela cachait-il une intention particulière ?

« Attends une minute, dis-je en me levant et en me dirigeant vers la chambre, je reviens tout de suite. »

Ma sortie inexpliquée ajoutée à mon visage impassible l'inquiéta. Avait-elle fait une gaffe ? Puis je suis revenu et lui ai tendu un petit coffret pourpre en lui disant que c'était la réponse à sa question. C'est l'un des très rares instants où je l'ai prise complètement par surprise.

C'est ainsi que nous nous sommes fiancés, tout là-haut, dans le ciel au-dessus de Central Park. Et peu importe l'état dans lequel était le monde, personne ne pouvait nous dire que nous n'étions pas les gens les plus heureux.

« Tu es mon être, dit-elle.

— Tu es mon être », répondis-je.

*

Comment se marier discrètement à l'époque du degré zéro de l'intimité : (1) Ne vous mariez pas à New York. (2) Faites-le plutôt à Wilmington, Delaware, là où Eliza a grandi et où votre nom est inconnu de tous. Lorsque nous sommes allés retirer notre certificat officiel, l'employée de bureau a noté mon nom sans nullement donner l'impression qu'elle le reconnaissait et j'ai dû le lui épeler lettre par lettre. (3) Invitez vos amis à un beau repas de fête en leur recommandant : « Pas de réseaux sociaux. »

Voilà tout.

Nous nous sommes mariés le vendredi 24 septembre 2021 et tous nos amis ainsi que nos familles étaient au courant, mais cela s'est passé hors de la sphère publique et c'est demeuré ainsi pendant près d'un an. Il est probable que ce serait toujours une affaire privée s'il n'y avait pas eu le couteau.

Ce fut une journée magnifique. Le temps, nos amis, la cérémonie, la joie. Nous avons uni nos deux traditions, en nous offrant mutuellement des colliers de fleurs (l'indienne) et en sautant par-dessus un balai (l'afro-américaine). Elle s'est adressée à moi avec lyrisme, la poésie étant son superpouvoir, et pour me hisser à la hauteur de la situation, j'ai ajouté aux paroles plus prosaïques que je lui ai adressées le poème d'E. E. Cummings « J'ai toujours ton cœur avec moi. Je le garde dans mon cœur ».

J'ai toujours ton cœur avec moi
Je le garde dans mon cœur.
Sans lui jamais je ne suis.
Là où je vais, tu vas ma chère
Et tout ce que je fais par moi-même
Est ton fait, ma chère.
Je ne crains pas le destin
Car tu es à jamais le mien, ma douce.
Je ne veux pas d'autre monde
Car, ma magnifique,

Tu es mon monde, en vrai.
C'est le secret profond que nul ne connaît.
C'est la racine de la racine,
Le bourgeon du bourgeon
Et le ciel du ciel d'un arbre appelé Vie
Qui croît plus haut que l'âme ne saurait l'espérer
Ou l'esprit le cacher.
C'est la merveille qui maintient les étoiles éparses.
Je garde ton cœur, je l'ai dans mon cœur[1].

Ma famille n'a pas assisté au mariage parce qu'à l'époque les États-Unis n'autorisaient pas les étrangers à entrer dans le pays en raison du coronavirus. Nous avions apporté un ordinateur et l'avions disposé sur une estrade bien placée et ils ont pu suivre toute la cérémonie depuis Londres sur cette chose nouvelle baptisée Zoom et qui est devenue tellement essentielle. Des amis et des parents ont pris la parole. C'était drôle et émouvant. Aracelis Girmay, la sœur d'Eliza en poésie, a lu un montage de textes réalisé à partir de nombreux poèmes. Après ce que Hemingway aurait qualifié de bon repas (nous l'avons dégusté avec gratitude, il était excellent), nous nous sommes rendus dans l'exquis Marian Coffin Garden sur le terrain d'une vaste demeure baptisée Gibraltar qui est à présent vide et délabrée, nous, c'est-à-dire Eliza, moi et sa famille accompagnés d'un photographe et de son assistant, et nous avons fait les photos de mariage. Deux jours plus tard nous sommes allés à Londres où nous avons organisé une petite cérémonie post-mariage à l'intention de

1. E. E. Cummings, *95 poèmes*, traduit de l'anglais par Jacques Demarcq, « Points », Seuil, 2006.

ma famille et des amis proches de ce côté de l'océan. Cela semblait être le début du reste de ma vie.

Mais le désastre nous attendait, moins d'un an plus tard.

*

Milan, la Sardaigne, Capri, Amalfi, Rome, l'Ombrie. L'été 2022. Après le confinement de la longue pandémie, l'Italie semblait un miracle qui nous enveloppait dans la chaude étreinte d'une vieille amitié. À proprement parler chaude, en réalité. Il y avait une vague de chaleur et les rivières étaient à sec. On ne pouvait pas sortir sous le soleil de midi. Mais l'Italie vous régénérait. Elle vous débarrassait de vos oripeaux et de nouveaux éléments tout neufs apparaissaient pour combler le vide. L'Italie, c'était un sourire et une fête. L'Italie, c'était la musique. Nous y étions pour un mois. À Milan nous avons dîné dans un établissement que j'ai beaucoup fréquenté, le restaurant Rigolo dans le quartier de Brera et cela m'a fait plaisir que les propriétaires se souviennent de moi. En Sardaigne j'ai fêté mon soixante-quinzième anniversaire chez des amis très chers dans un paysage rocailleux qui me faisait penser au monde du roman que j'étais en train d'achever, et notre hôte, Steve Murphy, m'a fait en guise de cadeau d'anniversaire le plaisir de chanter pour moi une de mes chansons préférées de Dylan : « Love Minus Zero/No Limit » en s'accompagnant à la guitare sous le ciel étoilé. À Amalfi et Ravello, il y avait encore d'autres vieux amis, Alba et Francesco Clemente, et la Fête nocturne de Sant'Andrea. En 1544, le saint avait fait se lever une tempête qui avait détruit la flotte des Sarrasins venus conquérir la ville et il était toujours le saint patron de ceux qui prennent la mer. Au début, des hommes apportèrent au bord de l'eau la statue du saint sur un palanquin afin qu'il puisse bénir les bateaux. Ensuite ils le transportèrent à travers la ville et finirent par gravir les marches raides de la cathédrale en portant le palanquin du saint sur leurs épaules, un seul faux pas aurait provoqué un désastre mais il n'y en eut pas. Après le saint vinrent les feux d'artifice, nous y assistâmes depuis la terrasse des Alba perchée sur la colline au-dessus du square municipal, on aurait dit que les étonnantes explosions se produisaient juste devant nous. À Rome il faisait presque trop chaud pour se déplacer et j'achetai un éventail pour Eliza. (À Milan je lui avais offert un sac à main.) En Ombrie nous nous sommes rendus dans une célèbre résidence d'écrivains, Civitella Ranieri, installée dans un château du XVe siècle appartenant à la famille Ranieri. Ils possédaient un autre château où ils vivaient, celui-ci était donc leur château secondaire, leur château d'appoint mais il était largement assez bien pour nous. Nous y avons bien travaillé et avons rencontré de nouveaux amis. Le jour nous écrivions et le soir il y avait de bons repas, du vin et des conversations jusque tard dans la nuit. J'ai joué au ping-pong contre des écrivains qui avaient la moitié de mon âge et ne me suis pas ridiculisé. Un jour nous avons visité Arezzo où nous avons vu les fresques de Piero della Francesca et rendu hommage à la statue de Guido d'Arezzo, l'inventeur du système de notation musicale moderne, les portées, les clefs et tout le reste. J'ai corrigé les épreuves de *La cité de la victoire*, et c'était bien.

Nous sommes rentrés en Amérique, nous arrachant à cette douce étreinte parce qu'Eliza avait créé l'imagerie photographique et vidéo qui constituait l'environnement visuel de *Castor and Patience,* un nouvel opéra composé par Gregory Spears sur un livret d'une de ses amies, la poétesse Tracy K. Smith. L'opéra devait être créé à Cincinnati le mardi 21 juillet. Après le château italien, Cincinnati représentait un changement plutôt radical mais la première se passa bien et le travail d'Eliza fut apprécié.

Après cela, notre ancienne vie ne disposait plus que de vingt jours. J'ai commencé à organiser un voyage à Londres pour aller voir ma famille. Le mardi 28 juillet, j'ai apporté quelques corrections de dernière minute aux épreuves de *La cité de la victoire* qui étaient alors prêtes pour l'impression. Nous avons vu quelques amis. Le mardi 9 août, nous avons appris dans la presse que Serena Williams envisageait de mettre un terme à sa carrière après l'US Open. Fin d'une époque, avons-nous pensé comme tout le monde. Cette nuit-là j'ai fait le rêve où j'étais attaqué par un gladiateur. Le mercredi 10 août, nous sommes sortis le soir pour un rendez-vous au restaurant italien Al Coro.

Les petits faits de la vie quotidienne.

Et le matin du mardi 11 août, j'ai pris l'avion seul de JFK à Buffalo et j'ai été conduit par une charmante dame du nom de Sandra le long de la rive sud du lac Érié jusqu'à Chautauqua.

*

Nous avions décidé qu'Eliza irait voir sa famille dans le Delaware et que j'irais une semaine à Londres pour voir la mienne. Mais elle avait choisi de rester à New York et de me faire la surprise à mon retour de Chautauqua pour que nous puissions passer une nuit ensemble avant de nous séparer pour aller voir nos familles. Pendant ce temps, à Londres, mes fils, Zafar et Milan, ma sœur Sameen et mes nièces Maya et Mishka étaient impatients de mon arrivée imminente et Zafar disait à sa fille Rose, qui n'avait pas encore deux ans, que Grandpa allait arriver bientôt et qu'il viendrait assister à son cours de natation pour la voir barboter. Mes éditeurs chez Random House avaient programmé une réunion par Zoom peu après mon retour pour discuter des détails du lancement de mon livre. Tout semblait aller bien.

Et puis le monde a explosé.

Safiya Sinclair, l'amie d'Eliza, l'a appelée au milieu de la matinée, la voix tremblante, pour lui demander si elle allait bien. C'est ainsi qu'Eliza a entendu parler pour la première fois de mon agression. Après quoi elle criait devant la télévision tandis que le bandeau d'informations en continu en bas de l'écran de CNN confirmait la nouvelle. Pendant ce qui parut une éternité il y eut peu d'informations détaillées ou fiables. Le téléphone n'a pas cessé de sonner. La Rumeur a pris la place des Faits et a encore aggravé son supplice. J'étais mort. J'avais été frappé mais pas tué. Je m'étais relevé, j'avais quitté la scène et j'allais bien.

Très loin, à Londres qui tout à coup semblait plus éloignée que jamais comme si l'océan Atlantique s'était soudainement élargi, ma famille cherchait désespérément à avoir des nouvelles. Et ils étaient tous horrifiés. Les informations dont disposait Zafar étaient contradictoires, d'abord j'avais été poignardé cinq fois, dix fois. Non j'allais bien. Non j'avais été poignardé quinze fois. C'était la fin de l'après-midi à Londres, bientôt le soir et tandis que plusieurs membres de ma famille se rassemblaient chez Sameen, simplement pour être ensemble, la vérité commença lentement à se faire jour.

J'avais été transporté en hélicoptère vers l'hôpital le plus proche. Il y avait apparemment très peu de chances que je survive. Les prochaines vingt-quatre heures seraient décisives.

*

À New York, Eliza s'efforçait de trouver le moyen le plus rapide de me rejoindre. Son téléphone explosait. C'était le chaos.

Quelqu'un lui a téléphoné – par la suite elle n'a pas pu se rappeler de qui il s'agissait – pour lui dire qu'elle devait faire au plus vite parce que je n'allais pas m'en sortir. Son monde était en train de se désintégrer. La vie amoureuse que nous avions bâtie ces cinq dernières années s'achevait dans la violence. Un cauchemar avait franchi la frontière entre le rêve et la réalité et s'était réalisé. L'image qu'elle se faisait du monde avait éclaté et gisait au sol en morceaux.

*

Dans son grand livre *Si c'est un homme*, Primo Levi nous dit que « le bonheur parfait ne peut être atteint » mais il ajoute que le malheur parfait non plus. À cet instant, Eliza lui aurait donné tort. Le malheur parfait, tel était le nom du pays qu'elle habitait désormais.

*

Elle appela nos agents littéraires, Andrew Wylie et Jin Auh. Andrew pleurait. Nous étions amis depuis trente-six ans et dans l'ouragan qui m'avait frappé après la publication des *Versets sataniques* et la fatwa de Khomeyni, il avait été mon allié le plus loyal et le plus déterminé. Nous avions traversé cette guerre ensemble, pour en arriver là ? Il ne le supportait pas. Mais c'était le temps d'agir, pas de pleurer. « Il faut que tu y ailles tout de suite », dirent-ils à Eliza. Par la route cela prendrait au moins sept heures. Elle ne disposait pas de sept heures. La seule solution était de prendre l'avion.

Nous ne faisons pas partie de ces gens qui louent des avions privés. Nous n'avons pas ce genre de fortune. Mais à ce moment-là, l'argent n'avait pas d'importance. La seule chose qui comptait c'était de se rendre sur place. Il fallait utiliser la carte American Express et se préoccuper de l'argent plus tard. Andrew et Jin trouvèrent un avion pour Eliza. Il attendait sur un aérodrome à White Plains dans l'État de New York. Cela allait coûter plus de vingt mille dollars. Peu importe.

« Vas-y », lui dirent-ils.

Elle partit avec sa sœur Melissa, et le mari de celle-ci, Eumir Brown, un sympathique instituteur de Brooklyn, les accompagna. Et pendant tout le trajet elle supporta le fardeau de ces mots qu'elle avait entendus au téléphone – *Il ne va pas s'en sortir* –, des mots pour lesquels il n'y avait aucune consolation possible.

Pendant ce temps à Washington, D.C., son frère Adam et son époux Jeff Leisure sautèrent dans leur voiture et se mirent à foncer vers le nord-est en direction d'Érié le plus vite possible. Et à Wilmington, son frère Chris sauta lui aussi dans sa voiture et se mit également à conduire à toute vitesse.

Telle fut la réaction de sa famille. Eliza (qui pour eux était Rachel) était très aimée bien sûr par ses parents. Mais à présent je faisais partie de la famille et ils seraient là pour moi aussi bien que pour elle.

*

La police de l'État de New York lui téléphonait. La police de l'État de Pennsylvanie lui téléphonait. L'hélicoptère m'avait fait franchir la frontière entre les États pour me conduire au UPMC Hamot à cinquante-six kilomètres de Chautauqua, à Érié en Pennsylvanie, « le seul centre de traumatologie accrédité dans la région d'Érié », selon les informations de son site et donc l'endroit qui m'offrait ma seule chance de survie.

Il ne va pas s'en sortir.

Quand l'appareil atterrit, il y avait des véhicules de sécurité partout. La nouvelle explosait déjà sur les ondes du monde entier. Une opération de sécurité maximale avait été ordonnée à l'aéroport et à l'hôpital. Eliza, Melissa et Eumir furent embarqués dans un véhicule de police et conduits à Hamot. Dans la voiture tout le monde gardait le silence. « Ils ne veulent pas me dire qu'il est mort, pensait Eliza, ils m'emmènent voir la dépouille de mon mari. »

*

Je n'étais pas mort. J'étais au bloc opératoire où de nombreux chirurgiens s'activaient simultanément sur mes différentes blessures. Mon cou, mon œil droit, ma main gauche, mon foie, mon ventre. Les entailles que j'avais au visage, sur le front, les joues, la bouche et la poitrine. L'intervention dura près de huit heures.

Et à la fin je fus placé sous assistance respiratoire, mais je n'étais pas mort.

J'étais vivant.

Un an plus tard, ma belle-fille Natalie m'a envoyé des notes qu'elle avait prises quelques semaines après l'agression à propos des premières vingt-quatre heures. Quand Zafar a appris la nouvelle, dit-elle, il a eu l'air catastrophé. « Quelque chose a basculé en lui. » Il était environ minuit à Londres, lorsque Eliza les a appelés depuis l'hôpital. Elle était en compagnie du médecin responsable et elle avait mis son téléphone sur haut-parleur. Le médecin leur dit de se préparer au pire car je n'avais qu'une toute petite chance de survivre. Tandis qu'il décrivait mes blessures, Natalie entendit Eliza hurler de chagrin : « Non, de grâce, non ! » Cette nuit-là, Zafar et Natalie restèrent couchés dans le noir et « le monde semblait très lourd, silencieux et obscur ». Zafar pleura toute la nuit. « Il avait l'air d'un enfant qui veut prendre son père dans ses bras, écrivit Natalie. Il savait que s'il s'endormait son père ne serait peut-être plus là quand il s'éveillerait. » Mais le lendemain Eliza rappela. J'étais éveillé et alerte, même si j'étais toujours sous assistance respiratoire. Elle plaça le téléphone près de mon oreille pour que Zafar puisse me dire qu'il m'aimait. Je l'entendis et fis bouger mes orteils, quand Eliza le lui dit, il versa des larmes de joie.

*

Plus tard nous avons appris que le A. était détenu à la prison du comté de Chautauqua et qu'on lui avait refusé le droit d'être libéré sous caution. Les charges retenues contre lui étaient tentative d'assassinat et agression à main armée. Plus tard, Eliza et moi avons rencontré Sherri, un agent du FBI qui est venu me rendre visite dans ma chambre d'hôpital pour m'assurer que la police fédérale travaillait sur l'affaire « vingt-quatre heures sur vingt-quatre » et qu'ils envisageaient de monter un dossier pour attentat terroriste. Les policiers fédéraux et ceux de l'État vinrent prendre ma déposition et se dirent impressionnés par ma mémoire. Ils voulaient sans doute se montrer polis. Plus tard encore, nous avons appris que « trente mille éléments de preuve » avaient été découverts dans le sous-sol de son appartement dans le New Jersey, chaque donnée de son ordinateur, tous ses textes et ses mails, probablement. Tout cela nous paraissait très abstrait, à moi surtout. La question dans ces premiers jours était simple : la survie.

Vivre. Vivre.

3

HAMOT

Quand j'ai repris conscience je me suis mis à avoir des visions. Elles étaient d'ordre architectural. Je voyais de majestueux palais et autres édifices grandioses, ils étaient tous constitués de lettres de l'alphabet. Les blocs servant à construire ces structures fantastiques étaient des lettres comme si le monde était fait de mots, créé à partir du même matériau de base que le langage, et la poésie. Il n'y avait aucune différence essentielle entre les bâtiments faits de lettres et les histoires, ils étaient constitués de la même matière. Leur essence était la même. Les visions engendraient des murs d'enceinte, de vastes salles, des dômes élevés à la fois somptueux et austères, une fois le Sheesh Mahal avec ses pavés de miroir, une autre un lieu aux murs de pierre percés de petites fenêtres à barreaux, quelque chose qui ressemblait à Hagia Sophia d'Istanbul se manifesta devant moi sous l'effet de mon cerveau dérangé, et l'Alhambra, et Versailles, tout comme Fatehpur Sikri, le fort rouge d'Agra et le Lake Palace d'Udaipur, mais aussi une version plus sombre de l'Escurial en Espagne, menaçant, austère, un cauchemar plus qu'un rêve. Lorsque j'observais attentivement, les alphabets étaient toujours présents, faits de miroirs étincelants et de sombres lettres de pierre, des alphabets de brique et des lettres précieuses d'or et de diamant. Au bout d'un moment, je compris que j'avais les yeux fermés. Je continuais encore, à ce moment-là, à penser à mes yeux au pluriel.

J'ouvris les yeux, seulement mon œil gauche, comprenant plus ou moins que le droit était recouvert d'un pansement rembourré, les visions ne disparurent pas mais devinrent plus fantomatiques, transparentes, et je commençai à prendre un peu conscience de ma véritable situation. La première découverte, la plus encombrante et la moins confortable, fut celle du respirateur artificiel. Après coup, quand on me l'eut enlevé et que je fus capable de parler, j'ai dit que c'était comme d'avoir une queue de tatou enfoncée dans la gorge. Et quand on me l'avait retiré, c'était comme d'avoir une queue de tatou *arrachée* de la gorge. J'avais survécu au Covid sans avoir eu besoin d'assistance respiratoire. Et cette fois, j'y avais droit. Et malgré mon esprit très flou, je me souvenais des premiers temps de la pandémie lorsque très peu de gens survivaient après avoir été placés sous assistance respiratoire.

Je n'étais pas capable de parler mais il y avait des gens assis dans ma chambre. Cinq, peut-être six personnes. Je n'étais pas très doué pour les chiffres à ce moment-là. Des lettres flottaient dans l'air entre eux et moi. Peut-être que ces gens-là n'existaient pas. Peut-être étaient-ils eux aussi une hallucination. J'étais lourdement sédaté à l'aide d'antalgiques, fentanyl, morphine. C'était probablement la cause des hallucinations aux alphabets. Peut-être aussi celle de ces fantômes dans la chambre.

Ce n'étaient pas des fantômes. C'étaient Eliza, Eumir, Melissa, Chris, Adam et Jeff. En avion, en voiture, ils étaient tous arrivés à temps pour assister à mon réveil. Je ne portais plus mes lunettes, elles avaient été cassées lors de l'attaque ou dans la pagaille qui avait suivi et je ne voyais donc pas les gens distinctement, ce qui valait peut-être mieux puisque ainsi je ne voyais pas l'expression de tristesse sur leurs visages. Ils voyaient ce que moi je ne pouvais pas voir : mon propre corps. Mon cou et ma joue droite avaient été entaillés par le couteau et ils voyaient les deux bords de la blessure suturés par des agrafes en métal. Il y avait une longue balafre horizontale le long de mon cou, sous mon menton, et elle était aussi maintenue fermée par des agrafes. Ils voyaient que toute la région du cou était enflée de manière grotesque et couverte de sang noir. Ils voyaient que le sang séché de ma blessure à la main gauche ressemblait presque à des stigmates. La blessure était enveloppée de pansements et la main était fermement maintenue dans une attelle. Et quand l'infirmière entra pour s'occuper de mon œil perdu, Eliza et les autres assistèrent à ce qui ressemblait à l'effet spécial d'un film de science-fiction, l'œil monstrueusement détendu émergeant de son orbite et pendant sur mon visage semblable à un gros œuf mollet. L'enflure avait si vilaine allure que les médecins ne savaient pas, dans ces premiers temps, si j'avais encore une paupière (je l'avais). Eliza et les autres voyaient le tuyau du respirateur dans ma bouche et personne ne pouvait leur dire quand on me l'enlèverait ou si on me l'enlèverait. Les blessures à la poitrine étaient recouvertes mais ils savaient que mon foie avait été touché et qu'il faudrait me remplacer une partie de l'intestin grêle. On leur avait dit que mon cœur avait été « blessé ». Ils ne savaient pas si j'allais survivre et si oui, dans quel état. Tout cela se lisait sur leurs visages mais ils étaient flous. Dans mon état de semi-conscience anesthésiée, j'étais simplement content qu'ils soient là.

(Pendant plusieurs semaines, Eliza a refusé de me laisser me regarder dans un miroir. Je ne savais donc absolument pas à quel point j'étais affreux. Médecins et infirmières venaient me voir et déclaraient : « Vous avez bien meilleure mine », et je croyais leurs mensonges parce que je voulais y croire. Au plus profond de la nuit, dans le service de traumatologie de l'UPMC Hamot où les agonisants poussaient des cris nocturnes dans les chambres voisines, la question la plus importante, la vie ou la mort, restait en suspens et on ne pouvait y répondre clairement.)

Eliza était à mon côté, refusant de me laisser voir son chagrin ou sa peur, sachant qu'elle devait être aimante et forte pour moi. Elle me dit : « Bouge ton pied si tu me comprends. » Quand mon pied ne bougeait pas, elle était proche du désespoir. Peut-être le couteau qui s'était enfoncé si profond dans mon œil, allant jusqu'au nerf optique, avait-il aussi endommagé mon cerveau.

Un peu plus tard, quand je fus moins vaseux et mieux à même de comprendre ce qu'on attendait de moi, je me mis à bouger le pied, une fois pour oui, deux fois pour non et même dans mon état embrumé, je sentis les vagues de soulagement qui balayaient la chambre.

À présent qu'ils me savaient en état de comprendre, ils pouvaient me parler. Eumir s'approcha, s'assit près de mon visage et me dit qu'il voulait me lire quelque chose. C'était une déclaration du président Biden en réponse à mon agression. Eumir me la lut lentement et doucement à l'oreille.

Jill et moi avons été choqués et attristés d'apprendre l'agression brutale contre Salman Rushdie hier dans l'État de New York. Avec tous les Américains et les peuples du monde entier, nous prions pour sa santé et son rétablissement. J'exprime ma reconnaissance à tous ceux qui ont réagi les premiers, à ces braves individus qui sont rapidement intervenus pour venir en aide à Rushdie et pour maîtriser l'assaillant.

Salman Rushdie, avec sa vision pénétrante de l'humanité et son inégalable sens du récit, son refus de se laisser intimider ou réduire au silence, incarne des idéaux universels et essentiels, la vérité, le courage, la résilience. La capacité à partager des idées sans crainte. Ce sont les fondements de toute société libre et ouverte. Et nous réaffirmons aujourd'hui notre attachement à ces valeurs profondément américaines en solidarité avec Rushdie et tous ceux qui se battent pour la liberté d'expression.

Lorsque la mort s'approche de vous d'aussi près, le reste du monde s'éloigne et vous pouvez éprouver une profonde solitude. Dans de tels moments, des paroles affectueuses sont réconfortantes et donnent de la force. Elles vous donnent le sentiment que vous n'êtes pas seul, que, peut-être, vous n'avez pas vécu et travaillé en vain. Au cours des vingt-quatre heures suivantes, j'ai pris conscience du flot d'amour qui affluait vers moi, une avalanche mondiale de réactions d'horreur, de témoignages de soutien et d'admiration. À l'instar du message du président Biden, il y eut des paroles fortes prononcées par le président français Macron. « Depuis trente-trois ans, Salman Rushdie incarne le combat pour la liberté et contre l'obscurantisme. La haine et la barbarie viennent de le frapper lâchement. Son combat est le nôtre, universel. Nous sommes aujourd'hui, plus que jamais, à ses côtés. » D'autres chefs d'État firent des déclarations semblables. Même Boris Johnson, alors Premier ministre britannique qui avait autrefois écrit un article pour dire que je ne méritais pas le titre de chevalier que j'avais reçu en juin 2017 « pour services rendus à la littérature » parce que je n'étais pas un assez bon écrivain, trouva pour l'occasion quelques platitudes réticentes. Seule l'Inde, pays de ma naissance et ma plus profonde source d'inspiration, ne trouva rien à dire ce jour-là. Et il y eut inévitablement des voix pour se réjouir de ce qui m'était arrivé. Quand on devient un objet de haine, il se trouve toujours des gens pour vous haïr. Il en avait été ainsi pendant trente-quatre ans.

Des amis m'adressaient des messages sur mon téléphone même s'ils savaient que je ne les lirais pas. Des amis m'envoyaient des mails et des messages vocaux même s'ils savaient que c'était vain. Ils me postaient des messages sur Facebook et Instagram : « Je t'en prie, je t'en prie, porte-toi bien. »

La dernière chose que j'avais postée sur Instagram c'était la photo que j'avais prise du clair de lune sur le lac de Chautauqua, le soir précédant l'agression. « On pense à vous », m'écrivirent des dizaines de personnes en guise de commentaire. « On pense à vous en allumant des bougies dans le désert. » « Tant de gens vous aiment et ont besoin de vous, ici et ailleurs. Nous vous soutenons tous. » « Nous espérons que votre force face à l'adversité va révéler une fois de plus votre super-pouvoir. » « Dévasté. » « Que les planètes s'alignent afin de vous protéger même si la lune ne l'a pas fait. » « Remettez-vous, remettez-vous, guérissez, surmontez cette épreuve. » « Nous vous aimons. » « Nous vous aimons. » « Nous vous aimons. »

Bien des gens me dirent qu'ils priaient pour moi. Même s'ils savaient que j'étais un affreux mécréant.

« J'ai pensé que tu étais mort, me dit beaucoup plus tard mon amie l'artiste Taryn Simon. Nous l'avons tous pensé. J'ai cru t'avoir perdu. C'était le sentiment le plus pénible que j'aie jamais éprouvé. »

Il y avait aussi les réactions d'individus ordinaires, lecteurs et non-lecteurs, des personnes que je ne connaissais pas, simplement de braves gens horrifiés par une mauvaise action. Sameen m'a lu quelques-uns de ces messages au téléphone depuis Londres avant de prendre l'avion pour venir aux États-Unis. Je n'étais pas suffisamment en forme pour prendre clairement la mesure de ce qui se passait en dehors de ma chambre d'hôpital mais je le sentais. J'ai toujours pensé que l'amour est une force, que, sous sa forme la plus puissante, il peut déplacer les montagnes. Il est capable de changer le monde.

J'ai compris que l'étrangeté de ma vie m'avait placé au cœur d'une bataille entre d'un côté ce que le président Macron avait appelé « la haine et la barbarie » et de l'autre, le pouvoir qu'a l'amour de guérir, de rapprocher, d'exalter. La femme que j'aimais et qui m'aimait était à mes côtés. Nous allions gagner cette bataille. J'allais vivre.

*

Pour l'instant cette chambre était le monde, et le monde était un jeu mortel. Pour sortir de ce labyrinthe et retrouver une réalité plus vaste et plus familière, j'allais devoir subir un certain nombre d'épreuves tant physiques que morales, comme les héros de toutes les mythologies du monde. Ma santé, ma vie étaient la Toison d'or vers laquelle je m'efforçais de mettre le cap. Le navire *Argo*, dans cette version de l'histoire, était un lit, et la chambre c'était la mer. La mer était un monde plein de périls.

À un moment donné, au cours de ces premières vingt-quatre heures qui s'étirèrent après l'intervention chirurgicale, alors que mon pronostic vital était engagé, j'ai rêvé d'Ingmar Bergman. Pour être précis, j'ai revu la fameuse scène du *Septième sceau* où le Chevalier, de retour des Croisades, joue une dernière partie d'échecs contre la mort, afin de repousser le plus longtemps possible l'inévitable échec et mat. C'était moi. J'étais le Chevalier. Et j'avais beaucoup perdu de mon sens des échecs depuis mes années d'étudiant.

Le service de traumatologie de Hamot n'était pas un endroit paisible. En raison de ma présence, l'hôpital avait mis en place un dispositif de haute sécurité comportant de nombreuses rondes de vigiles. Si Eliza voulait aller chercher un sandwich à la cafétéria, un garde devait l'y accompagner. Mais là-haut, dans mon service réservé aux traumatismes les plus graves, la situation était atroce. Quelqu'un, dans une chambre proche, réclamait à grands cris des médicaments, dans une autre chambre on entendait hurler un patient pour lequel les soins médicaux avaient dû arriver trop tard. Parfois on entendait des sanglots. Et Eliza, quand elle parcourait les couloirs et passait devant la chambre d'agonisants, ne pouvait s'empêcher de se demander si ce n'était pas aussi le sort qui m'attendait : « Vont-ils aussi mettre mon mari dans un sac mortuaire ? »

C'est ce qui a failli arriver. Plus tard, quand il est clairement apparu que j'allais survivre, le soulagement des médecins était lui aussi palpable. « Quand ils vous ont sorti de l'hélicoptère, m'a dit un membre de l'équipe des chirurgiens, on ne pensait pas pouvoir vous sauver. »

Ils m'ont sauvé mais il s'en est fallu de peu.

Un autre médecin m'a dit : « Vous savez la chance que vous avez eue ? C'est que celui qui vous a attaqué n'avait pas la moindre idée de comment tuer un homme à coups de couteau. »

Souvenir éclair de cette silhouette tout en noir, frappant sauvagement, échouant de peu. Mais aussi réussissant presque. Mon A. stupide et enragé.

*

L'après-midi du 13 août, on décida de m'enlever le respirateur artificiel. Elle fut donc retirée, cette queue de tatou, et ce fut aussi pénible qu'on peut l'imaginer. Mais tout de même une bonne nouvelle. Je pouvais respirer seul. J'ouvris la bouche et il en sortit des mots.

« Je peux parler. »

Ce fut le début de la riposte. Pour Eliza ce fut le début de l'espoir. J'étais vivant, je respirais, le reste viendrait en temps voulu. (Nous refusâmes de penser *peut-être*. Nous refusâmes carrément le peut-être. Il n'y aurait pas de peut-être. Il n'y avait qu'une certitude.)

*

Eliza ne voulait pas me laisser seul dans ma chambre d'hôpital. Les autres passèrent quelques nuits dans un hôtel proche avant de reprendre le cours interrompu de leur vie. Mon fils Zafar arriva de Londres, et deux jours plus tard, ce fut ma sœur Sameen. Ils logeaient eux aussi à l'hôtel. Mais Eliza est restée auprès de moi. Ce ne fut pas facile. On la prévint que l'hôpital était situé dans un quartier difficile, qu'elle ne serait pas en sécurité si elle sortait même pour se rendre à quelques pas de là dans un magasin Wallgrenns pour acheter quelques provisions. Il y avait une banquette capitonnée qui lui tint lieu de lit. Cela devait être très inconfortable mais c'est à ce moment-là qu'Eliza passa en mode super-héros. Elle ne laissa voir ni chagrin, ni peur, ni épuisement, ni angoisse, mais seulement de la force et de l'amour. Au moment où j'étais réduit à un état d'extrême faiblesse, elle devint mon roc, notre roc indestructible. Tous ceux qui passaient à sa portée devaient lui rendre des comptes, les médecins devaient lui expliquer leurs décisions, les infirmières lui décrire la façon dont elles entendaient me venir en aide, les policiers de l'État de New York et de Pennsylvanie tout comme les agents du FBI qui venaient me voir devaient passer par elle.

Elle voulut s'assurer que mes frais d'hospitalisation seraient bien pris en charge par mon assurance maladie de l'Université de New York. Elle téléphona à une directrice adjointe de la faculté des arts et des sciences, une femme très serviable, pour être certaine que l'assurance prendrait en charge ce qui devait l'être. Eliza avait déjà commencé à organiser notre retour à New York. À combien reviendrait un transfert par avion ? Ces frais seraient-ils pris en charge par l'assurance ? (Non. C'était trop demander.) Bon, alors, pourrions-nous louer un avion ? Il se trouve que nous connaissions quelques personnes possédant un avion – ces gens-là ne faisaient pas partie du milieu littéraire – et nous connaissions aussi deux ou trois personnes qui côtoyaient deux ou trois propriétaires d'avion, et au moins trois de ces personnes proposèrent aimablement de mettre leur avion à notre disposition. Mais finalement cette option s'avéra trop compliquée. Où se trouvaient ces appareils ? Pourraient-ils être expédiés jusqu'à nous au moment où nous en aurions besoin ? Disposaient-ils de fournitures médicales ? Pouvaient-ils prendre à leur bord les équipements d'urgence dont nous pourrions avoir besoin au cours du trajet, plus un professionnel de santé qui devrait nous accompagner, plus le personnel de sécurité ? Et puis… je n'avais pas vraiment envie de me sentir redevable envers qui que ce soit, aussi généreux fût-il. Nous avons décidé d'adopter la solution qui était dans nos moyens. Eliza a trouvé, au sein de Hamot, quelqu'un en mesure de nous aider à louer un véhicule sanitaire léger et à trouver toutes les personnes dont nous aurions besoin pour nous accompagner lors de ce voyage. Eliza a commencé ses pourparlers avec la police. Presque immédiatement la police de Pennsylvanie a accepté de nous escorter jusqu'à la frontière de l'État, et la police d'État de New York a accepté de nous y retrouver et de nous accompagner jusqu'au centre de New York. À Manhattan, ils me conduiraient à l'établissement de rééducation avec lequel Eliza était en lien : le Rusk Rehabilitation, un département de l'hôpital Langone de l'Université de New York et l'un des centres de convalescence les plus cotés du pays. Elle s'assura que Rusk avait de la place, ferait de la place, et que cette chambre serait prête au moment où nous en aurions besoin.

Ce « moment » n'adviendrait pas avant plus de deux semaines. Mais Eliza y travaillait déjà.

*

Minuit, dans la nuit du 14 au 15 août, a toujours eu pour moi une signification particulière. C'est le moment, en 1947, où l'Inde s'est libérée de la tutelle britannique. C'est aussi le moment où mon personnage de roman Saleem Sinai, l'antihéros et narrateur des *Enfants de minuit,* est né. J'avais pris l'habitude d'appeler le Jour de l'indépendance indienne l'« anniversaire de Saleem ». Mais cette année, le Jour de l'indépendance prenait une signification plus personnelle.

Le lundi 15 août était le Jour Trois. Le jour où il devint évident que j'allais continuer à vivre. Disons : où je serais libre de vivre. Et c'était bien cette liberté qui, à cet instant, m'importait le plus.

Mon cerveau s'était remis à fonctionner. J'avais passé deux scanners, ils avaient montré qu'il n'y avait aucun dégât, mon cerveau n'avait donc aucune excuse pour ne pas fonctionner. C'était peut-être là la plus grande chance de toutes, que la lame qui s'était enfoncée si profond ait manqué, à peut-être un millimètre près, d'endommager mes facultés mentales, ce qui veut dire que, en guérissant, je pourrais continuer à être moi-même.

On était en train de me sevrer des antalgiques tellement puissants – quand on vous a miraculeusement sauvé la vie, vous n'avez pas envie de finir dans la peau d'un accro aux opiacés – et les visions avaient donc cessé, ce que je regrettais. Je m'étais habitué à ces palais d'alphabet et à ces lettres d'or flottant dans l'air.

« Il faut que nous fassions un compte rendu de tout ceci. » Ce fut peut-être ma première pensée cohérente.

Je ne savais pas comment Eliza allait réagir à cette idée, mais elle accepta immédiatement et avec enthousiasme. « Cela dépasse mon cas personnel, dis-je, l'enjeu est plus important. »

Je parlais bien sûr de liberté, quel que soit le sens que ce mot tant rebattu puisse avoir pris à présent. Mais je voulais aussi réfléchir aux miracles et à l'irruption du miraculeux dans la vie de quelqu'un qui ne croit pas à l'existence des miracles et qui pourtant a passé sa vie à créer des mondes imaginaires dans lesquels ils existent. Le miraculeux, tout comme le A. et sa victime, avait franchi une frontière. Il était passé de la Fiction à la Réalité.

Eliza fit venir son matériel photographique. Il devait arriver de New York deux jours plus tard, et ainsi à partir du Jour Cinq nous pourrions commencer à établir un rapport sur mon état physique, ma guérison, mes pensées à propos de l'attaque, mon travail, mes idées et le monde. Eliza est une photographe et une vidéaste accomplie (tout comme elle est romancière et poète. Je me demande parfois s'il y a une limite à ses dons). Nous n'aurions donc besoin d'aucune aide extérieure. Ce serait une tâche que nous allions accomplir tous les deux. Ce serait un défi à la mort et une célébration de la vie et de l'amour, mais aussi, de manière plus prosaïque, une façon de regarder les dégâts en face.

Avant que le matériel ne nous parvienne nous avons commencé à enregistrer nos conversations sur son téléphone.

— Comment te sens-tu aujourd'hui, mon cœur ? Comment ça va, chéri ? Nous sommes le Jour Quatre depuis que nos vies ont changé à jamais.

— Tu sais… il y a des hauts et des bas. Mais je suis entouré par ceux que j'aime. À commencer par toi. Donc ça va.

— On va s'en sortir. On a d'autres histoires à raconter. Et ce que nous avons c'est la plus belle histoire, c'est l'amour.

— C'est vrai.

— Aujourd'hui c'est un jour bon de plus. Encore un jour bon pour nous, pour nous deux.

— C'est grâce à toi. C'est toi qui fais tout.

— Tu as fait le plus important. Tu n'es pas mort.

— Mon pauvre costume Ralph Lauren.

— On t'en trouvera un autre. On va aller dans ce magasin Ralph Lauren et dire, donnez un costume à cet homme.

— Je pense qu'ils devraient bien m'en offrir un.

— Comment va ta main, chéri ?

— Elle est lourde. On dirait que j'ai une main supplémentaire qui pend au bout de mon bras.

— Je t'aime. Nous allons nous en sortir.

— Moi aussi je t'aime.

*

Je n'étais pas en état de parler de liberté. C'est un mot qui est devenu un terrain miné. Depuis que les conservateurs ont entrepris de le revendiquer (Freedom Tower, *freedom fries*), les gens de gauche et les progressistes ont commencé à s'en détourner pour évoluer vers de nouvelles définitions du bien social selon lesquelles les gens n'auraient plus le droit de discuter ces nouvelles normes. La protection des droits et de la sensibilité de groupes considérés comme vulnérables devrait l'emporter sur la liberté de parole, ce que le Prix Nobel Elias Canetti appelait la « langue sauvée ».

Cette distance prise avec les principes du Ier amendement a permis à ce vénérable article de la Constitution d'être adopté par la droite. Le Ier amendement était devenu ce qui autorisait les conservateurs à mentir, à insulter, à dénigrer. C'était devenu une sorte de permis d'intolérance. La droite avait aussi un nouveau programme social qui ressemblait pas mal à un autre, plus ancien : l'autoritarisme, soutenu par des médias sans scrupules, de grosses fortunes, avec la complicité de certains hommes politiques et de juges corrompus. Tout cela, les complexités engendrées par les nouvelles notions de bien et de mal et mon désir de protéger l'idée de liberté – celle de Thomas Paine, des Lumières, de John Stuart Mill – de ces réalités nouvelles, dépassait mes capacités d'expression. Ma voix était faible et fluette. Mon corps était en état de choc. Parler de miracles était à peu près la seule chose dont j'étais capable.

Eliza m'apprit que bien des gens disaient : « Quelque force supérieure l'a protégé. »

Qu'étais-je censé faire de cette information ? J'ai été athée toute ma vie, fils d'un athée et père de deux autres athées, l'un qui ne parle pas de son athéisme (Zafar), l'autre qui en fait bruyamment étalage (Milan). Et voilà maintenant qu'on me demandait de croire qu'une main protectrice était descendue du ciel pour sauver la vie d'un incroyant ? Et ensuite ? Si les miracles existaient, qu'en était-il du reste ? La vie après la mort ? Le Paradis et l'Enfer ? Le salut ? La damnation ? C'en était trop.

Pourtant, pendant un demi-siècle, moi qui croyais en la science et la raison, qui n'avais pas de temps à consacrer aux dieux et aux déesses, j'avais écrit des livres dans lesquels les lois de la science étaient souvent subverties, dont des personnages étaient télépathes, se transformaient en bêtes meurtrières quand venait la nuit ou bien tombaient d'un avion d'une altitude de près de dix mille mètres, survivaient et se voyaient pousser des cornes, des livres dans lesquels un homme vieillissait deux fois plus vite que la normale, où un autre homme se mettait à flotter un centimètre et demi au-dessus de la surface de la terre, où une femme vivait jusqu'à l'âge de deux cent quarante-sept ans.

Qu'avais-je donc fabriqué pendant cinquante ans ?

Je voulais dire : je pense que l'art est un rêve éveillé. Et que l'imagination jette un pont au-dessus du gouffre qui sépare le rêve de la réalité et nous permet de comprendre la réalité selon des modalités nouvelles en la voyant à travers les lunettes de l'irréel. Non je ne crois pas aux miracles mais mes livres oui, et pour reprendre la formule de Whitman, comment cela ? Je me contredis ? Eh bien soit, je me contredis ! Je ne crois pas aux miracles mais ma survie est miraculeuse. Bon, d'accord, qu'il en soit ainsi. La réalité décrite dans mes livres, oh appelez-la réalisme magique si vous voulez, est devenue la véritable réalité dans laquelle je vis. Peut-être mes livres bâtissent-ils ce pont depuis si longtemps, des décennies, qu'à présent le miraculeux peut le franchir. La magie est devenue réalisme. Peut-être mes livres m'ont-ils sauvé la vie.

Cela paraissait délirant, même à mes yeux. Je tentai de me ressaisir.

« Reprenons plutôt notre compte rendu », me dis-je.

*

Le Jour Cinq, à ma grande surprise, le A., le malchanceux, commit l'erreur d'accorder une interview depuis la prison du comté de Chautauqua à Steven Vago et Ben Keslen du *New York Post.* Il avait été accusé de tentative d'assassinat avec coups et blessures et avait plaidé non coupable. (Non coupable d'un crime commis sous le regard d'une vaste foule de témoins ? Si tu commences ainsi, pensai-je, je ne crois pas que ça va passer.) Sur la photo du journal, avec ses grandes oreilles et sa barbe peu fournie – il s'agit en fait de la photo prise lors de son arrestation et transmise au *Post* par les services du shérif local –, il semble absurdement jeune, presque touchant et dans le calme de son attitude on pouvait imaginer la folie de l'ignorante jeunesse. Je sais que j'ai fait ce qu'il fallait, nous dit son expression, et je me fiche de ceux qui ne pensent pas comme moi.

Il confia qu'il avait eu l'« inspiration » de se rendre à Chautauqua après avoir lu « à un moment donné pendant l'hiver » un tweet annonçant ma prochaine participation à une manifestation dans ce lieu. « Merci, me dis-je, voilà qui prouve la préméditation. »

« Quand j'ai appris qu'il avait survécu je crois que j'ai été surpris », a-t-il ajouté. « Encore merci, pensai-je ; voilà qui prouve l'intention. » À part cela, ses remarques n'avaient pas grand intérêt. Il « admirait » l'ayatollah Khomeyni, quant à son opinion à mon sujet : « Je n'aime pas cette personne. Je ne pense pas que ce soit vraiment quelqu'un de bien. Je ne l'aime pas. Je ne l'aime pas beaucoup. » Il n'avait pas lu plus de « deux ou trois pages » de mon œuvre mais il m'avait vu sur YouTube donner une conférence et il en avait conclu que j'étais « hypocrite ». « Je n'aime pas les gens hypocrites comme ça », déclara-t-il d'une manière un peu obscure. Hypocrite comme quoi ? Il ne développa pas.

« J'ai voulu le tuer parce qu'il était hypocrite » serait un motif peu convaincant si on devait s'en servir dans un roman policier, et je fus fermement convaincu, après avoir lu ses remarques, que sa décision de me tuer manquait vraiment de motivations sérieuses. Si je me risquais à inventer un personnage qui déciderait de sang-froid de commettre un assassinat, pas un *crime passionnel*, mais un acte planifié et soigneusement étudié en détail au préalable, parce qu'il avait vu quelques vidéos, je soupçonne que mes éditeurs trouveraient ce personnage peu convaincant. Il peut sembler bizarre que le presque-assassiné adresse des reproches à son presque-assassin. « Il faut que tu me donnes une raison plus convaincante que celle-là » – après tout, *il avait bien essayé* de me tuer, donc, à l'évidence il trouvait ses motivations suffisantes – mais voilà ce que je voulais faire.

Je voulais le rencontrer. Je voulais m'asseoir dans une pièce avec lui et lui dire : « Raconte-moi tout. » Je voulais qu'il me regarde dans mon (seul) œil et me dise la vérité.

Eliza était fermement opposée à ce projet. « Cela ne se fera pas », me dit-elle. De toute façon, il n'était pas évident que ce fût jamais possible étant donné mon état de santé ; et le A. pouvait aussi refuser. Ses avocats le dissuaderaient probablement d'accepter. Pourtant, au départ, j'étais bien décidé à essayer. Et puis je me suis dit que le niveau d'intelligence du jeune homme ne paraissait pas très élevé – « Il n'a pas inventé la poudre », ai-je dû dire à Eliza – ou, du moins, ses capacités d'expression manquaient d'une certaine sophistication. Je soupçonnais, de façon peu charitable, qu'il ne devait pas pratiquer souvent l'introspection. Si je lui citais le fameux précepte de Socrate : « Une vie sans examen ne vaut pas la peine d'être vécue », je doutais de pouvoir obtenir une réponse intéressante. Je décidai que je n'avais pas besoin d'entendre ses clichés. Il vaudrait mieux pour moi que je l'invente.

Je n'avais pas encore décidé à ce moment-là d'écrire ce livre. Nous réalisions notre reportage vidéo, audio et photographique sur ce qui était en train de m'arriver, de *nous* arriver, mais nous n'avions même pas décidé s'il resterait confidentiel, comme une sorte de journal pour nous et éventuellement la famille ou s'il serait destiné à un public plus large. Notre décision de réaliser un film documentaire et ma décision d'écrire un livre se produisirent presque en même temps, et je me dis alors : « Il y a trois personnages importants dans cette histoire : Eliza, moi et *lui.* » Et j'ai décidé que l'imaginer, me glisser dans sa tête et décrire ce que j'y découvrirais serait pour moi plus intéressant que de le rencontrer dans sa tenue noir et blanc de prisonnier et d'écouter ses âneries dogmatiques en noir et blanc. Il aurait donc lui aussi son chapitre. Son tour viendrait.

*

Je n'allais pas bien du tout. J'étais cassé. Mais je guérissais.

Le foie est un organe étonnant. Il se régénère. Mon foie se régénérait et commençait à fonctionner correctement. J'étais capable de ne plus virer au jaune.

Mon intestin grêle lui aussi semblait fonctionner, les chirurgiens avaient donc fait du bon travail. Ce qui fait le plus plaisir au personnel hospitalier c'est d'entendre le patient déclarer que son transit intestinal fonctionne bien.

Le personnel soignant déteste que vos intestins soient bloqués et il vous administre des médicaments qui provoquent la diarrhée et vous leur demandez, de grâce, d'arrêter ; vous leur promettez d'un ton suppliant que vos intestins vont bientôt se remettre en marche, vraiment, et puis finalement, ils se remettent à fonctionner et tout le monde est ravi.

Du fluide s'amassait, pour une raison inexplicable, à la base de mon poumon droit. Il fallait faire une ponction. Je fus conduit de ma chambre jusqu'à un bloc opératoire à un étage inférieur. Je dus me coucher sur le flanc. On m'administra une anesthésie locale, puis il y eut l'aiguille et le drainage commença.

« Ne vous en faites pas, je suis le champion du drainage », me dit le médecin. « Oh, pensai-je (mais je ne l'ai pas dit), je ne savais pas qu'il existait un championnat. Des Séries Mondiales de drainage des fluides. Un Super Bowl du drainage ? Et qui assure le spectacle à la mi-temps ? Muddy Waters ? Aqua ? Boucle-la, Salman. Ce sera bientôt terminé. » Cela dura plus longtemps que je n'avais pensé et il y avait une grande quantité de fluide. Plus de neuf cents centimètres cubes ! Le champion brandit son trophée, une poche en plastique emplie d'un liquide brillant rouge rosé. « Je ne m'attendais pas à ce que ce soit si coloré », dis-je. Parce que je n'avais pas imaginé qu'il y aurait du sang mélangé au fluide, quelle qu'en fût la nature. Et bien sûr, il y avait du sang.

*

Pendant que j'étais absent de ma chambre, Eliza tourna la caméra vers elle et donna libre cours à ses sentiments, ceux qu'elle refusait de me laisser voir, le chagrin, la peur, la stupéfaction, l'impression de s'être éloignée de ce qu'elle avait cru être sa vie, et, par-dessus tout, sa fureur contre l'homme « qui était venu à Chautauqua et avait choisi la violence. Il a choisi la violence. Mais, ajoutait-elle, je vais bien, j'irai bien puisque mon mari n'est pas mort. Il a survécu ».

Il fallut très longtemps avant qu'elle me permette de voir l'enregistrement de son soliloque, de sa diatribe. Quand je l'ai vu, j'ai été submergé par le témoignage de sa souffrance et j'ai encore mieux compris l'immense effort qu'elle avait fait pour la cacher, pour sourire et veiller sur moi avec amour. Il fallait qu'elle se remette de cette épreuve. Elle avait été blessée presque aussi durement que moi.

*

Ma langue était profondément entaillée du côté gauche. Quand je suis tombé dans l'amphithéâtre j'ai dû la mordre accidentellement. Il fallait faire des points de suture.

Eliza a dit que me voir la bouche ouverte tandis qu'un médecin armé d'une aiguille et d'un fil me recousait la langue était le deuxième pire spectacle qu'elle ait eu à regarder. Les points de suture, m'expliqua-t-on, étaient biodégradables et devaient disparaître en moins de deux semaines. En attendant, je serais au régime premier âge : soupe, purée de pommes de terre, pas grand-chose d'autre. Je me consolais à l'idée qu'au moins mes dents semblaient en bon état. Elles n'étaient pas tombées comme j'étais sûr qu'elles allaient le faire après le premier coup.

Progressivement, conformément au programme annoncé, ma langue guérit et les points de suture disparurent.

*

Le pire spectacle auquel Eliza dut assister, ce fut celui de mon œil. Une infirmière devait passer toutes les heures l'imbiber d'une solution saline parce qu'il était tellement distendu, tellement enflé que la paupière ne pouvait plus se refermer et que l'œil ne pouvait donc s'humidifier tout seul. Il y avait vraiment de quoi pleurer mais il n'y avait pas de larmes.

Quand les pansements furent retirés, l'œil était monstrueux. Des médecins vinrent le tester pour déterminer s'il gardait encore une certaine capacité visuelle. On me demanda de placer ma main droite indemne sur mon œil gauche et ils envoyèrent une lumière en direction de mon œil droit. Il y eut un instant où, avec beaucoup d'enthousiasme, je dis que je voyais la lumière au bord du champ de vision de mon œil droit. Les médecins s'enthousiasmèrent eux aussi mais c'était un faux espoir. Je n'avais pas assez bien masqué mon œil gauche et c'est lui qui avait vu la lumière par-dessous le bord de ma main.

L'œil était perdu. J'essayais de me faire à cette idée. Le nerf optique avait été endommagé, point final. Il ne m'avait pas eu, le A., mais il avait eu mon œil. Même maintenant, en écrivant ces mots, je n'ai toujours pas réussi à accepter cette perte. C'est pénible physiquement. Ne pas voir la totalité de son champ de vision normal est difficile à gérer, et aussi de perdre la perspective binoculaire. De sorte que quand j'essaie de me verser un verre d'eau, il m'est facile de rater le verre, mais c'est encore plus pénible sur le plan émotionnel. D'accepter que cela va se passer ainsi pour le restant de mes jours est… déprimant. Mais, comme les parents de Saleem Sinai dans *Les enfants de minuit* ne cessaient de lui répéter pendant son enfance (les miens faisaient de même) : « Ce qui ne peut être soigné doit être supporté. »

Vint le jour où les médecins m'annoncèrent leur traitement à court terme concernant mon œil. On ne pouvait prendre aucune décision définitive, dirent-ils, quant à son futur à long terme tant que l'enflure ne se serait pas résorbée. Elle diminuait mais il faudrait encore attendre longtemps. Dans quelques jours il serait néanmoins possible de refermer la paupière sur l'œil et, dès qu'on pourrait le faire, il y aurait moyen de soulager ses problèmes et de mieux le protéger. Ils proposèrent d'abaisser la paupière et de la maintenir fermée à l'aide de points de suture. Après quoi, le canal lacrymal se remettrait à fonctionner et l'œil n'aurait plus besoin d'être humidifié toutes les heures à l'aide de la solution saline. De plus, il serait à l'abri de toute nouvelle agression. (« Quelle autre agression pourrait-il bien y avoir ? » me demandai-je. Mais une fois de plus je m'abstins de poser la question.)

« Cela doit être vraiment douloureux, dis-je.

— Nous utiliserons un puissant anesthésique local, m'assura-t-on.

— D'accord, parce que je ne supporte pas très bien la douleur. »

L'intervention eut lieu deux jours plus tard. Je vis l'aiguille approcher et demandai, apeuré : « Et l'anesthésique ? » On me répondit qu'il était contenu dans l'aiguille. Tout ce que je peux dire à propos de la suite c'est que si c'était vraiment le cas, je ne peux même pas imaginer à quel point l'intervention aurait été douloureuse sans. Eliza était dans la pièce, elle entendait mes forts grognements de douleur et voyait mon corps se raidir. Permets-moi de te donner un conseil, gentil lecteur. Si tu peux éviter de te faire coudre les paupières… évite-le. Cela fait vraiment très, très mal.

Ce fut un « succès », selon le personnel médical. Ce n'est pas le mot que j'aurais choisi. Je ne m'étais jamais autant approché d'une douleur aussi insupportable, et même, oui, y compris avec les coups de couteau. J'étais dans un tel état de choc pendant l'attaque que je n'ai pas ressenti la douleur comme telle même si ces témoins que j'ai mentionnés ont rapporté que je gémissais. Après cette intervention « couronnée de succès », je repensais aux vers de la chanson de Bob Dylan « Love Minus Zero/ No Limit » que mon ami Steve m'avait chantée le jour de mon anniversaire en Sardaigne au mois de juin : « Elle sait qu'il n'y a pas de succès aussi grand que l'échec / et que l'échec n'est pas un succès du tout. »

Il faudrait sept semaines avant qu'on puisse retirer les points de suture.

*

Le Jour Sept, à onze heures du matin, l'ordinateur d'Eliza fut placé devant moi pour que je puisse voir mes amis et mes soutiens se rassembler sur les marches de la New York Public Library en témoignage de solidarité. Une semaine plus tôt exactement, je gisais au sol dans l'amphithéâtre de Chautauqua, pensant que j'allais mourir, m'efforçant de ne pas mourir. Là à présent des centaines de personnes étaient rassemblées sur Fifth Avenue « aux côtés de Salman ». Et voici mon ami le merveilleux romancier Colum McCann déclarant à mon propos « Je suis Salman », tout comme moi et tant d'autres avaient affirmé après les assassinats des dessinateurs de *Charlie Hebdo*, le 7 juin 2015, « Je suis Charlie ». Comme c'était émouvant, et à la fois étrange, de devenir le slogan.

Suzanne Nossel, présidente du PEN America, l'organisation d'écrivains que j'avais moi-même présidée, fit dans son discours d'ouverture de passionnantes remarques. « Lorsqu'un aspirant meurtrier plonge un couteau dans le cou de Salman Rushdie, il ne transperce pas seulement la chair d'un écrivain célèbre, il provoque une fracture dans le temps et un électrochoc qui nous obligent tous à reconnaître que les horreurs du passé continuent à nous hanter. Il s'infiltre à travers les frontières et permet au long bras armé d'un gouvernement vengeur de frapper dans un havre de paix, il fait éclater notre quiétude et nous laisse la nuit éveillés à contempler la pure horreur de ces moments sur la scène de Chautauqua, il fracasse notre sentiment de confort, nous obligeant à reconnaître la fragilité de notre propre liberté. » Ce discours et tous ceux qui suivirent me laissèrent les larmes aux yeux mais je pensai tout de même : « Ne lui prêtez pas un tel pouvoir, Suzanne. Nous ne sommes pas si faciles à détruire. Ne faites pas de lui un ange du destin. Ce n'est qu'un clown stupide qui a eu de la chance. »

Il y eut plus d'une douzaine d'intervenants parmi lesquels des amis très chers, Kiran Desai, Paul Auster, A. M. Homes, Francesco Clemente. Je fus submergé par l'émotion. Il était difficile de parler. Mais après Eliza alluma sa caméra et me demanda ma réaction.

— Qu'as-tu éprouvé, chéri, en voyant tous ces gens rassemblés là pour toi à New York par cette belle journée ensoleillée ?

J'avais la voix fragile et la respiration irrégulière. Je parlai en phrases hachées.

— J'ai éprouvé… de la gratitude… J'étais… ému… de savoir… que ma vie… comptait… comptait tellement… pour les autres. Et j'étais… heureux… d'entendre… lire mon travail.

Après cette manifestation à la bibliothèque, il y eut des rassemblements de soutien partout, du moins à ce qu'il semble – en Angleterre, au Canada et dans toute l'Europe. Je me dis une fois de plus que l'amour était une force réelle, une force qui guérit. Je suis absolument persuadé que tout cet amour qui m'était adressé, celui d'inconnus tout comme celui de ma famille et de mes amis, a joué un très grand rôle pour m'aider à m'en sortir.

— Au début… à l'époque… après la fatwa… Il y avait beaucoup d'hostilité, y compris en provenance du milieu littéraire… j'ai l'impression… que peut-être aujourd'hui… les gens m'aiment… un petit peu.

Tout ce que j'ai jamais essayé de faire… c'est de bien travailler… et de faire les choses justement. C'est tout ce que j'ai jamais…

Plus tard, ce jour-là, j'ai éprouvé le besoin de dire à Eliza à quel point je lui étais reconnaissant à elle aussi. « Tu t'es vraiment sacrément surpassée. »

Elle me répondit que je n'avais pas à la remercier.

« Mais j'éprouve une profonde gratitude… Je veux que tu le saches… C'est ce que je ressens. »

Elle changea de sujet et me questionna sur un calypso de Harry Belafonte qu'elle m'avait entendu fredonner.

« "The Jack-Ass Song", lui dis-je. "Maintenant je te le dis de façon positive / Ne m'attache pas, moi l'âne, là-bas". »

Elle me demanda de chanter. Je suis incapable de chanter quand je suis au mieux de ma forme mais je chantai pour elle de ma voix faible et cassée. « "Maintenant, moi l'âne, je suis devenu fou, disent-ils / N'attache pas mon âne là-bas / Parce qu'il a l'œil sur une botte de foin / N'attache pas mon âne là-bas." »

« Cela me rend heureux, lui dis-je, de parler de sottises avec toi. »

*

La manifestation sur les marches de la bibliothèque me donna un grand sursaut d'énergie, mieux que n'importe quel médicament. Je parlai à Eliza de la manière dont nous devions retrouver notre vie.

« Il faut qu'on trouve notre vie, dis-je. On ne peut pas rester simplement à attendre de guérir après être pratiquement revenu de la mort. Il faut qu'on trouve la vie. »

*

J'essaie de me rappeler si j'ai éprouvé de la colère pendant ces jours-là. J'ai passé dix-huit jours dans le service de soins intensifs de Hamot, dix-huit des plus longs jours de ma vie. Et quand j'essaie de me revoir dans cette chambre je me souviens de m'être senti faible, décidé, épuisé, déprimé, assommé, embrumé et en compagnie d'Eliza, de Zafar et Sameen, aimant et aimé. Je ne me souviens pas de la colère. Je pense que la colère me semblait un luxe déraisonnable. Elle ne servait à rien. J'avais des questions plus importantes à régler. Je ne pensais pas beaucoup à l'homme dont les actes m'avaient conduit ici, ni à ces hommes dont l'idéologie meurtrière avait inspiré son geste. Je ne pensais qu'à survivre, ce par quoi j'entends non seulement rester vivant mais retrouver ma vie d'autrefois, cette vie libre que j'ai si soigneusement bâtie ces vingt dernières années.

Mon corps martyrisé se portait vraiment bien, tout compte fait. J'ai beaucoup appris au cours de ces journées sur l'étonnante capacité du corps humain à se réparer tout seul. L'animal humain est capable de bien des actions néfastes (et de quelques nobles actions), mais lorsque son existence est menacée un puissant instinct se déclenche et prend le commandement. C'est cet instinct de survie que j'avais entendu chuchoter à mon oreille tandis que je gisais ensanglanté à Chautauqua, *Vivre. Vivre.* J'entendais toujours son chuchotement sur mon lit d'hôpital.

Pour le reste, pour ce qui est de retrouver ma vie d'autrefois, je savais que cela devrait attendre. Ce serait un long voyage et avant de pouvoir emprunter ce chemin, il fallait d'abord que j'apprenne à marcher.

Un fauteuil était placé auprès de mon lit. La première étape était d'être capable de s'asseoir dans ce fauteuil. Je m'aperçus qu'au début j'avais besoin d'aide pour déplacer mes jambes, m'asseoir sur mon lit et m'installer dans le fauteuil. Mais cela semblait bon de se tenir plus droit et chaque jour, il me devint un peu plus facile de me déplacer par mes propres moyens en direction du fauteuil. Chaque jour j'étais un peu plus à même de faire certaines choses tout seul. Le jour où je fus capable de me rendre aux toilettes, d'accomplir ma propre tâche de bon patient consistant à me vider les intestins, et de me nettoyer sans l'aide d'une infirmière, eh bien ce fut une libération. J'avais été terrifié à l'idée de devenir une sorte d'invalide qui aurait besoin d'aide pour s'essuyer, se laver, qui serait traité comme un bébé. Je commençais à penser, juste un peu, que bientôt je redeviendrais un adulte.

Il y avait un miroir dans la salle de bains. Je n'avais pas encore vu mon visage.

Au bout d'environ dix jours, je sortis de ma chambre ! Une infirmière se tenait à mes côtés, et cette première fois, je me servis d'un déambulateur, ce que les Anglais appellent un Zimmer, mais je parvins à marcher jusqu'au milieu du couloir et à revenir. Les vigiles et le personnel médical me faisaient des signes d'encouragement en levant le pouce. Ensuite, chaque jour, je marchais un petit peu mieux.

Être capable d'accomplir tout seul quelques tâches simples de la vie quotidienne améliora considérablement mon moral. Je dus apprendre à tenir une brosse à dents et à y appliquer du dentifrice, en me servant d'une seule main. Mais des problèmes médicaux préoccupants subsistaient. J'avais de petites poches attachées à différents endroits pour recueillir les fluides qui s'échappaient de mon corps. Une des blessures infligées par le couteau à mon visage avait atteint le canal par lequel la salive s'écoulait dans ma bouche et elle se déversait sur ma joue. Un jeune médecin vint régler ce problème. Il enfonça une bande de tissu absorbant dans mon visage. Il venait me voir deux fois par jour, il appuyait fort sur la blessure et en retirait une bande imbibée de salive. La fuite s'assécha peu à peu. L'intervention était très désagréable et je pris l'habitude de l'appeler Dr. Souffrance. Mais ce fut efficace et lorsque je quittai Hamot, la salive ne coulait plus sur mon visage.

Ma main gauche était maintenue dans son attelle. Il était trop tôt pour entamer une kinésithérapie, les tendons devaient d'abord se reconstituer d'eux-mêmes. Avec l'œil droit aveuglé, c'était la preuve la plus manifeste de ma nouvelle réalité. Bien des gens essayèrent de me réconforter en me disant : « Au moins tu es droitier... » mais cette remarque bienveillante ne me consolait pas. Ma principale source de réconfort était la présence à mes côtés d'Eliza, de Zafar et de Sameen.

Zafar avait neuf ans à l'époque de la fatwa et il avait dû grandir avec cette menace au-dessus de la tête de son père. Puis, quand les choses semblèrent s'être arrangées, sa mère bien-aimée, Clarissa, mourut d'une récidive violente et agressive d'un cancer du sein après plus de cinq années de rémission. Il avait dix-neuf ans. Il avait traversé cette enfance éprouvante avec grâce et élégance et c'était vraiment terrible, pensai-je, qu'après plus de vingt ans, le passé revienne le hanter et l'oblige à venir d'aussi loin, de Londres, jusqu'à cet endroit éloigné où son père gisait entre la vie et la mort. Je n'étais vraiment pas le seul dont la vie avait été affectée par la menace terroriste. Il était une victime lui aussi.

*

Sameen et moi, nous avons été les plus proches alliés depuis le jour où elle a fait son apparition à Bombay un an et deux semaines après moi. Personne n'a été plus proche de moi durant l'enfance. Elle se battait pour moi contre les autres si elle pensait qu'ils me voulaient du mal et je la tirais d'affaire dans ses rapports avec nos parents.

Un jour, alors que nous devions avoir huit et neuf ans, on sonna à la porte. Un père en colère se tenait là et il éleva la voix contre mon père. « Votre fille vient de donner une raclée à mon fils. » Mon père éclata de rire. « Chut, dit-il, vous ne devriez pas le crier sur les toits. »

Nous étions restés proches pendant toute notre vie. Et à présent, ceci. Je lui redisais sans cesse à quel point je l'aimais et combien c'était important pour moi, à quel point cela m'aidait qu'elle fût venue. Au bout de quelques jours elle me dit : « C'est troublant. Tu n'as jamais été aussi chaleureux à mon égard. » C'était notre façon de faire, taquiner, plaisanter, se moquer, sachant que notre amour n'avait pas besoin pour exister de déclarations sentimentales. Et voilà que j'étais devenu larmoyant et sentimental. Elle avait raison d'être troublée : cela ne me ressemblait pas du tout.

« Je suis toujours chaleureux avec toi, protestai-je.

— Non, répondit-elle joyeusement, pas comme ça. »

Avant que Sameen ne vienne à Hamot, Eliza lui avait montré sur son iPhone mes orteils en train de s'agiter pour la rassurer et lui montrer que mon cerveau fonctionnait. Quand elle arriva, elle se mit à me faire ce que nous avions tous les deux fait pour notre mère quand nous étions petits et que, fatiguée, elle se reposait sur son lit l'après-midi : elle me pétrit les pieds (et massa ces orteils bavards) pour me détendre. « *Dabao* », lui dis-je en ourdou, répétant ce que ma mère ordonnait autrefois. « Appuie fort. » Pendant une semaine, notre familiarité de toujours m'apporta sinon de la joie, du moins le souvenir de la joie. Puis au Jour Huit, elle dut rentrer à Londres, non sans regrets, fâchée contre elle-même de n'avoir pas réservé un vol de retour plus tardif. Au Jour Neuf, Zafar rentra lui aussi chez lui. Après quoi il ne restait plus qu'Eliza et moi et il y avait encore neuf jours à endurer.

*

Dès qu'il apprit la nouvelle à mon sujet, mon plus jeune fils, Milan, n'eut plus qu'une idée en tête, accourir à mon chevet le plus vite possible. Mais il y avait l'océan Atlantique sur son chemin et, à vingt-cinq ans, il souffrait d'une violente phobie de l'avion. Il n'avait pas pu monter à bord d'un avion depuis près de six ans. Et le 12 août, il se trouva toute la journée en proie à ce cruel dilemme. J'avoue que je ne comprends pas très bien l'origine de sa phobie parce que pendant la plus grande partie de sa jeunesse il a souvent pris l'avion à la fois pour venir me voir à New York et, en ma compagnie, pour se rendre, par exemple, en Inde, à Chypre ou à Rome. Passer du temps avec lui a toujours été une de mes plus grandes priorités et avant l'apparition de cette phobie, nous avons alterné mes visites à Londres avec ses voyages en Amérique. Et puis la phobie est arrivée, comme surgie de nulle part, et après cela, pendant longtemps, c'était toujours moi qui me déplaçais. À présent l'attaque lui posait une question insoluble. Oui, il allait prendre immédiatement l'avion ! Non, il n'y arriverait pas. Oui, il allait s'y contraindre. Non, il allait se rendre à l'aéroport mais il serait incapable de monter à bord de l'avion.

Sa mère, Elisabeth, Elisabeth West, Lady Berkeley aujourd'hui l'heureuse épouse du compositeur Michael Berkeley et qui est restée une amie proche, vint à la rescousse. Elle lui acheta un billet sur le transatlantique, le *Queen Mary 2*, qui assure la dernière ligne de passagers à traverser encore l'océan. Il partirait de Southampton pour un voyage de dix jours jusqu'à New York où il arriverait à la fin août. Il était heureux qu'elle ait réagi aussi rapidement et aussi généreusement, comprenant (comme l'avait fait Eliza lorsqu'elle avait payé le jet privé pour se rendre à Erie) qu'il y a des moments dans la vie où on ne calcule pas, on agit. Vingt-quatre heures après qu'elle avait réservé une cabine pour Milan, il ne restait plus aucune place.

Sur mon lit d'hôpital, à peine capable de bouger, j'appris la nouvelle de la traversée de Milan et ma première réaction fut de l'envier. Longtemps avant l'attaque, j'avais vu un film avec Meryl Streep, *La grande traversée*, dont la plus grande partie de l'histoire se déroulait précisément à bord de ce paquebot. Je me rappelle avoir pensé que le film ne valait pas grand-chose mais que le bateau était extraordinaire.

J'ai dit à Milan avant qu'il n'embarque : « Moi aussi je veux monter à bord de ce bateau, peut-être, quand j'irai mieux, on pourra le faire ensemble. »

« Oui, Papa. Tu guéris et on ira. »

Cela faisait du bien de rêver à un futur plus heureux.

*

Au Jour Quinze, je parcourais les couloirs de l'hôpital sans aide. Ma voix avait beaucoup gagné en fermeté, mon corps aussi. L'armée de médecins qui inspectaient quotidiennement différentes parties de mon corps exprimaient leur satisfaction et même leur surprise. Le patron de l'équipe, un chirurgien dont le nom, curieusement, évoquait la gastronomie, James Beard, m'annonça qu'il serait bientôt temps de m'envoyer en rééducation. Les braves gens de Rusk à Manhattan dirent qu'ils m'attendaient. Le VSL était prêt. « Plus que deux jours », m'informa-t-on.

Mon œil recousu se portait bien. Ma main gauche était toujours immobile dans son attelle mais on m'expliqua qu'on allait me l'enlever à Rusk et commencer la kinésithérapie. Les petites poches attachées à mon corps furent enlevées parce que plus rien ne s'y écoulait. Avec un peu de chance, il n'y aurait plus de liquide sous mon poumon. Toutes les blessures et les entailles semblaient cicatrisées. Même le Dr. Souffrance n'avait plus besoin de me presser le visage pour extraire ma salive. Le Dr. Œil, le Dr. Main, le Dr. Coups de couteau, le Dr. Entailles, le Dr. Foie, le Dr. Langue, tous commencèrent à prendre congé.

« Je pense qu'on peut retirer les agrafes, dit le Dr. Agrafes au Jour Dix-sept, tout semble quasiment guéri.

— Quand on les aura retirées, est-ce que je pourrai me raser ? » demandai-je.

Ma barbe poussait depuis dix-sept jours autour de mes blessures dans mon cou et sur mon visage. Cela me grattait et c'était désagréable.

« Pas pour l'instant, répondit le Dr. Agrafes, attendez deux semaines. »

Snip-snip firent les cisailles et les agrafes métalliques

tombèrent. Parfois c'était indolore, parfois cela piquait mais chaque agrafe de moins me faisait du bien. Au moins je n'étais plus recollé par des moyens artificiels.

Un des médecins m'offrit une boîte de chocolats de chez le « meilleur artisan chocolatier d'Érié ». Un autre nous apporta des hot dogs à Eliza et moi, qui étaient aussi les meilleurs en ville. Des infirmières préparèrent en vitesse des bandeaux pour mon œil. Ils n'étaient pas confortables mais l'intention était généreuse. Tout le monde était heureux. Une des infirmières confia à Eliza : « Très peu de gens sortent d'ici sur leurs deux pieds. » Ce qui voulait dire qu'ils devaient partir dans des sacs mortuaires.

Jour Dix-huit. Je portais des vêtements et non plus une blouse d'hôpital pour la première fois depuis mon arrivée : un tee-shirt, un pantalon de survêtement, des baskets. Je devrais traverser l'hôpital en fauteuil roulant jusqu'à une aire de chargement discrète où nous espérions qu'il n'y aurait pas de journalistes. Nous ne voulions pas que l'on sache que j'étais transporté à New York. Nous voulions un embargo médiatique pour me laisser le temps de me remettre tranquillement, à l'abri des regards ou des oreilles indiscrètes.

Il était temps de partir.

4

RÉÉDUCATION

New York en fin d'après-midi, brillant au soleil. Cela m'a fait chaud au cœur de la revoir, ses rues *jolies-laides* à la fois généreuses et avares, tant de talents dans l'air et tant de rats sous les pieds, ses habitants qui se baladent en shorts d'été, ses parcs égayés par des jeunes filles en fleur, ses ponts métalliques rouillés, ses sommets, ses rues défoncées, son côté tout-à-la-fois, son abondance inépuisable, ses foules énormes, et partout des travaux et de la musique. Chez moi. Tandis que le VSL traversait Manhattan, j'avais le sentiment d'être revenu là où je devais être. J'avais quitté ce sanctuaire trépidant dix-neuf jours plus tôt pour me retrouver piégé dans un paradoxe : j'avais failli être tué dans la douceur faussement paisible d'un lieu lointain et sauvé dans un autre quartier lointain, celui-là malfamé. Chaque minute passée à Hamot j'avais eu l'impression d'être un poisson hors de l'eau malgré l'habileté des chirurgiens et la gentillesse des infirmières. J'ai toujours été un enfant de la grande ville, Bombay, Londres, New York. Les histoires des villes étaient aussi mon histoire et je me retrouvais dans mon océan préféré, l'océan d'histoires de béton et d'acier dans lequel j'ai toujours préféré nager.

L'arrivée à Rusk eut quelque chose de macabre. Parce que chacun était très soucieux qu'on ne me voie pas, préférant une arrivée discrète qui n'alerte pas les journalistes sur ma présence en ville, pour des raisons de sécurité. Eliza me recouvrit donc le visage d'une écharpe, mon brancard fut sorti du VSL, placé sur un chariot et je fus conduit anonymement à travers un espace inconnu. Cela me donnait un peu trop l'impression d'être mort. Je tentai de chasser cette idée tandis qu'on me faisait entrer, toujours masqué de mon écharpe, dans un ascenseur et qu'on me conduisait dans une chambre où l'écharpe fut enfin retirée. La première chambre ne disposait d'aucun endroit où Eliza aurait pu dormir, même si elle s'était arrangée à l'avance avec Rusk pour avoir cette possibilité ; nous dûmes attendre avant de nous installer dans une seconde chambre.

J'étais de retour en ville au coin de 70th Street et Second Avenue et pourtant je n'étais pas vraiment de retour puisque je ne pouvais dire à personne que j'étais là. Mon enthousiasme s'évapora. Une fois de plus, j'étais tiré en arrière vers mon affreux passé, les jours où j'étais « dans la clandestinité » en Grande-Bretagne, habitant des « lieux tenus secrets » avec des policiers armés, loin de tous ceux que j'aimais. Il y avait aussi des policiers armés devant la porte de ma chambre. Mais au moins Eliza était avec moi et Milan était en chemin. Le *Queen Mary 2* avait accosté à New York la veille. La sœur d'Eliza, Melissa, était allée chercher Milan à son arrivée. Nous lui avions loué un Airbnb dans l'Upper East Side. Notre appartement posait problème. Eliza s'était occupée de faire venir une entreprise spécialisée pour améliorer sérieusement la sécurité de l'endroit, caméras, bouton d'alarme, tout cela, et j'ai pensé qu'il valait mieux que Milan n'y loge pas. Pour une bonne raison, l'immeuble était depuis peu infesté de paparazzi. Melissa le conduisit à son appartement de location et il s'y installa, puis le lendemain, j'arrivai à Rusk et il vint me voir. Avant qu'il n'entre dans ma chambre, Eliza s'assit avec lui dans une petite pièce réservée aux visiteurs et lui expliqua à quoi il devait s'attendre, mes blessures, ma fatigue et le reste.

Ce furent des retrouvailles très émouvantes. Je n'avais guère d'énergie mais je fus transporté de joie de le voir. Il m'a dit plus tard qu'il était parvenu à gérer l'essentiel du chagrin et de la peur provoqués par ce qui m'était arrivé, au cours de sa longue traversée solitaire de l'océan, de sorte qu'au moment d'entrer dans ma chambre à Rusk il pouvait tout simplement être heureux de me voir et de constater que j'étais bavard, que je racontais des blagues, « que j'étais toujours le même Papa ». Je suis content qu'il n'ait pas assisté aux pires moments même s'il était bouleversé par l'œil bandé, la main dans son attelle, la poitrine couverte de cicatrices qu'il tint absolument à voir même si (ou parce que) je lui avais dit qu'elles faisaient ressembler mon torse à une carte du métro. Ce fut un énorme encouragement pour moi de l'avoir à mes côtés et pour lui, comme il me l'a dit, de se rendre compte que j'étais capable de me lever et de marcher.

L'optimisme coulait à flots entre nous – l'optimisme, ma grande faiblesse ou ma grande force (cela dépend à qui on pose la question mais c'est aussi en fonction de mon humeur). Dans le *Candide* de Voltaire (dont le titre complet est *Candide ou l'optimisme)*, les réactions positives du héros face aux horreurs du monde confinent à l'idiotie. (Si tout est pour le mieux dans le meilleur des mondes, ces univers parallèles doivent être véritablement infernaux.) Quand j'ai écrit mon roman *Quichotte*, je me suis moqué de ma propre nature en faisant de mon personnage éponyme un optimiste à la façon de Candide. Et à présent, cloué au lit et grièvement blessé comme je l'étais, je commençais à croire que le pire était derrière moi, que l'arrivée de Milan était le signe qu'une page avait été tournée et que les jours heureux allaient bientôt revenir.

Une sonnerie retentit pour signaler la fin des visites et Milan s'en alla pour la nuit.

Peu après, ma vessie m'informa que mon optimisme était prématuré. Il n'y a pas de manière élégante de raconter cela. J'avais des problèmes urinaires. Je ressentais l'envie et j'attrapais l'urinal posé près du lit mais ensuite, c'était comme s'il y avait un blocage. S'ensuivait un terrible inconfort, mais pas grand-chose d'autre. Les soignants apportèrent un appareil qui permettait de mesurer le taux de remplissage de la vessie. Elle était dangereusement pleine, me dirent-ils. Ce qui suit est presque trop affreux pour être décrit.

Mon premier cathéter.

Cher lecteur, si on ne vous a jamais enfoncé un cathéter dans l'organe génital, faites de votre mieux pour que ça ne vous arrive jamais. J'avais dépassé mon soixante-quinzième anniversaire sans qu'on m'ait jamais infligé cette vile ignominie, mais cette fois était la bonne. Laissez-moi juste vous dire que les bruits sortant de ma bouche au cours de l'intervention étaient des sons que je n'avais encore jamais entendus. C'était mon pénis qui demandait grâce.

Pour ne pas m'attarder trop longtemps sur ce sujet, je dirai que les problèmes urinaires persistèrent. L'envie d'uriner, la quasi-impossibilité d'y parvenir, la gêne de se forcer et de ne pas y arriver, la vessie qui se remplit. Je commençai à redouter les visites périodiques de l'Infirmière Vessie et de son vessimètre. Et j'avais de bonnes raisons de les redouter.

Il y eut une deuxième expérience de cathéter durant mon séjour à Rusk.

Puis une troisième.

Ce fut seulement à ce moment-là qu'intervint un des médecins, le Dr. Génie, qui commença à se demander si quelque chose dans le cocktail de comprimés et d'injections qu'on m'administrait à intervalles réguliers pouvait être la cause du problème. Il parvint même à identifier le produit, j'y pense sous le nom de toxicomycine, qui était le coupable probable. Ils cessèrent de m'en donner, et au bout de quelques heures s'opéra une transformation. On aurait dit qu'un barrage avait ouvert ses écluses en moi. Et ce que je ressentais comme pratiquement impossible redevint soudain facile.

Lorsqu'un patient découvre que c'est le traitement qui le rend malade, l'exaspération peut déborder. Je m'efforçais de garder mes sentiments sous contrôle mais je n'ai pas dû y arriver totalement. Les infirmières étaient compréhensives. L'Infirmière Vessie continuait à venir me contrôler mais désormais les nouvelles de son vessimètre étaient bonnes. Tout le monde était soulagé. Et personne ne s'est excusé d'avoir prescrit la toxicomycine qui avait causé le problème.

(Un problème médical provoqué par un traitement est une *iatrogénie médicamenteuse*. Un mot excellent pour une chose qui ne l'est pas. C'est la femme de Martin Amis, Isabel Fonseca, qui m'a appris ce mot, c'est Martin qui l'avait découvert, bien sûr.)

Je n'étais pourtant pas totalement tiré d'affaire. Le problème provoqué par le médicament avait provoqué un effet secondaire, une sévère infection du canal urinaire. Deux semaines d'antibiotiques au moins seraient nécessaires pour s'en débarrasser.

*

Milan avait fait des recherches sur les agressions au couteau. « Papa, dit-il en s'asseyant sur mon lit, il y a tant de cas où quelqu'un meurt après avoir été poignardé une seule fois, et toi tu as été poignardé une quinzaine de fois et tu es toujours vivant. »

Je hochai la tête : « Tu sais, le personnage de fiction auquel désormais je m'identifie le plus c'est Wolverine » – un X-Man doté du super-héroïque « pouvoir de régénération ».

Cela le fit rire. « Ouais mais sans les griffes, Papa. »

À présent que Milan était avec nous, Eliza pouvait disposer d'un peu de temps libre. Elle avait à peine quitté mon chevet depuis mon arrivée à Érié, mais maintenant elle pouvait faire une petite pause. Elle et Milan pouvaient se relayer auprès de moi. La journée à Rusk était bien remplie, les soins médicaux alternant avec les séances d'ergothérapie et entre les deux les visites des médecins et des infirmières. Il était environ quatre heures de l'après-midi quand la journée de travail était enfin terminée. Milan venait me voir l'après-midi et Eliza arrivait plus tard.

Nous avions aussi décidé que le « lit » fourni à Eliza

était trop étroit, trop rudimentaire, trop inconfortable pour elle. « C'est dingue que tu sois obligée d'essayer de dormir ici, lui dis-je, alors que ton lit à la maison est à portée de taxi. »

Elle était inquiète à l'idée de rentrer à la maison. « Et les paparazzi ? dit-elle.

— Au diable les paparazzi, accorde-toi donc une bonne nuit de sommeil. »

*

Après quoi je passai la nuit seul. J'étais piégé dans un lit équipé d'une alarme branchée qui se mettrait à hurler si j'essayais de me lever sans être aidé. Ça ne ressemblait pas tellement à la liberté. Tout mon univers s'était rétréci à la taille de ce lit hurleur – les lits d'hôpitaux n'étaient pas vraiment faits pour dormir. Ils étaient faits pour vous maintenir à votre place pendant que des gens allaient et venaient à toute heure du jour et de la nuit pour vérifier vos signes vitaux, vous faire une prise de sang, vous administrer des médicaments et vous demander comment vous vous sentiez. Pourquoi le policier assis devant ma porte estimait-il que trois heures du matin était le meilleur moment pour raconter à tout le monde une autre de ses blagues osées puis éclater d'un rire tonitruant, je ne sais pas. Pourquoi le meilleur moment pour faire une prise de sang était quatre heures du matin, on ne me l'expliqua pas. Pourquoi l'Infirmière Œil venait-elle dans ma chambre et allumait de vives lumières au-dessus de ma tête pour changer mon pansement à cinq heures du matin, c'était également inexpliqué. À cinq heures trente, l'hôpital était parfaitement éveillé, sa journée avait commencé et je pouvais oublier l'idée de dormir.

On peut aisément deviner à la lecture du paragraphe précédent que je commençais à devenir un peu fou. Par la fenêtre, sept étages plus bas, j'entendais la musique de la ville : les ambulances, les camions de pompiers, les sirènes de police, les SUV toutes vitres baissées beuglant du hip-hop jusqu'aux cieux, des fêtards éméchés riant et rentrant chez eux en zigzaguant. Ces bruits familiers me plaisaient mais ils soulignaient un fait mélancolique. J'étais dans ma ville mais pour l'instant je n'en faisais pas encore pleinement partie. Le couteau m'avait coupé de mon monde, il m'avait brutalement rejeté et m'avait placé dans ce lit hurleur.

Dans le vide de ces nuits d'insomnie, je pensais beaucoup au Couteau en tant qu'idée. Lorsqu'un couteau découpe la première part d'un gâteau de mariage, cela fait partie du rituel par lequel deux personnes s'unissent. Un couteau de cuisine est un élément essentiel de cet acte créatif qu'est l'art culinaire. Un couteau de l'armée suisse est une aide, capable d'accomplir de multiples tâches, petites mais nécessaires, comme ouvrir une bouteille de bière. Le rasoir d'Ockham est un couteau conceptuel, un couteau théorique qui coupe court à tout un tas de bêtises pour nous rappeler qu'il est préférable, parmi les explications disponibles des choses, de recourir aux plus simples d'entre elles plutôt que d'en chercher de plus compliquées. En d'autres termes, un couteau est un outil et ne prend de sens qu'en fonction de l'usage qu'on en fait. Il est moralement neutre. C'est le mauvais usage des couteaux qui est immoral.

« Houlà », pensai-je. Arrêt brutal. N'était-ce pas la même

chose que de dire « les armes à feu ne tuent pas les gens. Ce sont les gens qui tuent les gens » ? Étais-je en train de tomber dans un piège familier ?

Non. Parce qu'une arme à feu n'avait qu'un seul usage. Vous ne pouviez pas découper un gâteau à l'aide d'un Glock, ou faire la cuisine avec un AR-15, ou décapsuler une bouteille de bière en utilisant le Walther PPK favori de James Bond. La seule façon de se servir d'une arme à feu dans le monde c'était d'exercer la violence ; son seul but était de provoquer des dégâts, et même d'ôter la vie à des animaux ou à des humains. Un couteau n'était pas une arme à feu.

Le langage aussi était un couteau, capable d'ouvrir le monde, d'en révéler le sens, les mécanismes internes, les secrets, les vérités. Il pouvait trancher dans une réalité pour passer dans une autre. Il pouvait dénoncer la bêtise, ouvrir les yeux des gens, créer de la beauté. Le langage était mon couteau. Si j'étais pris à l'improviste dans une attaque au couteau que je n'avais pas souhaitée, peut-être était-ce là le couteau que j'allais utiliser pour riposter. Ce pouvait être l'outil dont j'allais me servir pour refaire et retrouver mon monde, pour reconstruire le cadre dans lequel mon image du monde pourrait une fois de plus être accrochée sur mon mur, pour prendre en charge ce qui m'était arrivé, pour me l'approprier, le faire mien.

Mais n'était-ce qu'un mensonge consolant que je me racontais à moi-même ? De la grandiloquence vide de sens ? Avais-je seulement l'envie de riposter ? Il y avait des moments – et ils étaient fréquents dans ce lit oppressant – où je me disais que je m'étais battu pendant la plus grande partie de ma vie et que l'univers me disait peut-être que ce n'était plus nécessaire, que je pouvais m'arrêter. Je pouvais déclarer forfait et admettre ma défaite. Peut-être était-ce le message du Couteau. *La cité de la victoire* devait sortir en février. Mon vingt et unième livre. J'en étais fier. J'espérais qu'il serait bien accueilli. Ce serait peut-être le meilleur moment pour s'arrêter, la meilleure façon de quitter la scène. L'occasion était peut-être venue de suivre l'exemple de Philip Roth et de tourner le dos à la littérature, de coller un post-it sur mon ordinateur avec ces mots : « Le combat est terminé. » Dans le meilleur des mondes possibles, *il faut cultiver son jardin.* Non pas que je sois doué pour le jardinage ni que j'aie envie d'apprendre.

Mon premier visiteur en dehors de ma famille fut mon agent et ami Andrew Wylie. Andrew a l'air austère mais c'est un homme émotif et il était au bord des larmes lorsque nous nous sommes embrassés. C'est un homme loyal, chaleureux, très intelligent et très drôle, totalement différent du « Chacal », le surnom que le monde de l'édition lui a donné. (Je pense qu'il l'aime. Cela lui donne un air dangereux.) Il fut très clair sur la manière de procéder.

« Je ne suis pas sûr d'être encore capable d'écrire, lui affirmai-je.

— Tu ne devrais penser à rien pendant un an, dit-il, sinon à te rétablir.

— C'est un bon conseil.

— Mais en fin de compte tu écriras là-dessus.

— Je ne sais pas, répondis-je. Je ne suis pas sûr d'en avoir envie.

— Tu le feras », dit-il.

*

Le cabinet de toilette de ma chambre à Rusk disposait d'un miroir. Pour la première fois en près de trois semaines, je pus regarder mon visage. Je dis à l'infirmière qui m'y avait amené que je pouvais très bien rester seul, je refermai la porte et me tournai vers le miroir. Plus tôt dans la matinée, un second Dr. Agrafes, la version new-yorkaise de ce médecin qui prenait le relais de celle d'Érié, m'avait annoncé qu'il me restait encore quelques agrafes dans le cou, dissimulées par la croissance de la barbe, et il me les avait retirées. Ainsi le visage que je voyais dans le miroir était-il au moins débarrassé des bouts de métal qui le faisaient tenir en un seul morceau. Les blessures s'étaient toutes refermées.

Un homme voit son reflet dans le miroir et n'est pas sûr de se reconnaître. Qui es-tu, demande-t-il au personnage dans le miroir. Est-ce que je te connais ? Vas-tu à un moment donné redevenir ce que j'étais ou est-ce là le personnage dont je suis désormais prisonnier, ce demi-étranger borgne aux cheveux en bataille ? « J'essaie de voir clair en toi », chantaient les Beatles « où es-tu allé ? ». L'homme du cabinet de toilette s'adresse à l'homme du miroir. Es-tu le fantôme de mon futur ? Les lèvres de l'homme reflété ne bougent pas. Es-tu quelqu'un qu'ils ont amené pour prendre ma place ? demande l'homme du cabinet de toilette à l'homme du miroir. Ils pensent qu'ils ont fait une erreur de casting en me confiant ce rôle, n'est-ce pas ? Ils ont donc trouvé quelqu'un d'autre, c'est ça ? Ils ont ramené un mort à la vie et lui ont confié mes scènes. Je vais être mis au rebut et tu vas prendre ma place mais alors qu'advient-il de moi ? Où vais-je aller ? Que devient mon histoire ? Comment se termine-t-elle ?

Les lèvres de l'homme du miroir ne bougent pas. Une entaille lui traverse le haut du front. Il a une coupure sur le côté droit de sa bouche. Il a la barbe en broussaille. Sa paupière droite est fermée par des points de suture. Il va très bien à la selle. Il arrive à se nettoyer et à s'essuyer tout seul. Son œil unique a l'air triste. Son visage semble choqué. Il joue bien son rôle.

L'homme du cabinet de toilette tend la main vers la surface du miroir, sa main droite, celle qui est indemne. La surface semble douce, comme un liquide épais. Sa main la traverse puis le reste de son corps passe de l'autre côté du miroir. À présent c'est lui l'homme au-delà du miroir, le miroir est derrière lui, obscur. Il est l'étranger qui va devoir jouer son rôle.

Dans le monde du miroir, l'autre, le monde du cabinet de toilette, est devenu invisible. Le rectangle du miroir est sombre, comme un écran de cinéma avant que la séance ne commence. Puis la projection démarre. Il est dans la chambre d'enfants de sa maison familiale à Bombay, il a environ sept ans, il lit un livre, allongé sur son lit. Ses sœurs semblent captivées. Le livre c'est *Peter Pan*. Il connaît cette scène. Il s'agit d'une photo prise par son père à l'aide de son Rolleiflex. Sameen et lui en ont chez eux des agrandissements épinglés au mur. C'est une idylle enfantine qui masque la vérité.

L'image change. Le livre est à présent refermé. C'est plus tard, dans la nuit. Ils écoutent les bruits nocturnes que font leurs parents, assourdis par les portes fermées. Son père qui crie. Les larmes de sa mère.

L'image change à nouveau. Il n'est plus un enfant mais un adolescent. C'est dans la journée, son père est en train d'insulter sa mère et il fait alors une chose dont il ne se serait jamais cru capable. Il va vers son père et le gifle violemment. Et il pense immédiatement : « Oh mon Dieu, à présent il va me frapper à son tour. » Son père n'est pas très grand mais il est très fort. « Oh mon Dieu, il va me briser la mâchoire. » Mais son père quitte la pièce sans le frapper. Se peut-il qu'il ait eu honte ?

À présent il a trente-quatre ans, il est l'auteur d'un livre qui a du succès et son père menace de divorcer à cause de ce livre. Le portrait du père dans le livre l'a offensé parce que le personnage a un problème d'alcool. « Tu l'as poussé à faire cela, dit son père en accusant sa mère. Comment aurait-il osé, sinon ? Comment aurait-il pu savoir tout cela ? » Il a envie de répondre à son père : « Les enfants entendent à travers les portes closes. » Il a envie de dire à son père : « Si j'avais voulu te coincer j'aurais évoqué tout ce que je sais et dont je n'ai pas parlé. »

Il quitte la maison familiale et n'y revient plus avant la semaine de la mort de son père. Le miroir est redevenu obscur.

*

Il y a la rééducation physique mais il y a aussi la rééducation mentale et spirituelle. Quand j'ai quitté ma famille pour m'installer à Londres, c'était la première fois que je passais de l'autre côté du miroir et que je devais me redécouvrir, me reconstruire, me réhabiliter dans une nouvelle réalité et jouer un rôle nouveau dans le monde. Après la fatwa de Khomeyni, je dus tout recommencer. Et lorsque je quittai Londres pour New York, ce fut la troisième fois. Ici à présent, à Rusk, c'était la quatrième.

« Ça va là-dedans ? demanda l'infirmière.

— Oui, j'ai juste besoin d'un peu de temps.

— Non, faites vite. Tirez la sonnette quand vous aurez fini. »

*

Ma première rééducation.

« Le zèle, nous dit Pirsig dans *Traité du zen et de l'entretien des motocyclettes,* est ce dont l'esprit a besoin pour se retrouver à la bonne place, et l'esprit acquiert le zèle en étant en contact avec la Qualité : j'aime le mot "zèle" parce que… il décrit exactement les sentiments qu'on éprouve en découvrant la Qualité. Quand on est rempli de zèle, on ne reste pas assis à ruminer ses pensées. On se tient à la pointe extrême de la conscience, aux aguets et prêt à l'action. »

Longtemps après avoir quitté mes parents pour faire ma vie à Londres je n'étais pas à la pointe extrême de ma propre conscience. J'avais un métier mais ce n'était pas un métier que j'avais choisi. J'essayais d'écrire mais n'écrivais rien qui soit digne d'être lu. Même après avoir publié un roman, je trouvais qu'une grande partie du livre sonnait faux. Je ne me reconnaissais pas dans la plupart des phrases et je me demandais quelle pouvait bien être la nature ou l'identité de la personne que j'essayais d'entendre. À l'époque, je posais souvent la question au miroir de la salle de bains : *Qui suis-je ?* Et le miroir n'avait pas de réponse. C'est seulement plus tard que j'ai trouvé ma voie dans le livre qui est devenu *Les enfants de minuit,* un livre dans lequel j'ai tenté de reprendre possession non seulement de l'Inde mais de moi-même, situé dans une ville, Bombay, dont la plus grande partie est construite sur des terres gagnées sur la mer, un livre où je suis « entré en contact avec la Qualité ». Après cela, la connaissance de soi est arrivée, le réservoir de zèle s'est rempli. Je n'avais nullement envie de réparer des motocyclettes, mais j'ai appris que, par la littérature, je pouvais me réparer moi-même.

*

La deuxième rééducation.

Après la fatwa et la décennie de vie semi-clandestine sous la protection de la police qui s'ensuivit, je faillis me perdre moi-même une nouvelle fois et pendant un certain temps je pataugeai. Le danger était réel ; l'hostilité largement répandue était peut-être pire encore. La raison pour laquelle j'ai été non seulement consolé par le flot de sympathie qui s'est déversé sur moi après l'attaque au couteau, mais aussi surpris, c'est que, après la fatwa, j'avais reçu de la même façon un certain soutien mais aussi une quantité blessante de critiques acerbes. En Occident, il y eut de nombreuses voix, et pas seulement celles des gens que j'ai déjà mentionnés comme Hugh Trevor-Roper, Richard Littlejohn, Jimmy Carter et Germaine Greer, pour dire : « Il l'a bien cherché, il s'est mis en difficulté avec "son propre peuple" et maintenant c'est à nous de le tirer d'affaire, il a critiqué Mrs. Thatcher mais aujourd'hui c'est son gouvernement qui paye pour lui sauver la peau et il trouve cela normal, et y a-t-il vraiment quelqu'un qui cherche à le tuer, ou aime-t-il seulement attirer l'attention ? Et pourquoi devons-nous payer toutes ces sommes pour le protéger quand il semble aller très bien ? Et de toute façon, nous ne l'aimons pas beaucoup parce que ce n'est pas vraiment quelqu'un de bien. »

(Pour information, il y a eu, à ma connaissance, six complots visant à m'assassiner dans les années qui ont suivi la fatwa, déjoués par l'efficacité des services secrets britanniques.)

Ce qui fut encore plus blessant ce fut d'être rejeté par des gens sur qui j'avais écrit, et, je pense, avec amour. Je pouvais me faire à l'idée d'être attaqué par l'Iran. C'était un régime brutal avec lequel je n'avais rien à voir si ce n'est qu'il essayait de me tuer. L'hostilité qui provenait des communautés indiennes, pakistanaises ou d'Asie du Sud et vivant au Royaume-Uni était bien plus difficile à supporter. La blessure à ce jour n'est toujours pas refermée. Je dois accepter ce rejet mais c'est pénible. J'entrai, ces années-là, dans une nouvelle spirale descendante et il me fallut du temps avant de reprendre pied et de trouver le langage de la riposte en m'engageant dans la défense du principe de la liberté d'expression, un combat bien plus vaste que la défense de mon œuvre personnelle et qui avait pris une place importante dans ma vie. Si l'hostilité à mon égard persistait, tant pis. Mon foyer devint la littérature et l'imagination.

Quant à la sécurité, les années passèrent et je compris que si j'attendais que quelqu'un vienne me dire : « Tout va bien à présent. Vous êtes en sécurité », ce jour-là n'arriverait jamais. La seule personne qui pouvait prendre la décision de s'extraire de ce filet de sécurité constitué par une protection policière vingt-quatre heures sur vingt-quatre pour recommencer à mener une vie normale, c'était moi.

Je pris ma décision. M'installer à New York en l'an 2000 en faisait partie intégrante. Parce qu'en Amérique, il n'y avait pas d'autorité gouvernementale pour insister sur le fait de me garder sous la coupe des services de sécurité. Je pouvais faire mes propres choix. Mais ceci, cette deuxième migration transcontinentale de ma vie, n'allait pas sans poser quelques problèmes.

*

La troisième rééducation.

Pour rebâtir une vie de liberté, pour me sortir de cet univers de sécurité maximale et me réintroduire dans une société policée, je devais surmonter la peur que ma simple présence suscitait chez les autres. Andrew Wylie m'avait invité à séjourner avec lui et son épouse Camie dans leur maison de Water Mill, à Long Island, pour fêter mon installation aux États-Unis, et un soir ils m'emmenèrent dîner chez Nick & Toni, un restaurant à la mode d'East Hampton où je n'étais encore jamais allé. Peu après que nous fûmes installés, l'artiste Eric Fishl passa et s'arrêta pour saluer Andrew. Puis il fit un geste dans ma direction. « Ne devrions-nous pas tous prendre peur et quitter le restaurant ? » me demanda-t-il. Je m'efforçai de garder mon calme. « Eh bien, dis-je, moi je suis venu dîner. Mais faites comme bon vous semble. »

J'ai retenu une leçon de cette brève rencontre. La seule façon pour moi de cesser de passer aux yeux des autres pour une sorte de bombe ambulante, c'était de me comporter fréquemment et en public comme s'il n'y avait rien à redouter. C'était seulement en donnant le maximum de visibilité à ma propre absence de peur que je pouvais peu à peu persuader les autres de ne pas être effrayés quand je faisais apparition. Ce ne fut pas facile. Le *New York Post* m'afficha à la une et publia dans ses pages intérieures une caricature suggérant que je pourrais bien être assassiné à New York. Un ami américain vivant à Londres m'écrivit pour me dire que, si je n'engageais pas immédiatement des services de protection, « ce que nous redoutons tous » ne tarderait pas à se produire. Milan avait presque quatre ans et sa mère, Elisabeth, était réticente à le laisser venir me voir et habiter chez moi. Et je n'avais aucun moyen d'être certain qu'il n'y avait rien à craindre. Je n'avais que mon instinct qui me disait *Vivre. Vivre.* Et c'est ce que je fis, je me lançai dans un programme d'apparitions publiques très visibles au cours desquelles je serais photographié et où ma présence serait probablement mentionnée dans la presse. Et le plan fonctionna. Les gens s'habituèrent à l'idée que je faisais partie du paysage, que je vivais ma vie et que je ne causais de problème à personne. Je conquis la liberté en vivant comme un homme libre. Je devins acceptable.

Je ne me fiai pas seulement à mon instinct. J'ai rencontré des policiers du New York Police Department dans les bureaux de l'agence Wylie et ils m'ont donné l'assurance qu'ils n'avaient connaissance d'aucune menace contre moi dans la région de New York. « Le *Post*, en fait, nous a rendu service, a dit un des policiers. Qu'une telle publicité ne provoque aucun trouble, c'est une information utile. Et après sa parution il ne s'est rien passé. Sur tous les canaux que nous surveillons, cela n'a suscité aucun intérêt. » Voilà qui était rassurant à entendre.

Il y eut un effet secondaire inattendu et malencontreux de ma stratégie de retour à la vie publique. Peut-être parce que la presse trouvait ma réapparition choquante après une décennie de quasi-invisibilité et que, pour les tabloïds – en réalité pas seulement pour eux –, c'était devenu une habitude bien établie de rapporter tous mes gestes et toutes mes déclarations sous un angle négatif, je fus catalogué, presque du jour au lendemain, comme un « fêtard » superficiel, frivole, vain, en mal de reconnaissance. Il y eut peu de gens, si ce n'est personne, pour essayer de comprendre ce que cela pouvait faire d'être à ma place et pratiquement personne pour se réjouir que j'aie pu finalement échapper à mon cocon sécuritaire. Ce cliché déprimant du fêtard m'a longtemps collé à la peau. Après les événements du 12 août, même un de mes plus proches amis y a succombé en déclarant dans une interview à la télévision que, maintenant que je ne pouvais plus assister aux cocktails, j'allais pouvoir me concentrer sur mon écriture. Quelque chose comme ça. Il se défendit, quand je protestai, en disant qu'il avait voulu faire une blague mais il concédait qu'elle était, selon ses propres termes, « tombée à plat ».

*

La question se pose (et on n'a pas manqué de me la poser depuis l'attaque) : ai-je eu tort d'adopter cette nouvelle vie insouciante ? Avec le recul n'aurais-je pas dû être plus prudent, moins ouvert, plus conscient du danger caché dans l'ombre ? M'étais-je construit un monde d'illusions pour découvrir, deux décennies plus tard, à quel point j'avais été naïf ? Est-ce que je m'étais, pour ainsi dire, livré au couteau ?

En d'autres termes, comme bien des gens l'ont dit dès le début : était-ce ma faute ?

Pour être absolument sincère, les premiers jours dans ce service de traumatologie d'Érié, alors que j'étais faible et déprimé, je me posais moi-même la question. Mais quand j'ai repris des forces physiques et mentales c'est une analyse que j'ai rejetée catégoriquement. La vraie folie c'est de regretter ce que l'on a fait de sa vie, me suis-je dit, parce que la personne qui regrette a été façonnée par la vie qu'elle en vient, par la suite, à regretter. Il y avait probablement des exceptions à ce principe mais parmi les personnes qui devraient regretter la vie qu'ils ont menée, Donald Trump, Boris Johnson, Adolf Eichmann, Harvey Weinstein, il y en a très peu qui le font un jour. En tout cas, que le principe en général soit valable ou pas, dans la situation dans laquelle je me trouvais il était valable pour moi. J'avais, pendant près de vingt-trois ans à New York, mené une vie riche, épanouie. J'avais commis des erreurs en cours de route et il y avait beaucoup de choses que j'aurais pu mieux faire, et celles-là, je les regrette, mais ma vie en général ? Je suis heureux de l'avoir vécue et je me suis efforcé de la vivre du mieux possible.

*

Les troubles post-traumatiques peuvent se manifester de façons extrêmement diverses : on peut revivre sans cesse par la pensée l'événement traumatique, être en proie à des crises de panique soudaines ou à la dépression. Je n'ai eu aucun de ces symptômes. Ce que j'avais, et que j'ai toujours plusieurs fois par semaine au moment où j'écris ces lignes, c'étaient et ce sont des cauchemars.

Quand j'étais réveillé dans mon lit à Hamot, j'entendais les gémissements et les cris de mes voisins.

Ce que je n'entendais pas c'étaient mes propres performances nocturnes. Je faisais pourtant des cauchemars toutes les nuits, et je me jetai d'un bord à l'autre du lit avec force cris et hurlements. C'était une bonne chose que le lit fût équipé de barrières latérales des deux côtés sinon j'en serais certainement tombé. Eliza, tirée du sommeil par mon vacarme, venait me prendre la main et me réveiller doucement en me disant que tout allait bien. Mais ce n'était pas vrai. Quand j'étais éveillé, je m'efforçais de rester calme, serein, optimiste et déterminé. Mais endormi, toutes mes défenses tombaient et les horreurs de la nuit fondaient sur moi. Mon moi éveillé avec ce sang-froid que je m'efforçais à grand-peine d'afficher était, d'une certaine façon, un mensonge. Le langage violent de mes rêves nocturnes disait la vérité. Le « langage nocturne » est un terme joycien mais je ne vais pas essayer de reproduire la langue de *Finnegans Wake,* l'effort titanesque de James Joyce pour recréer sur la page la syntaxe de nos esprits endormis. Il faudra se contenter de descriptions plus ordinaires de mes rêves.

Ces rêves n'étaient pas des relectures de l'attaque, mais ils étaient majoritairement violents. Une silhouette qui me représentait y était poursuivie ou attaquée par un ennemi généralement armé d'une lance ou d'une épée, semblable à celui dont j'avais rêvé juste avant de partir de chez moi pour me rendre à Chautauqua. Parfois le cadre était une arène, parfois une cage, parfois un paysage campagnard ou la rue d'une ville. Mais j'étais toujours en fuite, toujours poursuivi et très souvent, je perdais l'équilibre et je me roulais alors au sol de droite à gauche pour tenter d'éviter les coups que mon ennemi me portait de toute sa hauteur. Dans ces moments-là, je me débattais aussi dans mon lit.

Je n'étais pas le personnage principal de tous ces rêves. Je rêvais du duc de Cornouailles crevant les yeux du comte de Gloucester dans *Le roi Lear*. Pour être précis, je rêvais d'un souvenir vieux de soixante ans, celui d'un gamin de quinze en sortie scolaire à Stratford-upon-Avon pour voir la célèbre production du *Roi Lear* qu'avait donnée Peter Brook avec la Royal Shakespeare Company, avec dans le rôle du roi Paul Scofield, Diana Rigg en Cordelia et dans les rôles du tragique Gloucester et du méchant Cornouailles, John Lawrie et Tony Church. « Je vais mettre mon talon sur tes yeux. » « Que celui qui espère vivre vieux m'accorde du secours ! Ô cruels !... Ô dieux ! » « À bas vieille gelée ! Où est ton lustre à présent[1] ? » Mon jeune moi avait été horrifié par la scène et je ne l'ai jamais oubliée. Je n'avais jamais rêvé qu'une version du sort misérable de Gloucester me serait réservée. Mais à présent j'en rêvais.

Il y avait aussi ce rêve étrange qui ressemblait au grand tableau de Géricault, *Le radeau de la Méduse,* qui se serait mis à vivre si ce n'est que tous les occupants du radeau étaient des surréalistes, Max Ernst, René Magritte, Salvador Dalí, Luis Buñuel et même Leonora Carrington, et ils se battaient sauvagement, essayant de s'arracher mutuellement les yeux.

1. William Shakespeare, *Le roi Lear,* acte III, scène 7. Traduction de François-Victor Hugo.

Je rêvais que j'étais enfermé dans une foule de gens aux visages de céramique blanche.

Je rêvais que je me trouvais dans un avion contraint à un atterrissage forcé où les passagers criaient : « Nous allons tous mourir ! »

Je rêvais d'une cité fortifiée assiégée et je me voyais à la tête de la cavalerie galopant à son secours mais dans mon rêve, je savais que nous arrivions trop tard, que nous ne serions pas à temps pour empêcher la ville d'être mise à sac et brûlée.

Je rêvais du peu de valeur de la vie humaine que l'on pouvait acheter dans un marché à ciel ouvert contre des pièces anciennes, *annas*, *pices*, *shillings*, *farthings*.

Je rêvais que je revenais dans ma ville bien-aimée de Bombay – pas Mumbai – et que je m'agenouillais pour embrasser le tarmac en descendant de l'avion mais, en relevant la tête, je voyais un corbeau crier dans ma direction « *Dafa ho* ». Dégage.

Je rêvais de crimes gratuits et le meurtrier c'était moi. Et cela semblait joyeux de tuer. Quand je me réveillai, j'avais Johnny Cash en tête. *Folsom Prison Blues* : « J'ai tué un homme à Reno juste pour le regarder mourir. »

*

Je n'étais pas censé me servir de ma main gauche ni pour travailler ni pour quelque autre usage avant six semaines. Elle était emprisonnée dans son attelle comme un oiseau en cage. En attendant mon ergothérapeute, Rose, amicale, réservée, et portant le même prénom que ma petite-fille, m'apprenait à étaler d'une seule main du dentifrice sur une brosse à dents, à me laver d'une seule main sous la douche, à vivre, au moins temporairement, dans un monde de manchot. Et aussi dans un monde de borgne. Quand vous êtes incapable de voir l'objet ou la personne qui vient vers vous du côté droit, vous devez vous habituer à tourner fréquemment la tête dans cette direction et vous devez également apprendre à ne pas vous laisser déprimer par cette nécessité. Vous devez vous entraîner à verser de l'eau dans un verre en comptant sur votre cerveau pour faire les ajustements nécessaires afin de compenser votre handicap.

Votre souffle doit être régulièrement testé, inhaler, exhaler. Il existe des appareils pour tester la puissance de ces deux opérations. Pouvez-vous vous lever (une fois l'alarme du lit désactivée) et marcher ? Pouvez-vous aller jusqu'à la porte et sortir de la chambre ? Pouvez-vous faire le tour de l'étage et revenir ? Pouvez-vous marcher jusqu'à la salle de kinésithérapie où votre kiné souriante et plutôt chic, Faye, va prendre le relais de Rose ? Pouvez-vous vous servir du vélo d'exercice ? À présent pouvez-vous accélérer ? Maintenant, si nous augmentons la résistance, est-ce que vous y arrivez encore ? Dix minutes ? Vingt ? Pouvez-vous traverser la pièce en déployant la plante des pieds ? Pouvez-vous marcher à reculons ? De côté ? Monter ces marches ? Les descendre ? Pouvez-vous retrouver votre chemin dans le petit labyrinthe que Faye vous a construit ? Avez-vous le vertige ? Est-ce que ça va ? Voyez-vous les objets qu'elle a placés tout autour de la pièce, certains très bas, d'autres très haut, d'autres au niveau du regard ? Pouvez-vous passer les tests qui décideront si vous êtes suffisamment rétabli pour être relâché dans le monde ? Oh, vous n'êtes pas encore très costaud, n'est-ce pas, pas très stable. Là, voyez-vous, c'est beaucoup mieux. C'est bien. Recommencez.

Vous êtes très déterminé, me disaient Rose et Faye. C'est bien. Cela va vous aider.

Quatre heures par jour, Rose et Faye me faisaient du bien. Je reprenais des forces et j'étais plus à même de gérer les nouveaux problèmes de ma vie quotidienne. Et lorsque le problème de blocage urinaire provoqué par les médicaments fut résolu, j'éprouvai un regain d'optimisme. On allait bientôt retrouver un fonctionnement normal. Et puis un jeu d'épreuves de *La cité de la victoire* me parvint. Pour moi, c'est le meilleur moment de toute la publication d'un livre, l'instant où vous tenez entre vos mains, pour la première fois, le livre imprimé et où vous prenez conscience que le livre existe vraiment, qu'il vit. En raison de ce qui m'était arrivé, la dernière page de *La cité de la victoire,* où le personnage principal, la poétesse Pampa Kampana, célèbre le pouvoir des mots capables de survivre aux empires en concluant par cette phrase : « Les mots sont les seuls vainqueurs », était déjà abondamment citée. Eliza me demanda de lire cette phrase devant la caméra. En lisant ces mots j'eus une boule dans la gorge et je dus lutter pour retenir mes larmes.

Du moins serais-je ou allais-je bientôt redevenir un auteur qui avait écrit un livre.

*

Eliza me demanda de parler devant la caméra des *Versets sataniques.*

— *Quand j'ai commencé à écrire ce livre, je n'ai jamais eu l'impression que je n'avais pas le droit de le faire. Je disposais de ces histoires que j'avais envie de raconter et je m'efforçais de trouver le moyen de les raconter. C'était mon seul but.*

J'ai parfois le sentiment d'appartenir à une autre époque. Je me revois, enfant, dans le jardin de notre maison dans les années 1950. J'écoutais mes parents et leurs amis qui riaient et plaisantaient en discutant de tous les sujets possibles, de la politique du moment à l'existence de Dieu sans ressentir la moindre contrainte qui les aurait obligés à censurer ou atténuer leurs opinions. Je me souviens aussi de m'être retrouvé chez mon oncle préféré, Hammeed Butt, qui écrivait parfois des scénarios de films, et de son épouse Uzra, danseuse et actrice qui y jouait parfois un rôle. Je les regardais jouer aux cartes avec leurs amis du monde du cinéma, parlant de tout et de rien de manière encore plus provocatrice que les amis de mes parents et s'esclaffant encore plus bruyamment. C'est dans ce cadre que j'ai pris ma première leçon de liberté d'expression, que j'ai appris qu'elle devait aller de soi. Si vous redoutez les conséquences de ce que vous dites, vous n'êtes pas libre. Quand j'écrivais *Les versets sataniques*, il ne m'est jamais venu à l'esprit d'avoir peur.

— *En fait j'ai pensé un moment que ce ne serait pas un livre mais trois. Un livre sur le village qui marche vers la mer, un deuxième sur l'histoire de la naissance d'une religion et un troisième, plus long, sur la présence actuelle à Londres d'immigrés en provenance d'Asie du Sud. Et puis je me suis retrouvé à bord d'un avion pour me rendre, je crois, à un festival de littérature en Australie et j'ai compris que toutes ces histoires constituaient des épisodes de la vie de l'archange Gabriel et j'ai vu que cela formait un seul livre. Et le personnage principal s'appellerait Gibreel Farishta. Gibreel, Gabriel, et Farishta, ange. Voilà. Je ne cherchais à offenser ni à insulter personne. J'essayais d'écrire un roman.*

Sincèrement, j'aurais été heureux de ne plus jamais reparler des *Versets sataniques*. Mon pauvre livre pernicieux. Un jour peut-être ce livre et son pernicieux auteur retrouveront-ils tous les deux la liberté.

J'étais beaucoup plus heureux de penser à mon dernier livre. Mon cher ami Martin Amis se plaît à dire : « Quand on publie un livre, soit on s'en sort bien, soit on s'en sort mal. »

J'espérais que cette fois j'allais bien m'en sortir.

*

Selon des rumeurs non confirmées, j'avais été transporté depuis Érié jusqu'à Manhattan par des moyens inconnus et je me trouvais à présent hospitalisé à Rusk. Pendant quelques jours après mon arrivée, il y eut des journalistes dans la rue devant l'hôpital. Après la troisième visite que Milan vint me rendre, alors qu'il rentrait chez lui, une voiture se mit à rouler lentement à sa hauteur et un homme l'appela par son nom, « Milan ! ». Il ne s'arrêta pas et la voiture continua à rouler à ses côtés à la même allure. Puis l'homme appela encore une fois, « Milan ! ». Milan eut la présence d'esprit de tourner à droite dans une rue à sens unique, empêchant la voiture de continuer à le suivre. On ne revit jamais cet homme mais Milan était inquiet. Il garda toutefois son calme. Il était à New York pour veiller sur son père et c'était tout ce qui comptait.

Le jour de l'attaque, des photographes extrêmement agressifs s'étaient rassemblés sur le trottoir devant chez nous. Et Eliza avait été importunée, bousculée, poussée alors qu'elle était déjà folle d'inquiétude à l'idée d'aller retrouver son mari agonisant. Après cette expérience, elle était incapable de faire ce que je lui suggérais et d'ignorer simplement les paparazzi. Selon elle, des étrangers inconnus la traquaient. Comment pouvait-elle être sûre qu'ils n'avaient en main que des appareils photo ?

Elle dormait à la maison mais, la nuit, les photographes n'étaient pas là. En partant le matin de bonne heure, elle parvenait à les éviter mais elle avait aussi beaucoup à faire, elle était dans la phase finale de l'édition de *Promise*. Et compte tenu de ce qui nous arrivait, ce n'était pas une tâche facile, c'est le moins qu'on puisse dire. Mais c'est une femme déterminée et elle y parvint. Quand elle sortait promener son chien, un vieux border terrier nommé Hero, elle voyait les photographes à l'affût. Parfois ils ne descendaient pas de voiture (elle reconnaissait leurs véhicules à présent) ; parfois ils se contentaient de baisser leurs vitres et le canon de leurs téléobjectifs se pointaient vers elle. Parfois ils sortaient de voiture pour prendre des photos. Ce rituel intrusif se répétait chaque fois qu'elle sortait l'après-midi pour se rendre à Rusk. Aucune de ces photos ne fut jamais publiée. Ce n'est pas elle dont ils voulaient avoir la photo mais elle fut tout de même harcelée pendant des semaines. Certains aspects de la liberté de la presse ne sont pas faciles à défendre.

*

Milan avait envie que nous parlions de Trump, et moi je n'y tenais pas tellement. Mais je dis tout de même : « S'il est réélu, ce pays pourrait bien devenir impossible à vivre. »

Je vis une lueur s'allumer dans son regard. « Tu veux dire que tu pourrais revenir en Angleterre ? » Je vis, et pas pour la première fois, à quel point il en avait envie et je compris que, à la suite de l'attaque et à la lumière de sa véritable peur de prendre l'avion, il le souhaitait encore davantage.

« Je ne sais pas, dis-je, la Grande-Bretagne du Brexit est plutôt affreuse elle aussi. » Mais j'ajoutai que, avant l'attaque, Eliza et moi avions parlé de passer plus de temps à Londres parce que, après tout, c'était là que vivaient la plupart de mes proches. De toute façon, ce n'était pas encore le moment d'en parler. Il fallait seulement que je me remette sur pied. « Repoussons cette conversation à plus tard. »

Je suis déchiré entre Londres et New York. Le fait est que je préfère vivre à New York mais l'attrait de la famille et de la plupart de mes plus vieux amis est très fort. Je ne suis pas capable pour l'instant de répondre à la question de Milan.

Repoussons cette conversation à plus tard.

*

Comme le temps passait, et que les jours devenaient des semaines, je me rétablissais. Mais je n'étais pas encore tiré d'affaire. D'abord il y avait le problème de mon autre œil, le seul qui me restait.

Dans le *1984* de George Orwell, lorsque les gens sont emmenés dans la chambre 101 au sous-sol du ministère de l'Amour, ce qu'ils découvrent dans cette redoutable chambre de torture c'est, selon le méchant O'Brien, agent de la Police de la Pensée, la « pire chose au monde ». La pire chose au monde varie selon les individus. Pour Winston Smith, le héros du roman, la pire chose au monde ce sont les rats.

Pour moi, cela a toujours été et est toujours la cécité.

Beaucoup de lecteurs de *La cité de la victoire* se sont demandé si la scène où l'héroïne se fait crever les yeux avait été écrite ou réécrite après l'attaque du 12 août. Certains ont même trouvé difficile à croire que ce ne fût pas le cas. Mais non. Lorsque j'ai écrit cette scène, j'ai évoqué une peur que j'ai éprouvée toute ma vie, la « pire chose au monde ». Et à présent, j'avais perdu l'œil droit et mon œil gauche était atteint de dégénérescence maculaire, un état de la rétine qui peut mener à une perte de vision quasi totale. Et c'était le seul œil qui me restait.

Le traitement que je suivais consistait à recevoir une injection directement dans le blanc de l'œil à la fréquence d'environ une fois par mois. On me fit une de ces piqûres pendant mon séjour à Rusk. Après ma sortie, lorsque je retournai consulter mon ophtalmologue habituel, il me dit que je réagissais exceptionnellement bien au traitement et que mon état était stable.

Je ne peux qu'espérer qu'il le restera. Sinon je serai enfermé dans la chambre 101 pour le restant de mes jours.

*

Ma tension artérielle suscitait aussi des inquiétudes. Elle était trop basse. Quand je me levais il lui arrivait souvent de chuter, j'étais pris de vertiges et je devais m'asseoir. Je fis remarquer à l'une des infirmières qui venaient contrôler mes constantes que j'en étais surpris, n'ayant jamais eu auparavant de problèmes de tension. Elle répondit gentiment : « Vous avez perdu beaucoup de sang, vous savez. »

On me demanda de porter un corset fermement maintenu par des velcros afin de prévenir les brusques chutes de tension. Ce fut efficace. À deux reprises on me fit une transfusion sanguine. Cela aussi fut efficace.

On me prescrivit aussi un traitement destiné à faire remonter la pression artérielle, et cela commença à faire effet. Les chiffres restaient peu élevés mais ils se situaient dans le bas d'une fourchette acceptable. Cela ne semblait pas si mal.

*

Au fil des semaines qui s'écoulaient lentement à Rusk, je commençai à me trouver un peu à court de zèle. J'étais irrité par des broutilles comme le temps que mettait une infirmière à venir dans ma chambre après que j'avais sonné pour l'appeler, ce qui pouvait poser un vrai problème si j'avais besoin de me rendre aux toilettes et que je ne pouvais pas me lever seul à cause de mon lit hurleur. (À ce moment-là, j'avais pris des forces dans les jambes, j'étais parfaitement capable de marcher jusqu'aux toilettes mais j'étais prisonnier de mon lit.) Je m'étais montré, je pense, un bon patient, mais à présent, j'étais impatient. Je dis à Eliza : « Il faut qu'on commence à parler d'une date de sortie. »

On nous donna une date de principe, le vendredi 23 septembre, soit exactement trois semaines après mon entrée à Rusk, six semaines depuis l'attaque. Mais à l'approche de la date, on m'expliqua qu'il vaudrait mieux la repousser de quelques jours au moins.

Le patron, je l'appellerai le Dr. O, vint me l'annoncer au cours d'une de ses visites. L'équipe s'était réunie pour discuter de mon état et ajourner ma sortie était une décision collective. Mais je voulais absolument sortir à cette date et le délai me paraissait insupportable. Je perdis mon sang-froid. Il fallait que je rentre chez moi, dis-je. Cet endroit devenait néfaste pour moi. Tout était parfaitement rentré dans l'ordre. Ma kinésithérapeute, Faye, disait que j'avais passé avec succès les tests qui lui permettaient de me déclarer capable de rentrer à la maison. Mon ergothérapeute, Rose, s'estimait elle aussi heureuse de mes progrès. Les blessures semblaient guéries. La pression artérielle était sous contrôle. Qu'on me laisse sortir.

« Si vous sortez, dit gentiment le Dr. O, ce sera contre l'avis médical.

— Très bien, répondis-je, avec beaucoup, avec trop d'émotion dans la voix, j'accepte. »

C'était, si je me souviens bien, le mercredi. Le jeudi, je me levai (l'alarme avait été débranchée) et je fus pris d'un vertige vraiment violent. Je m'empressai de me rasseoir. Les médecins avaient raison et j'avais eu tort. Il fallait que je prolonge le séjour jusqu'à ce que la tension artérielle soit vraiment régulée.

Pendant ce temps, Eliza et Sameen s'étaient concertées. Elles s'inquiétaient de mon retour à la maison. Si les paparazzi surveillaient notre adresse, d'autres personnes pourraient en faire autant et elles pourraient bien transporter autre chose que des téléobjectifs. C'est Sameen qui m'annonça la première qu'Eliza avait envisagé un autre plan. Des amis proches avaient proposé que nous nous installions dans leur loft à Soho. Ils étaient à Los Angeles et ne regagneraient pas New York avant Thanksgiving, ils voulaient nous aider. Ils préviendraient le concierge de notre présence en lui donnant un pseudonyme que nous choisirions ensemble. Ce serait un endroit totalement secret et donc un meilleur moyen, plus sûr, de réintégrer le monde. Lorsque Sameen m'en parla, je réagis par la négative. Je voulais simplement rentrer chez moi. Je ne voulais pas d'étape en cours de route. Je voulais dormir dans mon lit et avoir mes livres autour de moi. Mais quand je vis qu'Eliza et Milan étaient d'accord pour préférer la solution de Soho, je cédai : « D'accord, allons-y. »

Eliza avait contacté des services de professionnels de la sécurité. Elle m'indiqua lesquels elle préférait et nous fîmes affaire avec eux. Ce ne serait pas bon marché mais au moins dans l'immédiat, cela paraissait nécessaire. Ils devaient m'envoyer une équipe pour me faire sortir de Rusk le moment venu, en liaison avec le NYPD. J'avais un peu l'impression d'être un colis dont on organisait la livraison mais j'acceptai les règles.

Le lundi 26 septembre, l'équipe médicale de Rusk me donna mon autorisation de sortie. Ma rééducation était terminée. Après plus de six semaines passées dans deux hôpitaux, je pouvais regagner le monde.

DEUXIÈME PARTIE

L'Ange de la Vie

5

RETOUR À LA MAISON

Le plan était de quitter Rusk à trois heures du matin aussi silencieusement que possible et de gagner Mercer Street en traversant la ville déserte en pleine nuit pour échapper aux regards. J'étais fin prêt à une heure du matin. Eliza est arrivée une heure plus tard accompagnée, en guise de soutien moral, de notre chère amie Suphala, une extraordinaire joueuse de tabla. Nous nous sommes joyeusement embrassés. Eliza était très nerveuse mais s'efforçait de ne pas le montrer parce que j'étais moi-même dans un état de grande excitation. (Mais je voyais bien qu'elle était tendue.) On nous remit une enveloppe contenant les documents de sortie, un horaire de prise des médicaments, quelques flacons de comprimés (des antalgiques en cas de besoin, du Lipitor et un produit pour augmenter ma tension artérielle). Un inhalateur contre l'asthme, et certaines pommades pour les yeux à base d'antibiotiques. Je mis mon corset à velcros pour pouvoir marcher sans avoir la tête qui tourne. Un des agents de notre équipe de protection se tenait devant la porte en compagnie d'un policier du NYPD et le départ commença. Plus tôt dans la journée, j'avais été conduit au rez-de-chaussée et on m'avait montré la porte dérobée que nous allions emprunter pour me familiariser avec l'itinéraire et s'assurer que je parviendrais à descendre les quelques marches jusqu'au niveau de la rue. « Je suis arrivé ici sur un brancard et j'en sors sur mes deux jambes », pensai-je en cédant à un moment d'autocongratulation. Un grand SUV noir, une Cadillac Escalade, attendait, moteur en marche. Ce n'était pas facile d'y monter en se servant d'une seule main mais j'y parvins sans me faire aider. Eliza et Suphala s'installèrent, et nous voilà partis.

Je n'avais jamais ressenti une telle exaltation lors d'une traversée de Manhattan. Je me rappelais avoir éprouvé un sentiment similaire, un jour qu'un taxi jaune m'avait ramené chez moi, le 29 juin 2016, juste après avoir prêté serment en tant que citoyen américain. Cet après-midi-là, la ville m'était apparue tout à coup différente, comme si désormais elle m'appartenait et réciproquement. Ce sentiment avait été très puissant. Cette fois c'était encore plus fort et je me fis une promesse tandis que je flottais dans la nuit new-yorkaise : « Je vais retrouver ma vie d'ici le plus possible, et le plus vite possible. »

Nous entrâmes dans l'immeuble de Mercer Street et le portier de nuit nous souhaita la bienvenue en hochant la tête sans avoir l'air de nous reconnaître. Nous prîmes l'ascenseur et en pénétrant dans le magnifique appartement de nos amis je pensai : « Je suis libre, je suis vivant et je suis libre. » Il était trois heures trente du matin. Je me dirigeai vers un lit vaste, confortable et qui lui, décidément, ne hurlait pas. Je m'y couchai et Eliza s'étendit à mes côtés. Et brusquement elle se mit à pleurer sans retenue tandis qu'elle évacuait tout son stress.

« Mon mari est de retour, sanglotait-elle. Mon mari est de retour. »

*

Il y a des moments, comme ceux-ci, où les événements sont difficiles à coucher sur le papier.

*

Nous avons pu nous offrir le luxe de dormir tard sans être interrompus à quatre heures du matin par les saignées, à cinq heures par les infirmières ou à six heures par les médecins. La nuit à l'hôpital, l'obscurité est une grâce intermittente et votre lit n'est pas votre ami, aussi le confort du lit de Mercer Street et l'obscurité que les rideaux procuraient à la chambre étaient-ils des nouveautés apaisantes. Nous n'avions pas envie de commencer la journée. Quand nous avons fini par nous lever et tirer les rideaux, la ville s'est déployée devant nous comme un cadeau. Le loft disposait de baies vitrées sur trois côtés. Nous avions donc une vue plongeante sur la ville en direction de la flèche du One World Trade Building, ou vers l'ouest par-delà le Village jusqu'à l'Hudson et vers le nord au-delà des résidences de la faculté de l'Université de New York sur Bleecker Street jusqu'à l'Empire State Building. Il y avait un rooftop sur lequel nos hôtes avaient planté un superbe jardin suspendu. Si ce n'était pas notre chez-nous, c'était ce qui s'en rapprochait le plus. Nous nous sentions en vacances.

Nous n'étions pas entièrement seuls ces quelques premiers jours ; Eliza avait souhaité être aidée par des professionnels au cas où les choses ne se passeraient pas bien avec moi. Elle avait retenu pour nous assister des services infirmiers vingt-quatre heures sur vingt-quatre, une infirmière de nuit et une infirmière de jour. Heureusement, nous nous sommes rapidement accordés à penser que ce n'était pas nécessaire. Le seul fait d'être sorti de l'hôpital faisait l'effet d'un remède. Je reprenais des forces de jour en jour.

La paix, la tranquillité et l'illusion d'un rctour à la vie privée durèrent deux jours. Puis le monde médical se manifesta, m'agrippa et m'expliqua que j'avais encore un long chemin à parcourir. Plus précisément, mon ergothérapeute spécialiste de la rééducation de la main, Monica, vint me voir pour la première fois. Américaine d'origine chinoise, elle était petite, souriante, amicale, amoureuse des livres, grande lectrice et totalement impitoyable quand il s'agissait de rendre à ma main sa mobilité.

« Ça va faire mal.

— Aïe !

— Ça va faire encore plus mal. »

Ses visites étaient prévues trois fois par semaine. La première chose qu'elle fit, lors de ce premier rendez-vous, fut de trancher l'attelle. « Vous n'en avez plus besoin. » Ma main gauche se sentit immédiatement libérée même si, comme Milan me le dit plus tard : « Tu ne pouvais en réalité bouger aucun de tes doigts, Papa. » Monica m'expliqua que les tendons étaient guéris. J'avais dépassé le stade des six semaines et à présent il était temps d'exercer et d'utiliser la main le plus possible, ce qui était facile à dire mais pas à faire puisqu'elle était pratiquement immobile.

Les tendons glissent dans des gaines à l'intérieur de

la main et maintenant qu'ils s'étaient reconstitués ils devaient réapprendre à bouger vers le haut et vers le bas à l'intérieur de ces gaines. J'avais cru, innocemment, que la kinésithérapie réglerait le problème en quelques mois. Je découvrais à présent que ce n'était pas nécessairement aussi simple que cela. Il y avait un risque réel que les tendons ne se mettent pas à glisser en douceur dans leurs gaines, permettant ainsi à ma main de retrouver son fonctionnement normal, fermer le poing, l'ouvrir, etc. Il y avait cette autre possibilité déplaisante qu'au lieu de se détendre, ils adhèrent à leurs gaines et se trouvent bloqués dans une seule position et, dans ce cas, il faudrait d'autres interventions chirurgicales importantes pour essayer de les débloquer. Quand j'entendis cela, mon cœur sombra mais cela me motiva aussi très fortement pour consacrer toute mon énergie au travail de rééducation. Ce serait douloureux, tant pis. Je tenais à récupérer l'usage de ma main.

La première tâche de Monica fut de s'occuper du sang séché qui défigurait ma paume et de la rendre plus ferme pour que les choses se remettent en mouvement. Elle en retirait des éclats à chacune de ses visites. Elle disposait d'une variété d'instruments dont elle se servait à chaque fois. On aurait dit d'étranges monstres marins bleu-vert et transparents et ils agissaient comme des instruments de torture. Elle me donnait aussi des exercices à faire en son absence et un instrument vrombissant à appliquer sur les bords de la plaie.

« Je ne peux pas appuyer aussi fort que vous.

— Je sais, il est difficile de se faire mal à soi-même. »

L'histoire de ma main allait s'étaler sur les six mois suivants. En plus de mes séances avec Monica, j'avais rendez-vous toutes les six semaines environ avec un chirurgien spécialiste de la main à l'hôpital universitaire de Langone, NY, le Dr. Y. Lors de notre première rencontre, il ne se montra pas particulièrement encourageant. Il me dit carrément : « En cas de blessures aussi graves que les vôtres nous n'avons pas en général un pronostic très optimiste. »

Il y avait la question du mouvement, mais aussi celle de la sensibilité. Pour ce qui est du mouvement, il y en avait très peu au début. Pour la sensibilité j'en avais un peu dans le pouce et l'index, pas du tout dans le majeur et l'annulaire, et un petit peu dans l'auriculaire. La paume de la main entre la blessure et le poignet conservait sa sensibilité, au-delà de la cicatrice, il n'y en avait aucune. Le Dr. Y ne pouvait pas me dire quel niveau de sensibilité j'allais retrouver, à supposer que j'en retrouve. Il estimait que l'intervention de Monica allait permettre au moins de récupérer une certaine mobilité. « Pour le reste, il faut espérer. »

Je quittai la salle de consultation du Dr. Y bien décidé à lui prouver qu'il avait tort. « Allez-y, Monica, lui dis-je à la séance suivante.

— Ça va faire mal, dit-elle.

— Aïe. »

Passons rapidement au futur. À force d'exercices, les articulations de mes doigts se remirent à bouger. Le but que nous nous étions fixé était que je sois capable de fermer le poing. Le premier pas consistait à toucher ma paume du bout des doigts. Le jour où j'y parvins, j'eus envie d'applaudir. Puis, lentement, je commençai à réussir à plier mes doigts vers l'intérieur. J'allais bientôt pouvoir serrer le poing.

Il fallait aussi que je place mon pouce en travers de

ma paume de façon à toucher le bout de mon auriculaire (vous aurez remarqué que je me refuse à employer le mot américain « *pinkie/pinky* », petit doigt). Pendant longtemps, cela ressembla à un voyage interstellaire. Et puis, ô surprise ! vint le jour où cela se produisit. Je vous en prie, pouce et auriculaire, touchez-vous. Je suis certain que vous vous êtes déjà rencontrés, les gars.

Une fois par mois, Monica contrôlait mes progrès. Le 8 mars 2023, soit exactement sept mois après que le couteau s'était enfoncé dans la paume de ma main, les résultats étaient bons. Le sang avait disparu de la blessure, la longue cicatrice s'était assouplie et n'empêchait plus le pouce de bouger. Lever le pouce était aussi facile de la main gauche que de la main droite. Serrer le poing à peu près aussi, les doigts pouvaient bouger indépendamment les uns des autres et, grâce à de nombreux exercices de malaxage, la main avait commencé à regagner une certaine force. Ce n'était pas encore suffisant mais c'était mieux. Quant à la sensibilité, elle ne s'était pas tellement améliorée. Le pouce et l'index allaient bien, l'auriculaire avait gagné en sensibilité mais les deux autres doigts… pas tellement. Mais j'avais récupéré ce qu'on appelle la « sensibilité protopathique » même dans ces doigts-là. Je ressentais la chaleur et pouvais ainsi éviter de me brûler, je ressentais le tranchant et pouvais ainsi éviter de me couper. On m'expliqua que c'étaient toujours ces deux sensations qui revenaient en premier. « Comme le corps humain est intelligent, pensai-je, avec admiration. Quelle merveille, cette chose que nous habitons. Quel chef-d'œuvre qu'un corps humain ! »

La semaine suivante je retournai voir le Dr. Y et lui montrai mes nouvelles aptitudes. Il me dit ce que tout patient a envie d'entendre : « La guérison de votre main est miraculeuse. » Miraculeuse ! Oui !

Oui, c'est vrai ! « Il faudra peut-être encore six mois pour que la sensibilité revienne et il faudra se montrer patient parce que les nerfs... » Les nerfs sont lents ! Je suis au courant ! Je comprends !

« En fait, il faudra peut-être un an avant que vous retrouviez le degré de sensibilité que vous avez connu. Êtes-vous capable de taper à l'ordinateur ?

— Oui, j'y arrive. Je suis capable de nouer mes lacets, de déboucher des bouteilles de vin, d'actionner les poignées de porte et de tenir un verre empli d'eau. Je suis pratiquement un être humain.

— Vous n'avez plus besoin de venir me voir, me dit le Dr. Y. Et vous n'avez plus besoin des services de Monica. »

J'en éprouvai une certaine tristesse. Nous nous entendions bien, Monica et moi. Et elle m'avait fait part de son intention de lire tous mes livres par ordre chronologique. Elle avait fini *Grimus* et en était plus qu'à la moitié des *Enfants de minuit.*

« Vous avez encore un long chemin à parcourir, lui dis-je.

— C'est ce que je vais faire. J'ai découvert à quel point vous écriviez bien. »

Nous nous embrassâmes et elle prit congé ; et j'avais retrouvé l'usage de ma main.

*

Retour en arrière.

J'étais bien sorti de l'hôpital fin septembre 2022 mais l'hôpital ne m'avait pas oublié. Une semaine après le début des interventions de Monica sur ma main, commença une période de trois mois de rendez-vous à l'hôpital en tant que patient extérieur avec des spécialistes de différentes parties de mon anatomie qui m'examinèrent souvent dans les détails les plus intimes. À la fin de cette longue série de visites, je connaissais tout le réseau de l'hôpital de Langone mieux que je n'aurais jamais espéré. Et lui de son côté savait tout de moi et de mes entrailles.

(Nous nous faisions du souci à propos de la sécurité et lors de chacune de ces visites j'étais accompagné par un membre de l'équipe de protection dont nous avions loué les services. C'était pratique de pouvoir vivre de façon anonyme dans le loft de Soho, ainsi mes allers et retours pouvaient avoir lieu loin de l'attention du public.)

J'eus mon premier rendez-vous avec un urologue. Le Dr. U voulait s'assurer que le problème urinaire que j'avais connu à Rusk était réglé. Je lui confirmai que c'était le cas. Il demanda un échantillon de sang. Il voulait aussi un échantillon d'urine. Je lui fournis docilement l'un et l'autre. Il me demanda alors de quand datait mon dernier examen de la prostate.

« Il y a bien longtemps, lui avouai-je.

— Je vais vérifier », dit-il.

Bon, d'accord, pourquoi pas. Je suis ici à cause d'une attaque au couteau mais vérifions ma prostate, bien sûr. Penchez-vous, écartez les jambes, lubrifiant, gants de caoutchouc, ahh. C'est désagréable. Ça le devient plus encore à présent. Mais non, pas de précipitation, prenez votre temps. Et puis… c'est fini.

Après l'examen, une mauvaise surprise. « J'ai senti quelque chose, annonça le Dr. U. C'est petit. Une petite excroissance sur la prostate. Il va falloir contrôler cela. Je vais vous prescrire une IRM dans les plus brefs délais. » J'en perdis mes mots. Vraiment ? Après avoir de justesse réchappé à une tentative d'assassinat, je devais faire face à présent à la perspective d'un cancer ? C'était inacceptable. C'était *injuste.*

« Ce n'est probablement rien », assura le Dr. U.

Nouvelle avance rapide. Une semaine après mon rendez-vous avec le Dr. U, je passai mon IRM ainsi qu'une échographie de la jambe droite que l'on trouvait un peu plus épaisse que la gauche, l'examen étant censé vérifier qu'elle ne renfermait pas de caillots sanguins. En rentrant chez moi, je consultai mon dossier médical sur l'application de Langone. Les résultats avaient été postés très rapidement. Il y avait une bonne nouvelle et une mauvaise. La bonne était l'absence de caillots, ma jambe allait bien. La mauvaise était globalement exprimée dans un jargon médical incompréhensible mais contenait, comme en lettres de néon, ces mots clairs dans un langage normal.

Cancer probable.

J'appelai le Dr. U. Il avait vu les résultats. Mais il y avait une chose qu'il ne comprenait pas. Le test normal pour détecter le cancer de la prostate est un PSA, un test sanguin qui mesure la quantité d'antigène spécifique de la prostate dans le sang. Un taux élevé de PSA est considéré comme dangereux ; un taux faible est rassurant. Le taux de PSA de mon analyse de sang était bas, 2.1, ce qui devait normalement signifier « pas de problème de prostate ». Mais l'IRM disait *cancer probable.* Les résultats étaient contradictoires. Le Dr. U allait demander un second avis au chef du service d'urologie qui me contacterait. Lors de la consultation en vidéo avec ce monsieur, le Dr. U2, je découvris que c'était un Américain d'origine indienne et vraisemblablement un admirateur. Il était par ailleurs très sympathique.

« Quand vous étiez à Rusk, dit-il, vous avez eu un problème urinaire, et notamment une infection ?

— Oui, une sévère infection du canal urinaire, je viens seulement de cesser de prendre des antibiotiques. »

Selon lui, l'infection pouvait être responsable de l'excroissance sur ma prostate. « Elle peut causer une inflammation, expliqua-t-il. Je pense que l'IRM a été pratiquée trop tôt. Nous allons attendre quelques semaines et en faire une autre. » Dans ce cas, ce n'était probablement pas un cancer ? Cancer improbable ? Il resta évasif. Il fallait attendre les résultats. Plus tard j'en parlai à mon thérapeute qui se montra plus rassurant. « Si le PSA est aussi bas, c'est probablement le chef de service qui a raison. Il s'agit d'une inflammation provoquée par l'infection urinaire. » Il me rassura aussi sur un autre point : de toute façon, s'il s'agissait d'un cancer, le cancer de la prostate se soignait bien. Et je n'avais pas à m'inquiéter du temps d'attente avant la seconde IRM. « Il se développe très lentement. » J'étais donc laissé dans l'incertitude.

Les choses se passèrent avec une lenteur glaciale. Trois semaines plus tard, j'eus rendez-vous avec le Dr. U2 en personne. « Et nous voilà repartis », pensai-je, penchez-vous, écartez les jambes, lubrifiant, gants de caoutchouc et aargh. Double aargh. Et encore aargh. Et puis… c'est fini.

« Je n'ai rien senti, dit le Dr. U2.

— Vraiment ? Pas d'excroissance ? Rien ?

— Rien.

— C'est une bonne nouvelle, non ? Pas d'excroissance, pas de cancer ?

— C'est une bonne nouvelle.

— C'était donc une inflammation provoquée par l'infection urinaire ?

— C'est ce que je pense.

— On peut donc oublier tout cela ?

— Eh bien, dit le Dr. U2 en douchant mon enthousiasme, nous devrions attendre quelques semaines de plus et pratiquer une nouvelle IRM. Si le résultat est bon je n'aurai peut-être pas besoin de pratiquer une biopsie par aspiration. »

Une biopsie par aspiration consiste à placer le patient les pieds dans des étriers, jambes largement écartées, et à lui enfoncer une aiguille dans le périnée. L'intervention dure une dizaine de minutes. Ce serait très désagréable.

« J'espère que vous n'aurez pas à le faire », dis-je d'une voix faible.

Je n'avais pratiquement parlé à personne de cet effrayant problème de prostate. Ce n'était pas un cancer avéré, me suis-je dit, et le mot cancer provoquerait la panique dans la famille. Inutile qu'ils paniquent tant qu'il n'y avait pas de raison de le faire. J'en parlai à Eliza mais sinon je gardai tout pour moi.

La seconde IRM fut pratiquée en décembre, cinq semaines après l'examen du Dr. U2, deux mois après le message annonçant *cancer probable.* Cette fois les résultats étaient bons. Sur l'échelle de 1 à 5, je décrochais fièrement le 1. Il n'y avait pas de tumeur. Je n'avais pas de cancer de la prostate. L'univers n'était pas tout à fait aussi cruel que cela, même s'il avait attendu deux longs mois avant de me le faire savoir. Je racontai tout à Sameen, elle était furieuse après moi de ne pas lui en avoir parlé plus tôt.

*

Revenons en octobre. Une semaine après notre installation à Soho, Milan et Eliza furent tous les deux testés positifs au Covid. Je suis resté négatif mais aucun d'eux ne pouvait m'approcher. Pendant toute une semaine, j'ai dû compter sur des amis pour m'apporter nourriture et provisions. Et le cycle des bonnes nouvelles/mauvaises nouvelles s'est poursuivi. Le lendemain des tests positifs de Milan et d'Eliza, j'avais rendez-vous avec un ORL spécialisé en Esthétique du Nez et de la Tête, chargé de vérifier le degré de guérison des profondes blessures que j'avais dans la région du cou. (Je l'imaginais en Dr. ENT comme s'il était une ancienne créature sylvestre sortie du *Seigneur des anneaux*.) « Bonne nouvelle, dit le Dr. ENT, tout paraît bien. Tout a bien guéri. » Ce jour-là, je pus me raser (avec précaution) pour la première fois depuis sept semaines et demie. C'était formidable, un véritable pas en avant. Mais l'après-midi de ce même jour, j'avais rendez-vous avec un cardiologue. Le Dr. Cœur demanda un nouveau scanner de la zone située sous mon poumon droit. Le scanner révéla que le liquide que l'on m'avait ponctionné à Érié s'était reconstitué. Le lendemain matin à huit heures, je dus subir une intervention chirurgicale pour un nouveau drainage. Cette fois-ci le liquide était encore plus abondant que la première fois, plus de mille centimètres cubes. Mon taux de protéines était très bas, conséquence d'une abondante perte de sang, et on me dit que c'était vraisemblablement la cause de cette accumulation de fluide. On me prescrivit un régime alimentaire hautement protéiné et on me demanda de revenir deux mois plus tard pour un nouveau scanner. « Si le liquide réapparaît, me dit le Dr. Cœur, il faudra reconsidérer la question. » Cela avait l'air d'une menace.

Eliza fut testée négative au bout de cinq jours et son retour à Mercer Street fut pour moi un immense soulagement. Milan resta positif encore cinq jours de plus. Avant son retour, je reçus quelques très bonnes nouvelles.

Le rendez-vous que j'avais le plus redouté était celui qui concernait mon œil. Il eut lieu le 10 octobre, le jour de ma première IRM, celle qui suggérait que je pouvais être atteint d'un cancer de la prostate – je n'étais donc pas en grande forme. Le Dr. Irina Belinsky, fameuse ophtalmologue, était venue me rendre visite à Rusk à l'époque où mon œil droit était encore enflé, même sous sa paupière cousue (je parle d'elle sous son nom véritable à cause de l'importance qu'elle a eue pour moi sur le plan émotionnel en s'occupant de ce problème, la plus grave de mes blessures ; pas de Dr. Œil pour elle). « Il faut attendre que l'enflure ait disparu avant de pouvoir faire des choix sur la manière de procéder. » J'étais vraiment effrayé de ce que pourraient bien être ces choix. Je demandai à Eliza de m'accompagner à ce rendez-vous. J'avais besoin qu'on me tienne la main.

Le Dr. Belinsky examina l'œil.

« L'enflure a disparu, dit-elle, la paupière peut se refermer toute seule. Donc, si vous voulez, je peux enlever tout de suite les points de suture.

— Est-ce que ça va faire mal ? demandai-je comme un gamin. Et j'espère que vous n'aurez pas à les refaire plus tard parce que c'était vraiment très douloureux.

— Vous n'en avez plus besoin, répondit-elle. Ne vous en faites pas. »

L'ablation des points de suture ne prit pas très longtemps et l'œil se sentit immédiatement mieux, plus à son aise de façon naturelle.

« Nous avons donc à présent trois options, dit le Dr. Belinsky. Nous pouvons procéder de trois manières différentes.

« Option numéro 1, nous ne faisons rien. Si l'œil ne souffre pas, qu'il n'y a pas d'irritation ni de gêne, on peut le laisser tel qu'il est.

« Option numéro 2, nous pouvons vous faire fabriquer un œil en céramique. Il sera de très grande qualité, correspondra exactement à la couleur de l'autre œil et il se placera devant l'œil blessé. C'est très réaliste. Il y a des gens qui apprécient beaucoup ce dispositif, d'autres qui le trouvent inconfortable.

« Option numéro 3, on procède à l'ablation de l'œil. Ensuite il faudra environ six semaines pour que l'orbite soit cicatrisée. On pourra alors vous équiper d'une prothèse, un faux œil. C'est manifestement le choix le plus radical. »

Je lui fus reconnaissant de sa clarté et sus immédiatement quelle direction prendre.

« Je n'ai jamais été capable de porter des lentilles de contact. J'ai peur de me mettre des choses dans les yeux et de me les enlever, et cela, tous les jours. Donc je pense que l'œil en céramique ne me conviendrait pas. Quant à l'option numéro 3… après toutes les interventions chirurgicales que j'ai subies, je ne suis pas très partant pour recommencer. Et donc s'il y a une façon de traiter le problème sans nouvelle intervention chirurgicale, c'est celle que je choisis. Je prends l'option numéro 1. On ne fait rien.

— Je veux simplement m'assurer que l'œil se sent bien, dit le Dr. Belinsky. Il faudra continuer à appliquer chaque jour la pommade à l'érythromycine.

— Il se sent bien. Et oui, pour ce qui est de la pommade, ça va aussi.

— Bien, dit-elle et rappelez-vous qu'il ne s'agit pas d'une décision définitive. Si dans un an, deux ans, cinq ans, l'œil commence à s'irriter, revenez me voir, et à ce moment-là, si cela arrive, nous pourrons faire un autre choix. »

Je fus submergé de soulagement. J'avais fait des cauchemars où on m'arrachait l'œil, des réminiscences du *Chien andalou*, le film surréaliste de Luis Buñuel et Salvador Dalí dans lequel un nuage coupant la pleine lune en deux se transforme en lame de rasoir tranchant un œil. *Ne rien faire* semblait merveilleux. Eliza vit la tension s'effacer de mon visage et me pressa la main. « D'accord chéri, dit-elle, faisons comme ça. »

Deux jours plus tard, un médecin me fit dans l'œil gauche la nouvelle injection prévue dans le cadre de mon traitement contre la dégénérescence maculaire. « Prenez bien soin de cet œil, Doc, lui dis-je. C'est tout ce qui me reste. »

Et ceci, du moins pour le moment, est l'histoire de mes yeux (de mon œil).

*

Notre monde commençait à paraître un peu moins isolé. Milan sortit de l'enfermement du Covid et nous reprîmes nos occupations. Eliza se sentit capable de nous laisser seuls ensemble regarder le *Elvis* de Baz Luhrmann pour se rendre à l'anniversaire d'une amie. La gouverneure de New York, Kathy Hochul, téléphona pour nous témoigner sa sympathie et sa solidarité, ce qui était aimable de sa part. Quelques-uns de mes plus vieux et plus proches amis vinrent me voir, y compris certains qui firent le déplacement depuis Londres. Tous firent part de leur stupéfaction de me voir en bonne santé. Je ne leur parlai pas des embûches sur la route (ni de ma prostate).

Nous avons suivi en direct la manifestation organisée en ma faveur à la British Library à Londres. À ce jour, il y avait déjà eu de tels événements à Toronto et au Danemark, sans compter le premier de la liste à la New York Public Library. Je dis à Milan, pour plaisanter, que toutes ces manifestations donnaient un peu l'impression d'être des commémorations. « Quand je vais mourir pour de bon, il ne se passera rien parce que tout aura déjà été fait. » Milan ne trouva pas cela drôle du tout et j'évitai donc de lui dire que cela me rappelait aussi un peu une anecdote rapportée par Bertrand Russell dans son autobiographie. Il avait été hospitalisé au cours d'une visite en Chine et, le temps que la nouvelle parvienne jusqu'en Angleterre, elle avait été quelque peu exagérée et on avait annoncé sa mort, sur quoi tous les journaux avaient publié sa nécrologie et ces articles lui avaient été apportés sur son lit d'hôpital en Chine – il avait donc pu les lire.

Bien sûr j'étais ému de tout cet amour et de ces soutiens, et cela me rendait heureux.

Mais ce qui me rendait aussi heureux c'était de passer

avec succès certains de mes tests médicaux. La médecine interne, par exemple, déclara que toutes mes blessures à la poitrine et à l'abdomen étaient guéries. C'était bon à entendre. Mais il y avait encore des embûches en perspective sur mon chemin.

Venons-en à l'histoire de ma bouche.

*

Le coup de couteau porté à mon cou avait sectionné un nerf et provoqué une paralysie partielle du côté droit de ma lèvre inférieure. Cela, me dit-on, était irréversible. Sur le plan visuel, cela faisait glisser ma bouche vers la gauche quand je parlais et avait pour autre conséquence concrète que je me mordais les lèvres en mangeant. Et autre problème supplémentaire : je ne pouvais ouvrir la bouche en grand, seulement à moitié par rapport à ce que je faisais avant l'attaque. La conséquence était qu'il était plus difficile de manger. Heureusement, je n'avais pas de problème de déglutition, mais la nourriture devait être coupée en tout petits morceaux. Je ne pouvais pas enfourner un sandwich dans ma bouche. Je ressentais une sorte de raideur à chaque extrémité et il y avait quelques étranges effets secondaires. Si j'ingurgitais quelque chose de froid, je sentais une ligne glacée descendre du coin droit de ma bouche jusqu'à la joue comme s'il y avait une fuite. Ce n'était pas le cas. C'était simplement la nouvelle bouche à laquelle j'allais devoir m'habituer. Il n'y avait aucun remède.

Je fus adressé à une femme qui soignait des patients atteints du cancer et avait la réputation de connaître un grand nombre d'exercices de rééducation faciale. J'y allai.

Il y avait des exercices. J'appris à les pratiquer. Je les pratique toujours. Ils ne servent pas à grand-chose. Elle me recommanda de consulter un éminent chirurgien-dentiste qui pourrait fabriquer un dispositif que je glisserais dans ma bouche et qui relèverait un peu la lèvre inférieure, m'évitant ainsi de la mordre. Fin octobre, j'allai voir cet éminent chirurgien-dentiste. Il me fabriqua ce qu'on pourrait, je pense, appeler une prothèse, un bidule qui se fixait sur les dents du côté droit et qui en effet repoussait la lèvre inférieure vers le haut ; quand je le portais, la bouche semblait un peu plus normale et je mangeais plus facilement.

Tout cela prit plusieurs semaines. Après que la prothèse fut fabriquée et mise en place, fin novembre, il me fallut un certain temps pour m'y habituer mais elle commençait à me sembler naturelle et je n'y prêtais même plus attention. Tout cela était parfait. La mauvaise surprise fut la facture. Il s'avéra que ni les séances chez le chirurgien-dentiste ni l'appareil dentaire n'étaient pris en charge par mon assurance. Personne ne me l'avait dit, ce que l'assistant, après coup, reconnut comme une faute. Si on m'avait prévenu, j'aurais probablement décidé de me passer de la prothèse.

La facture, qui ne comprenait pas les honoraires de l'éminent chirurgien-dentiste, s'élevait à dix-huit mille dollars.

*

Huit semaines après son arrivée à New York, Milan reprit le bateau pour rentrer chez lui le 25 octobre. J'avais adoré l'avoir auprès de moi pendant une aussi longue période. Son amour m'avait aidé à retrouver mon équilibre.

Après son départ, je commençai à me sentir mal à l'aise dans notre magnifique logement temporaire. Je voulais ma propre chambre, mon environnement familier. La fureur médiatique à mon sujet s'était calmée ; les paparazzi commençaient à s'ennuyer et n'assiégeaient plus que rarement notre immeuble. Il était temps de rentrer.

Milan débarqua à Southampton le 1er novembre et prit un train pour Londres. Trois jours plus tard, c'était à mon tour de voyager, pour un trajet plus court mais très important sur le plan émotionnel. Je rentrais à la maison.

Dans ce classique de la littérature enfantine, *Le vent dans les saules* de Kenneth Grahame, M. Taupe, qui s'est aventuré loin de son trou pour aller « juste passer du temps dans un bateau » sur la rivière en compagnie de son ami le Rat d'Eau et qui s'inquiète au sujet de l'incontrôlable M. Crapaud de Toad Hall, se promène un soir avec Ratty à travers ce qu'il prend pour un « pays étrange » quand, tout à coup, il est captivé par un parfum :

> C'est l'un de ces mystérieux appels surnaturels qui parvint jusqu'à M. Taupe dans le noir et dont l'extrême familiarité lui donna des picotements sur tout le corps…
>
> Sa maison ! Voilà ce qu'ils voulaient dire, ces appels enjôleurs, ces touches légères qui flottaient dans l'air, ces petites mains invisibles, qui le tiraient et le poussaient, toutes dans le même sens.

Et après avoir suivi ce parfum et retrouvé sa vieille maison et suite à un agréable dîner il se prépare pour la nuit dans son propre lit :

Il se rendait compte à quel point tout était simple et rustique… étriqué même ; mais aussi à quel point tout cela était important pour lui, et quel rôle bien particulier un tel ancrage pouvait jouer dans une vie […] Ce lieu qui n'appartenait qu'à lui, ces objets qui étaient si contents de le revoir et sur lesquels il pourrait toujours compter pour recevoir toujours le même accueil simple et chaleureux[1].

La maison, *Dulce Domum*, comme l'appelle Kenneth Grahame, *Sweet Home*. Il s'était passé douze semaines depuis que l'attaque m'avait empêché de revenir ici. À présent, la porte refermée derrière moi, j'étais cette humble taupe, retrouvant les odeurs de sa maison, mon cœur bondit quand je revis la photo où mes sœurs et moi lisons *Peter Pan*, accrochée au-dessus de la cheminée, je ressentis l'accueil chaleureux de ma bibliothèque, l'aspect familier de l'endroit où j'écris et, pour finir, la tendresse maternelle de mon lit qui m'enveloppa, me prit dans ses bras et me plongea par son étreinte dans un sommeil profond et insouciant. Je me suis senti mieux à cent pour cent et instantanément en meilleure forme. J'étais chez moi.

*

Nous commencions, à tout petits pas, à reprendre le cours d'une vie ordinaire. Nous allâmes passer quelques

1. Kenneth Grahame, *Le vent dans les saules*, édition et traduction de l'anglais de Sophie Chiari, Le Livre de poche, 2021.

soirées chez des amis. Lors d'une des toutes premières de ces sorties, chez Alba et Francesco Clemente, Fran Lebowitz, qui n'y va pas par quatre chemins, voulut me poser des questions :

« Tu es droitier, n'est-ce pas ? Pourquoi as-tu levé la main gauche pour te défendre ?

— Je n'en sais rien, Fran. Je n'ai vraiment pas réfléchi. Et puis j'y ai repensé. C'est peut-être un réflexe de boxeur, proposai-je, si vous êtes un boxeur droitier, vous vous défendez de la main gauche et vous frappez de la droite, non ? »

Fran ne se laissa pas démonter.

« Salman, deux choses. Premièrement, tu n'es pas boxeur. Et deuxièmement, tu n'étais pas en train de le frapper.

— C'est vrai, Fran, sur le premier point comme sur le second. Je n'étais pas le boxeur, j'étais le punching-ball. »

Plus tard, Francesco me confia que Fran s'était fait beaucoup de souci pour moi après l'attaque. « Je pense à lui tous les jours », avait-elle dit. Cela me fit sourire. Je veux un tee-shirt portant l'inscription *Fran Lebowitz pense à moi tous les jours.*

C'était exaltant de faire une chose aussi « normale » que d'aller voir des amis. Mais cela pouvait aussi être très émouvant. Nous rendîmes visite dans leur maison de Brooklyn à Morgan Entrekin, le directeur de la maison d'éditions Grove Atlantic, et sa femme, la photographe Rachel Cobb. La soirée fut inoubliable parce que les autres invités au dîner étaient Martin Amis et sa femme,

Isabel Fonseca. Martin s'était battu, ces deux dernières années, contre un cancer de l'œsophage, ce même cancer qui avait emporté son ami le plus proche, Christopher Hitchens. Il avait subi une chimiothérapie, avec succès, il avait connu une rémission, puis la tumeur était réapparue, il avait suivi une autre chimiothérapie qui avait été un échec puis avait subi une intervention chirurgicale qui avait été qualifiée de succès. Quand nous le vîmes chez Morgan et Rachel, il faisait peine à voir tant il était maigre, sa voix était faible mais son intelligence était alerte et il se montra chaleureux et amical envers moi. Nous avions tous les deux failli mourir, dit-il, cela faisait de nous des frères d'armes contre la mort.

Peu après nous avons été invités chez Martin et Isabel au sommet d'une tour de Brooklyn. James Fenton et Darryl Pinckney étaient là également. Ce fut la dernière fois que je vis Martin. Le cancer resserra ensuite son emprise invincible, et il fut perdu pour nous tous.

Au cours de cette seconde soirée, il paraissait encore plus fragile, et même émacié, sa voix était encore plus faible. Mais à ce moment-là, le cancer n'avait pas refait son apparition, ou alors on ne nous l'a pas dit. Il se manifesta quelques semaines plus tard et Isabel m'en avertit. « Il n'y a aucun espoir de guérison. » Elle me dit qu'il était calme et qu'il envisageait la mort en disant qu'il avait eu une « très belle vie ». Elle semblait dévastée. Ils avaient vécu trente années ensemble.

Bien souvent depuis l'attaque, j'ai pensé que la Mort se trompait de cible. N'étais-je pas celui qui était désigné pour être récolté par la Faucheuse, celui qui, de l'avis général, avait très peu de chances de survivre ? Et pourtant j'étais là, debout, bien installé dans ma salle de réveil et revenant à la Vie pendant qu'autour de moi certains de mes plus proches amis s'écroulaient. Bill Buford, l'ancien directeur de la revue *Granta* et ancien éditeur de fiction du *New Yorker,* auteur d'un livre sur les hooligans du football britannique (*Among the Thugs)* et de deux livres, respectivement sur la cuisine italienne et la cuisine française (*Chaud brûlant* et *À la française*). Un homme qui avait toute sa vie abusé de nourritures trop riches et qui avait toujours eu des problèmes cardiaques. Il eut un malaise sur un trottoir et mourut pour de vrai pendant un bref instant. Il fut sauvé par un homme qui le vit tomber, fonça dans son immeuble et revint avec un défibrillateur. Quelles chances y avait-il que cela se produise ?

Et le lendemain de Noël, mon jeune frère en littérature, Hanif Kureishi, perdit connaissance à Rome et, quand il reprit conscience, il ne pouvait plus bouger ni les bras ni les jambes. Il a écrit, ou plutôt dicté, un blog magnifiquement courageux, honnête et drôle sur Substack pour raconter sa lutte. Il a regagné une certaine mobilité mais pour l'instant, il n'est pas facile de savoir quand (et si) il retrouvera l'usage de sa main droite, celle avec laquelle il écrit. Quatre jours après avoir reçu ces nouvelles de Hanif, j'appris que Paul Auster avait un cancer du poumon. Paul et sa femme, Siri Hustvedt, avaient participé tous les deux à la manifestation en ma faveur sur les marches de la bibliothèque mais à présent, ils devaient faire face à leur propre crise. Paul avait une chance de vaincre le cancer, me dit-il au téléphone. Une seule tumeur, dans un seul poumon, pas de métastases, ni dans les nodules lymphatiques ni ailleurs dans le corps, et il espérait que la chimiothérapie conjuguée à l'immunothérapie allait en réduire considérablement la taille ; la partie atteinte du poumon pourrait alors être retirée par une intervention chirurgicale. Bon : croisons les doigts.

Et Martin se mourait. Il ne voulait plus voir ses amis, dit Isabel. Il vit James Fenton une fois, mais ce fut tout. Ils se sont rendus avec Isabel dans leur maison de Palm Beach où il aurait chaud et pourrait s'asseoir pour lire dans le jardin. Il avait dit qu'il était en train d'écrire une histoire. Il l'a peut-être achevée, ou pas. Ses enfants sont venus le voir. Il mangeait à peine. L'ange était vraiment très proche.

Isabel expliqua qu'en raison de la tumeur, il avait du mal à parler au téléphone mais il aimait recevoir des mails. Je lui écrivis : « J'envoie une vague d'amitié dans ta direction. » Martin n'avait jamais beaucoup écrit de mails, je fus donc surpris de recevoir une réponse fleuve. Elle était si louangeuse que je ne peux la reproduire en totalité, mais elle disait entre autres ceci :

> Nous nous sommes revus récemment pour la première fois depuis l'atrocité. Je dois reconnaître que je m'étais attendu à te trouver changé, diminué en quelque sorte. Absolument pas. Tu étais et tu demeures intact et entier. Et je me suis dit, stupéfait, il est ÉGAL à lui-même.

Ce qui pourrait bien ne pas être vrai mais c'était gentil de sa part. Je répondis encore plus longuement. Je reproduis ici l'intégralité de ma réponse parce que j'ai eu l'impression sur le moment, et je le pense encore aujourd'hui, que c'était une façon de lui dire adieu :

Mon cher Martin,

En réponse à ton long courrier, je vais tenter à mon tour de dépasser le maximum de mots autorisés par Twitter.

Tout d'abord je tiens à te dire combien je suis ému par la générosité et la gentillesse de tes propos. Aucun écrivain ne pourrait rêver d'une plus belle accolade verbale.

Ensuite, je tiens à dire de ton style qu'il se caractérise à la fois par la virtuosité et l'audace, par virtuosité je n'entends pas seulement la virtuosité linguistique bien que tu l'aies toujours eue mais l'inventivité formelle, la pyrotechnie comique et l'intelligence suprême ; et sous le terme d'audace, je regroupe ton désir (non, ton besoin) d'affronter les sujets qui sont au cœur de ton époque sur le plan politique, moral, sexuel, sur tous les plans.

Cette œuvre a transformé la littérature anglaise et lui a insufflé une nouvelle énergie, elle a inspiré et continuera d'inspirer ceux qui viennent après nous. Tu as repris le témoin passé par Bellow, Nabokov et ton père et tu vas le transmettre à… je ne sais qui… quelqu'un qui aura le talent et la sagesse de s'en emparer et de l'emporter dans sa course.

Donc, bravo, bravo, mon cher ami.

Ton œuvre va perdurer.

Avec admiration et amour.

Salman.

Au cours de ces tristes derniers jours, j'ai souvent repensé à cette époque, il y a maintenant plus de trente ans, où Martin avait l'habitude d'organiser des soirées de poker. Une des caractéristiques de ces soirées c'est que chacun ignorait tout de la vie privée des autres joueurs.

Si la conversation dérivait vers des sujets personnels, ou politiques, quelqu'un s'écriait immédiatement : « Jouez au poker ! », sur quoi nous reportions consciencieusement notre attention vers les choses importantes.

Je me souviens aussi que, avant mon installation à New York, avant que Ian McEwan et sa femme, Annalena McAfee, n'achètent leur manoir dans la campagne des Costwolds, avant que Martin et Isabel ne viennent vivre à Brooklyn, tous les trois, Martin, Ian et moi, nous allions souvent au restaurant ensemble, généralement au Elena's L'Etoile, sur Charlotte Street à Londres, pour refaire le monde. Un journal du dimanche avait publié un montage de nous trois sous le titre « Les Parrains », et nous étions d'accord, en tant que chefs des familles criminelles qui inventaient le Londres littéraire, il fallait bien qu'on se réunisse régulièrement pour s'assurer que tout allait bien et pour éviter toute fusillade inutile.

Ce sont les petits détails du passé que l'on regrette autant que les sujets plus importants (comme le talent littéraire) lorsque l'on perd un ami.

*

Une des raisons qui rendent le film d'Alfred Hitchcock *Psychose* si effrayant c'est que ce ne sont pas les bonnes personnes qui meurent. La vedette principale du film, Janet Leigh, est déjà morte au bout de la première demi-heure environ. À peine Martin Balsam, le détective prudent, bienveillant, du genre « laissez-moi faire », fait-il son apparition qu'il meurt lui aussi. C'est terrifiant. C'était ce que je commençais à éprouver. La mort se trompait d'adresse.

Nous étions tous en train de vieillir. « Il ne va pas en rester grand-chose, si ? » me dis-je. Angela Carter, Bruce Chatwin, Raymond Carver, Christopher Hitchens avaient tous disparu prématurément. Toute une génération, aujourd'hui, était proche de la sortie. Martin est mort dans son sommeil, paisiblement et sans souffrir, dans la nuit du 19 mai 2023.

*

Chez les Rushdie-Griffiths, cependant, le baromètre du moral n'avait cessé de remonter depuis décembre. La Coupe du monde était retransmise à la télévision et je regardai presque tous les matches. Ce fut l'Argentine de Messi qui devint championne du monde et cela me fit plaisir. Pour ce qui est des nouvelles qui nous concernaient de plus près, les choses s'amélioraient de bien des façons. (Je ne parle pas des nouvelles en général, remplies d'histoires de fusillades folles et d'histoires tout aussi folles de Trump et de Trumpublicains, comme d'habitude.) Le livre d'Eliza, *Promise*, trouva un bon éditeur britannique qui allait le publier début juin presque en même temps que la parution aux États-Unis. Quant à moi, je me sentais chaque jour de plus en plus fort. Puis les 2 et 5 décembre, je dus franchir deux derniers obstacles médicaux, avec succès. Ma radio des poumons fut bonne. Le régime protéiné avait été efficace ! Le fluide n'était pas réapparu. *Réglé.* Et trois jours après, la seconde IRM m'indiqua que tout allait bien du côté de la prostate ! Je n'avais pas à redouter une biopsie par aspiration ni le cancer (je ne sais ce qui, des deux, m'effrayait le plus). *Tout est réglé.* Je n'avais plus de problèmes médicaux à résoudre.

J'émergeais d'un long tunnel de suivi à l'hôpital et j'étais rendu à la population générale.

C'était l'anniversaire d'Eliza le 6 décembre. Suphala et Kiran Desai sont venues à la maison et nous avons commandé un festin à un restaurant voisin. Nous avions beaucoup de choses à fêter.

Par exemple, je n'avais plus à me préoccuper de problèmes de surpoids. Comme le lit hurleur de Rusk (qui était également capable d'afficher mon poids) m'en avait informé, j'avais perdu vingt-cinq kilos. J'avais vécu des mois vêtu d'abord de blouses d'hôpital, puis de tee-shirts et de pantalons de survêtement mais, maintenant que je pouvais essayer mes habits à la maison, je découvrais que tous mes pantalons me tombaient aux chevilles. J'étais content de la perte de poids (même si je m'alignerais volontiers sur l'avis général pour dire que ce n'était pas un régime à recommander) et je fus agréablement surpris de certains effets secondaires (mon asthme s'était grandement amélioré et je ne ronflais plus, au grand soulagement de la personne qui partageait mon lit). Mais la question des vêtements posait problème, même s'il est vrai que la qualité de mes problèmes s'améliorait. Perdre son pantalon, c'était drôle. Une attaque au couteau ne l'était pas.

J'étais atteint d'une forme d'euphorie, déclarant que j'allais bien, que nos ennuis étaient terminés, et annonçant que notre heureux futur devait débuter immédiatement.

Une des principales raisons d'un tel excès de confiance était que j'avais de nouveau la capacité de m'asseoir à mon bureau et de sentir le flux de l'inspiration revenir. Pendant trois mois j'avais été incapable de penser à écrire. Lorsque l'envie m'en est revenue, j'ai relu les notes que j'avais prises en vue d'un éventuel roman après *La cité de la victoire.* Elles m'ont semblé absurdes. « Je ne peux pas écrire cela », me suis-je dit. Même si j'entendais bien me concentrer sur la fiction, il m'était arrivé quelque chose d'énorme et de pas fictif du tout, et je compris qu'Andrew Wylie avait eu raison. Tant que je n'aurais pas affronté l'attaque, je ne pourrais rien écrire d'autre. Je compris qu'il fallait que j'écrive le livre que vous êtes en train de lire avant de pouvoir passer à autre chose. Écrire serait pour moi une façon de m'approprier cette histoire, de la prendre en charge, de la faire mienne, refusant d'être une simple victime. J'allais répondre à la violence par l'art.

Je n'aime pas l'idée que l'écriture soit une thérapie, l'écriture c'est l'écriture, la thérapie c'est la thérapie, mais il y avait de bonnes chances qu'écrire cette histoire de mon point de vue m'aide à me sentir mieux.

Je connaissais encore des problèmes de santé résiduels auxquels je devais faire face en priorité. Je manquais d'énergie. Dès le début de la soirée, j'étais déjà épuisé. J'avais encore des accès de vertige préoccupants. Le problème de tension artérielle n'avait pas disparu, même si, curieusement, il s'était inversé. À l'hôpital, j'avais une tension trop basse et qui chutait lorsque je me mettais debout ; d'où le recours au corset. Mais à présent, lorsque je mesurais ma tension, elle atteignait des sommets anormalement élevés. J'abandonnai le corset ; la tension demeura importante, elle atteignait des niveaux dangereux. La pression systolique restait élevée et indiquait la possibilité d'une attaque.

Puis survint une illumination. Je ne me souviens plus si l'ampoule apparut au-dessus de ma tête ou au-dessus de celle d'Eliza mais je soupçonne que ce devait être la sienne. Nous avons compris que l'un des médicaments qu'on m'avait prescrits à Rusk était destiné à augmenter la pression artérielle. J'avais continué à le prendre puisqu'on ne m'avait pas précisé au moment de quitter l'hôpital à quel moment je devais interrompre le traitement. J'appelai mon médecin traitant. « Cessez immédiatement de le prendre », dit-il. J'obéis et, au bout d'environ une semaine, les chiffres à la fois systoliques et diastoliques étaient revenus à la normale.

Encore un cas d'iatrogénie médicamenteuse. Une fois de plus, c'était le médicament qui m'avait rendu malade.

*

Eliza avait beaucoup travaillé sur son ordinateur, enregistrant toutes les prises de vues que nous avions faites, les organisant, sélectionnant les passages les plus pertinents. Finalement elle me demanda si je me sentais prêt à les regarder.

« Oui », lui dis-je.

Elle installa un projecteur et un écran dans le salon. Elle m'avertit que ces images pourraient me choquer. Cela avait été éprouvant pour elle de les revoir. « L'œil, le cou, c'est plutôt violent », m'avertit-elle.

En effet. Je n'avais jamais imaginé que j'aie pu avoir l'air si terrible, ni que ma voix ait pu être aussi faible. Cela avait dû être effrayant pour Eliza, Sameen et Zafar de me voir dans cet état, et incroyablement difficile de me servir chaque jour leurs mensonges optimistes : « Tu vas tellement bien », « Tu vas tellement mieux qu'hier », et ainsi de suite. Je n'allais pas bien. Mon état ne s'améliorait pas de jour en jour. J'étais un homme à l'article de la mort qui avait réussi, on ne sait comment, à survivre. C'était à cela que les gens qui m'aimaient devaient se raccrocher, j'étais vivant, et après qu'on m'avait retiré l'assistance respiratoire, il était probable que j'allais survivre et c'était cela qui leur permettait d'afficher leur sourire affectueux et trompeur. Eliza avait eu raison de me tenir à l'écart des miroirs. Si j'avais vu combien j'avais l'air mal en point, si j'avais connu la gravité de mes blessures, j'aurais eu du mal à mobiliser la force nécessaire pour tenir le coup.

Les images défilaient. Mon œil globuleux comme un œuf dur pendant de manière improbable sur mon visage, l'iris perché sur le blanc enflé, formant un angle impossible. La longue entaille horizontale sur mon cou enflé et noirci, les plaies tout autour, les estafilades sur mon visage. C'était difficile à regarder. Le cerveau refusait de comprendre. Mais tout était là, sur l'écran, et insistait pour être vu.

Je découvris que ma réaction à ce spectacle était inattendue. Oui c'était choquant, mais à ma grande surprise, je sentis que je devenais très calme à mesure que je regardais, j'étais capable d'observer tout cela avec détachement. Je dis à Eliza : « C'est, je crois, parce que je suis comme je suis en ce moment et pas comme je l'étais, cela me rend objectif. Franchement je suis d'autant plus impressionné par ma propre guérison que j'étais vraiment dans un sale état, un vrai déchet. J'avais l'air de quelqu'un d'autre. »

Ce jour-là nous tombâmes d'accord sur l'idée de réaliser un documentaire. Maintenant que j'avais vu ce que nous avions déjà fait, je n'avais aucun doute sur sa qualité et sa force. Au début, naïvement peut-être, nous nous sommes dit que nous pourrions réaliser le film nous-mêmes avec l'aide d'un documentariste et d'un monteur. Mais nous avons assez vite compris notre erreur. Nous étions trop proches du sujet. Si nos prises de vues constituaient le matériau unique et exclusif qui serait la raison même de l'existence du film, nous avions besoin d'un professionnel, un réalisateur ou une réalisatrice qui apporterait sa vision personnelle à tous les autres détails et donnerait sa forme au récit. Nous allions donc chercher quelqu'un. Et les prises de vues d'Eliza formeraient la colonne vertébrale du film, ou peut-être son cœur.

*

Eliza me filma à la maison évoquant mes réactions après avoir visionné le reportage de mes journées les plus terribles et de ma lente guérison. « J'avais l'air de quelqu'un d'autre », lui dis-je. Commençons par là.

Le plus terrible dans cette attaque c'est qu'elle a fait de moi la personne que j'ai essayé de toutes mes forces de ne pas être. Pendant plus de trente ans j'ai refusé de me laisser définir par la fatwa et j'ai insisté pour que l'on me considère comme l'auteur de mes livres, cinq avant la fatwa et seize après. Je venais tout juste d'y arriver. Quand j'ai publié mes derniers livres, les gens ont finalement cessé de m'interroger à propos des attaques contre Les versets sataniques *et contre leur auteur. Et à présent me revoilà, tiré en arrière et renvoyé à cette problématique indésirable. Je pense à présent que je n'y échapperai jamais. Quels que soient les livres que j'ai écrits ou que je pourrais aujourd'hui écrire, je serai toujours le type qui s'est fait poignarder. Le couteau me définit. Je vais me battre contre cela mais je pense que je vais perdre.*

Ma victoire c'était de vivre. Mais le sens que le couteau a donné à ma vie était ma défaite. Dans *La cité de la victoire*, mon personnage principal, Pampa Kampana, écrit un puissant poème narratif en sanskrit intitulé *Jayaparajaya*, ce qui signifie « Victoire et Défaite ». Ce pourrait être le titre de l'histoire de ma vie.

*

Et tout à coup ce fut une nouvelle année, 2023. Février n'allait pas tarder. Et le mois de février avait de multiples significations. En février, *La cité de la victoire* allait paraître en anglais dans le monde entier et de nombreuses traductions allaient suivre rapidement. J'ai rarement apprécié le moment même de la parution d'un livre. C'est comme se déshabiller en public, ce qui permet aux gens de pointer du doigt et de rire. Dans un monde idéal, quand un de mes livres paraît, j'aimerais pouvoir me cacher derrière les meubles pendant quelques semaines. Mais ce n'est pas possible dans le monde réel. Et puis je venais de me cacher derrière les meubles pendant six mois. En ce mois de février, le moment était venu de montrer mon visage.

J'avais accordé un long entretien à David Remnick pour le *New Yorker*, ma seule contribution au lancement du roman, dans la mesure où une tournée de promotion était hors de question. Une photo prise par Richard Burbridge accompagnait l'entretien. Lorsque l'entretien et la photo furent publiés, c'était comme si je faisais mon retour dans le monde après six mois passés dans les Limbes. Voilà ce que signifiait février. Mais le 14 février était aussi le trente-quatrième anniversaire de la fatwa. J'avais cessé de me souvenir de cet anniversaire et j'allais dorénavant devoir recommencer.

Mais le 14 février, c'était aussi la Saint-Valentin. Eliza et moi avions décidé de fêter l'événement en allant au restaurant pour la première fois depuis six mois. Accompagnés par des gardes du corps, certes, mais nous y sommes allés. Ce fut un moment fondamental. Bonjour, le monde, disions-nous, nous revoilà, et après avoir rencontré la haine, nous fêtions la survie de l'amour. Après l'ange de la mort, l'ange de la vie.

6

LE A.

Le 14 octobre 1994, six ans après avoir remporté le prix Nobel, l'écrivain égyptien Naguib Mahfouz, âgé de quatre-vingt-deux ans, sortit de chez lui pour se rendre dans son café préféré du Caire où il retrouvait chaque semaine ses amis écrivains et intellectuels. Tandis qu'il marchait, une voiture se mit à rouler à sa hauteur. Après coup il déclara s'être dit qu'il devait s'agir d'un admirateur. Ce n'était pas un admirateur. C'était un homme qui jaillit de la voiture et poignarda Mahfouz dans le cou à plusieurs reprises. Mahfouz s'écroula. Son assaillant prit la fuite. Heureusement, le grand écrivain survécut à l'attaque mais ce fut là un exemple du « terrorisme culturel » dont il avait, par le passé, accusé les fondamentalistes islamistes égyptiens.

L'éventualité d'une telle attaque planait au-dessus de la tête de Mahfouz depuis des années. Son roman *Les fils de la médina,* une allégorie qui a pour cadre une ruelle misérable du Caire et qui évoque la naissance des trois grands monothéismes, le judaïsme, le christianisme et l'islam, avait été condamné pour « offense à l'islam ».

Et il y eut au moins un mollah fanatique et fauteur de troubles pour déclarer que Mahfouz méritait la mort. Une liste islamiste de condamnés à mort fut découverte et il y figurait dans les premières places. Mais « il ne croit pas aux gardes du corps », avait déclaré sa fille au *New York Times.* L'année de son Nobel en 1988, on rapporte qu'il aurait dit : « Je me rends à pied au café. Je ne regarde ni à droite ni à gauche. Et qu'est-ce que cela fait s'ils m'attaquent ? J'ai vécu ma vie et fait ce que je voulais faire. »

Il n'est pas mort et a vécu encore douze ans sous la protection permanente des gardes du corps qu'il avait toujours refusés auparavant. Ses blessures étaient si graves qu'il ne pouvait écrire que quelques minutes par jour.

J'ai lu que la fatwa contre *Les versets sataniques* à laquelle il s'était opposé avait été le déclencheur de l'agression contre sa personne. Voici ce qu'il avait écrit pour prendre ma défense dans *Pour Rushdie,* un livre dans lequel une centaine d'intellectuels et d'écrivains musulmans avaient pris la parole en ma faveur : « Le véritable terrorisme dont il fait l'objet est proprement injustifiable, indéfendable… On ne peut s'opposer à une idée que par d'autres idées. Même si le châtiment est exécuté, l'idée reste, ainsi que le livre. » Cela me fait de la peine, encore aujourd'hui, de penser que ces mots ont poussé quelqu'un à lui planter un couteau dans le cou bien avant qu'un semblable couteau ne soit plongé dans le mien. Tel est le prix à payer quand on tolère, justifie ou encourage l'intolérance. Mais Mahfouz avait raison. Ses idées et ses livres demeurent.

Je ne peux qu'espérer qu'il en soit de même des miens.

*

J'ai souvent pensé à ce qui est arrivé à Mahfouz sans jamais imaginer vraiment qu'il pourrait m'arriver la même chose. J'essaie de me représenter l'état d'esprit de la personne prête à plonger une lame dans le cou d'un vieil homme, un vieil homme éminent, dont l'œuvre était appréciée par bien des gens. Je ne me place pas au même niveau que Naguib Mahfouz mais à présent, je suis obligé d'imaginer la tournure d'esprit de l'homme qui voulait m'assassiner. Donc dans ce chapitre j'ai rapporté une conversation qui n'a jamais eu lieu entre moi et l'homme que j'ai rencontré une seule fois dans ma vie pendant seulement vingt-sept secondes. Sur ses photos il porte la tenue de prisonnier noir et blanc et il est menotté. C'est un jeune homme à l'air sérieux mais la plupart des gens auraient l'air sérieux si on les photographiait juste après leur arrestation. Peut-être en privé est-il un joyeux camarade, peut-être raconte-t-il des blagues. Mais d'après l'image que je me fais de lui, c'est plutôt une figure solitaire qui n'a d'autre compagnie que lui-même. Il a les oreilles décollées, un visage étroit, sa barbe et ses cheveux sont coupés ras. Il ressemble vaguement au joueur de tennis Novak Djokovic. Il a grandi dans le New Jersey et parle peut-être avec cet accent particulier d'un gars de Jersey mais je ne vais pas essayer de reproduire sa façon de parler. Dans les scènes imaginaires qui suivent, je me suis rendu à la prison du comté de Chautauqua et je suis assis à une table métallique, sur une chaise métallique, toutes deux fixées au sol tout comme la chaise sur laquelle il est assis, menotté, attaché. Il n'a pas vraiment envie de me voir mais comme ici c'est mon imagination qui décide, il n'a pas le choix. Il est d'humeur maussade. Il n'est pas bavard. Sa vie insignifiante vaut-elle la peine d'être vécue ? Je vais lui poser la question.

Nous sommes observés par du personnel pénitentiaire

et probablement aussi des agents fédéraux à travers une vitre sans tain. On dirait une scène d'interrogatoire dans la série télévisée *New York, police judiciaire*. (Petite note : il y a une sérieuse addiction à la maison à la série *New York, police judiciaire*, de sorte que je suis parfaitement informé des bases du fonctionnement de la police américaine conçue comme un divertissement. Dans la réalité c'est autre chose, manifestement. Mais cet endroit imaginaire n'est pas le lieu de cette discussion.)

Comment vais-je l'approcher, le surineur ? Je tourne mentalement autour de lui, cherchant le moyen d'entamer la conversation. Vais-je commencer par lui parler de Iago qui détruisit sa propre vie, celles d'Othello et de Desdémone simplement pour avoir raté une promotion ? Je tiens à demander au A. ce que ça lui fait d'avoir gâché sa vie mais je soupçonne que Shakespeare n'est peut-être pas la meilleure entrée en matière. Je pense aussi à d'autres exemples plus mystérieux en littérature comme cette scène des *Caves du Vatican* d'André Gide dans laquelle un personnage nommé Lafcadio pousse hors d'un train en marche un homme qu'il vient de rencontrer et le tue sans aucune raison. Ou à *Justice* de Friedrich Dürrenmatt, où un homme commet un meurtre devant de nombreux témoins et proclame son innocence pour voir « à quoi aurait ressemblé la réalité si, à ma place, un autre avait été le meurtrier ». J'abandonne assez rapidement ces idées même si elles semblent avoir une certaine pertinence. Nous ne sommes pas là pour parler de littérature.

Je ne tiens pas à me montrer trop amical, ce n'est pas mon état d'esprit. Mais je ne veux pas non plus être trop inamical. Je veux, si j'en suis capable, l'amener à s'ouvrir.

Parce qu'une véritable rencontre est improbable, voire impossible. Je dois inventer une façon d'entrer dans sa tête, je dois essayer de l'imaginer, de le rendre réel. Je ne suis pas sûr d'en être capable.

Il y a une part en moi qui voudrait foncer sur lui et le frapper violemment dans le cou.

Il n'a exprimé aucun remords. Je ne suis pas venu pour qu'il s'excuse. Je me demande vraiment ce qui se passe dans sa tête maintenant qu'il a eu du temps pour réfléchir. A-t-il eu des hésitations ? Ou est-il fier de lui ? Est-il prêt à recommencer ? Il y a en Iran une fondation qui lui a offert une récompense. Est-ce qu'il espère purger sa peine puis aller en Iran toucher son prix ? Ses comptes sur les réseaux sociaux ont révélé son admiration pour divers islamistes radicaux. Se considère-t-il comme un héros ou juste un jeune gars du New Jersey qui a fait ce qu'il a cru devoir faire ?

Se considère-t-il comme un Américain ?

Je m'éclaircis la gorge et je commence.

*

Première session

Peut-on commencer par le mot "hypocrite" ?

Pourquoi ?

C'est le terme que vous avez employé pour me décrire dans le *New York Post.* Vous avez déclaré que vous me trouviez hypocrite.

Oui. Et alors ? Vous l'êtes.

Avez-vous vu le film *Princess Bride* ?

Non. Oui. Je ne sais pas. Qu'est-ce que ça peut faire ? Pourquoi m'interrogez-vous sur le cinéma ?

Il y a un personnage, Vizzini, qui adore le mot "inconcevable". Il le prononce à plusieurs reprises dans le film. Cinq fois, je crois. Finalement un autre personnage, Inigo Montoya, lui dit : "Tu n'arrêtes pas d'employer ce mot. Je ne pense pas qu'il ait le sens que tu lui prêtes." Et donc puis-je vous interroger sur le mot "hypocrite" ?

Je vois. Vous me prenez de haut.

Je vous demande de me dire ce que vous entendez par ce mot.

Il signifie que vous prétendez dire la vérité alors que ce n'est pas vrai.

Oui c'est vrai.

Allez donc vous faire voir, M. Je Sais Tout.

J'ai une seconde question. Admettons que vous ayez raison. Admettons que je prétende dire la vérité alors qu'en fait je trompe les gens.

C'est ce que vous faites. Tout le monde le sait.

Et est-ce là, selon vous, une raison de tuer quelqu'un ? Combien avez-vous rencontré de gens dans votre vie qui étaient, selon vous, hypocrites ?

En Amérique beaucoup de gens prétendent être honnêtes mais ils portent un masque et ils mentent.

Et est-ce une raison pour les tuer tous ? (*Silence.*) Avez-vous déjà envisagé de tuer d'autres personnes ?

Non.

Même si vous accusez beaucoup d'Américains d'être hypocrites ? Êtes-vous certain de n'avoir jamais pensé à tuer quelqu'un avant ?

Pourquoi je vous le dirais ?

Votre mère, par exemple. Vous dites que votre mère ne vous a pas correctement enseigné la religion. À présent elle vous a désavoué. Votre mère est-elle hypocrite ? Elle a fait semblant d'être honnête mais en fait elle vous cachait la vérité ? (*Silence.*) Bon oublions "hypocrite" et parlons d'un autre mot, l'expression "tout le monde".

C'est stupide. C'est une expression courante.

C'est vrai. C'est une expression courante que vous avez utilisée pour me faire des reproches. Vous avez dit que j'étais malhonnête. "Tout le monde le sait."

C'est vrai. Tout le monde le sait.

Pouvez-vous me dire qui est tout le monde ?

Vous connaissez les réponses de chacune de vos questions.

Faites-moi plaisir.

Tout le monde, ce sont tous les gens bons. Les gens qui reconnaissent le Diable quand il vient leur jouer des tours. Les gens qui savent reconnaître le bien du mal.

Donc, selon vous, je ne suis pas seulement hypocrite, je suis le Diable. Est-ce pour cela qu'il est juste de me tuer ?

Vous n'êtes qu'un petit diable, ne vous surestimez pas. Mais même un petit diable est un démon.

Et les démons doivent être supprimés ?

Oui.

Vous pensez cela depuis longtemps ou ce sont des idées récentes ?

À la maison, nous avons vécu dans l'erreur. Ma mère, mes sœurs, moi aussi. J'étais ignorant. J'étais endormi. À présent je suis éveillé.

Qui vous a éveillé ?

Dieu.

De quelle façon ? Avez-vous eu une révélation ?

Je ne suis pas prophète. Le temps des prophètes est terminé. La révélation que Dieu a accordée à l'Homme est achevée. Je n'ai vu aucun ange. J'ai étudié. J'ai appris.

Dans les livres ? Auprès des gens ?

Auprès de l'Imam Yutubi.

Mais qui est-ce ?

Vous pouvez le voir sur les vidéos de YouTube. Il a plusieurs visages, plusieurs voix. Mais ils disent tous la vérité.

Dites-moi la vérité.

La vérité c'est que la vérité a de nombreux ennemis. Ceux qui connaissent la vérité savent aussi qu'elle est précieuse, tant de gens veulent la rabaisser. Bien des gens cherchent à persécuter ceux qui possèdent la vérité. Il faut donc la défendre.

Par tous les moyens ?

Oui, comme nous l'a appris el-Hajj Malik el-Shabazz.

Malcolm X. Vous êtes un adepte de Malcolm X ?

Je suis un adepte de Dieu.

Savez-vous que Malcolm X a emprunté cette formule à Frantz Fanon ?

Je ne connais aucun Fanon.

Un intellectuel noir de Martinique. Installé ensuite en Algérie.

Il ne compte pas.

J'ai étudié les origines de votre religion, vous savez. Dans une université britannique.

Vous n'avez rien appris du tout.

Pourquoi dites-vous cela ?

Vos professeurs étaient-ils des religieux ? Étaient-ils des imams experts de la loi ?

L'un était un marxiste français, l'autre un Anglais. Aucun n'était religieux.

Vous voyez ? Ils n'avaient rien à vous apprendre et c'est pourquoi vous n'avez rien appris.

Peut-on changer de sujet ? Pouvons-nous parler de votre club de gym ?

Vous avez un esprit tordu. Un esprit qui papillonne, incapable de rester concentré sur ce qui compte vraiment. C'est bien un esprit américain.

Mais je suis originaire d'Inde. Je viens d'une famille indienne musulmane et laïque. J'ai un esprit indien et plus tard un esprit britannique, et aujourd'hui, peut-être en effet, également un esprit américain.

"Laïc" est synonyme de "menteur". C'est une maladie.

Vous en êtes certain ? Parce que ma mère, par exemple, était quelqu'un de profondément sincère.

Elle a dû avoir honte de vous avoir pour fils. Votre prénom est musulman. Pourquoi continuez-vous à le porter ? Porter ce prénom c'est mentir. Votre mère a dû avoir honte de vous avoir porté dans son ventre. Votre famille doit avoir honte de vous reconnaître comme étant de leur sang.

Quand elle est morte au Pakistan, un journal a écrit que les gens qui avaient assisté à ses funérailles devraient avoir honte.

Vous voyez ? C'est bien ce que je disais.

Pouvons-nous revenir au club de gym ?

Pourquoi est-ce que ça vous obsède ?

Le State of Fitness Boxing Club, c'est bien ça ? À North Bergen, dans le New Jersey ? Vous vous êtes abonné au forfait haut de gamme et avez pris vingt-sept cours de boxe. Encore le nombre vingt-sept. Vingt-sept cours, une attaque de vingt-sept secondes. Ce serait encore mieux si vous aviez vingt-sept ans. Bref. Vous êtes un type calme. Vous ne parlez pas beaucoup aux autres membres du club. Votre mère a déclaré que vous étiez un garçon calme. Mais vous avez pris la parole la veille du jour où vous vous êtes rendu en bus à Chautauqua. Vous avez envoyé un mail au club de gym pour vous désabonner.

Et alors ?

J'aimerais vous poser cette question. Vous saviez parfaitement que vous n'alliez pas reprendre votre vie d'avant. Plus de cours de boxe au club de gym, plus de vidéos de l'Imam Yutubi dans votre sous-sol. Vous viviez surtout la nuit, a dit votre mère. Vous vous enfermiez dans votre sous-sol où vous prépariez vos repas vous-même. Mais quand vous avez annulé votre abonnement au club de gym, vous saviez que cette vie-là était terminée. Vous vous apprêtiez à gâcher votre vie en même temps que la mienne. Peut-être saviez-vous que vous alliez être emprisonné, mais pas de votre plein gré. Pas dans votre sous-sol. Ailleurs ?

Bon d'accord.

Ou bien avez-vous imaginé que vous pourriez vous en sortir et prendre la fuite ? Il y aurait sûrement une chasse à l'homme mais vous comptiez bien y échapper et franchir la frontière canadienne qui n'est pas très éloignée de Chautauqua, non ? Vous n'aviez ni papiers d'identité ni carte de crédit mais une bonne somme en liquide sur vous. Avez-vous imaginé prendre un bateau et traverser le lac Érié où la frontière est liquide, ce n'est qu'une ligne imaginaire au milieu du lac ? Est-ce que vous alliez entamer une nouvelle vie à, oh, à Vancouver ?

Je ne savais pas ce qui allait arriver.

Mais vous saviez que vous ne rentreriez pas chez vous. Adieu à tout cela. Vous aviez envisagé un temps de finir vos études à l'université. Plus rien de tout cela.

J'imagine.

Je m'efforce de vous comprendre. Vous n'aviez que vingt-quatre ans. Vous aviez la vie entière devant vous. Pourquoi étiez-vous aussi pressé de la gâcher ? *Votre* vie. Pas la mienne. La vôtre.

Ne cherchez pas à me comprendre. Vous n'en êtes pas capable.

Mais je dois essayer, parce que pendant vingt-sept secondes nous avons été intimes de manière très profonde. Vous avez revêtu le manteau de la mort et moi j'étais la vie. C'est une union fusionnelle.

J'étais prêt à le faire pour servir Dieu.

Vous en êtes sûr ? Que c'est là une chose que votre Dieu attendait de vous ?

L'Imam Yutubi a été très clair. Les ennemis de Dieu n'ont pas le droit de vivre. Nous avons le droit de les supprimer.

Mais tous les gens sur terre ne suivent pas votre Dieu. S'ils sont adeptes d'autres dieux ou athées, avez-vous le droit de les supprimer eux aussi ? Deux milliards de fidèles de votre religion. Six milliards d'autres. Que pensez-vous d'eux ?

Cela dépend.

De quoi ?

De leur comportement.

Et un comportement hypocrite mérite la mort.

On peut dire cela, oui.

Permettez-moi de vous interroger sur vos croyances. Pensez-vous que tout ce qui vient de Dieu est sacré ? Ou en d'autres termes, saint ?

Oui, bien sûr. Le Nom de Dieu est saint et tels sont Ses faits.

Le don de la vie est le fait de Dieu, êtes-vous d'accord ?

Oui.

Alors comment peut-il être juste qu'un homme enlève ce que Dieu a donné ? N'est-ce pas à Dieu d'en décider ?

Vous essayez de m'embrouiller. Vous employez des ruses comme le fait le Diable. Vous ne croyez même pas en Dieu. Un athée c'est le dernier des derniers. Vous ne méritez pas de me parler. Vous n'êtes pas mon égal.

J'essaie de vous comprendre. C'est ma difficulté. Les raisons que vous me donnez ne sont pas assez convaincantes pour conduire un jeune homme, un jeune homme qui ne s'était jamais montré violent jusque-là, un jeune homme qui n'est même pas un bon boxeur, un amateur... pour conduire un tel homme à sacrifier le reste de sa vie juste pour assassiner un étranger. La décision de tuer, de devenir un *meurtrier,* n'est pas une mince décision. Et cependant vous vous y êtes appliqué sérieusement, soigneusement, de manière organisée. Vous avez fait des plans détaillés. Mais vous n'aviez jamais rien fait de semblable. Qu'est-ce qui vous a changé ?

Si vous croyiez au Paradis vous comprendriez.

Dites-moi.

Vous comprendriez que cette vie, ici-bas, en ce monde, n'a pas d'importance. Ce n'est qu'une salle d'attente et le mieux qu'on puisse y faire c'est de suivre Dieu et après cette vie nous aurons la vie éternelle. Et donc quelle importance où je dois passer ces années ? Lorsque vous brûlerez dans les flammes de l'Enfer, je serai dans le jardin parfumé. J'aurai autour de moi mes esprits serviteurs, mes magnifiques houris vierges de tout contact avec les hommes ou les djinns. C'est écrit : "Lequel des bienfaits du Seigneur oserez-vous renier ?"

Écrit où ?

Dans le Livre.

J'aimerais que nous parlions de livres.

Il n'y a qu'un seul livre qui mérite qu'on parle de lui.

Laissez-moi vous parler d'un livre à propos d'un autre livre. Il a été écrit par l'auteur turc Orhan Pamuk et s'intitule *La vie nouvelle*. Dans ce livre il est question d'un livre qui n'a pas de titre et on ne sait rien du contenu de ses pages. Mais tous ceux qui ouvrent ce livre voient leur vie changée. Après avoir lu le livre ils ne sont plus ceux qu'ils étaient auparavant. Connaissez-vous un livre de ce genre ?

Bien sûr. C'est le livre qui renferme la Parole de Dieu, telle qu'elle a été transmise par l'Archange au Prophète.

Et le Prophète l'a-t-il immédiatement retranscrite ?

Il est descendu de la montagne, il a tout récité et tous ceux qui étaient là l'ont noté sur tout ce qui leur tombait sous la main.

Et il a récité avec une précision absolue. Ce que l'Archange lui avait dit : mot pour mot. Et ils l'ont écrit avec une précision absolue. Mot pour mot.

C'est évident.

Et qu'est-il advenu de ces pages ?

Après que le Prophète a achevé sa vie, ses Compagnons les ont mises en ordre, cela a donné le Livre.

Et ils les ont mises en ordre avec une précision absolue.

Tous les vrais croyants le savent. Il n'y a que les gens sans Dieu pour remettre cela en question et ils ne comptent pas.

Puis-je vous poser une question sur la nature de Dieu ?

Il englobe tout. Il sait tout. Il est Tout.

Dans votre tradition, n'est-ce pas, il existe une différence entre votre Dieu et le Dieu des autres religions du Livre, les juifs et les chrétiens. Ils croient, comme le disent leurs livres, que Dieu a créé l'homme à son image.

Ils ont tort.

Parce que s'ils avaient raison, Dieu pourrait avoir une certaine ressemblance avec l'homme ? Il pourrait ressembler à un homme. Il pourrait avoir une bouche, une voix, et s'en servir pour nous parler ?

Mais c'est faux.

Parce que selon votre tradition, l'idée de Dieu c'est qu'il est tellement supérieur à l'homme, qu'il occupe une position tellement plus élevée qu'il ne partage aucune des qualités humaines.

Exactement. Pour une fois vous ne dites pas de bêtises.

Quelles seraient selon vous ces qualités humaines ?

Notre corps. Notre aspect. Ce que nous sommes.

L'amour est-il une qualité humaine ? La soif de justice ? La pitié ? Dieu possède-t-il ces qualités ?

Je ne suis pas un érudit. L'Imam Yutubi en est un. Il a plusieurs têtes et plusieurs voix. Je le suis. J'ai tout appris de lui.

Mon intention n'est pas de discuter de points d'érudition. Vous admettez que votre Dieu n'a pas de qualités humaines, selon votre tradition. Permettez-moi alors de vous demander ceci. Le langage n'est-il pas une qualité humaine ? Pour avoir un langage, il faudrait que Dieu ait une bouche, une langue, des cordes vocales, une voix. Il devrait ressembler à un homme. *À son image.* Mais vous reconnaissez que Dieu n'est pas ainsi.

Et alors ?

Si Dieu est donc au-dessus du langage, tellement au-dessus de lui comme il est tellement au-dessus de tout ce qui est simplement humain, alors comment les mots de votre Livre ont-ils pu apparaître ?

L'Ange comprenait Dieu et il a transmis le Message de façon que le Messager soit en mesure de comprendre et le Messager l'a reçu.

Le Message était-il en arabe ?

C'est ainsi que le Messager l'a reçu et que ses Compagnons l'ont transcrit.

Puis-je vous poser une question sur la traduction ?

Vous abusez. Vous allez dans une direction et puis vous faites demi-tour sur la route et repartez en sens inverse. Vous n'êtes pas seulement un papillon mais aussi un danger au volant.

Je veux simplement suggérer que lorsque l'Archange a compris le Verbe de Dieu et l'a apporté au Messager sous une forme que celui-ci était en mesure de comprendre, il a effectué une traduction. Dieu communiquait de la façon dont il communique et qui est si loin de la compréhension humaine que nous ne pouvons pas même commencer à l'appréhender et l'Ange l'a rendu compréhensible au Messager en le formulant en langage humain, qui n'est pas la langue de Dieu.

Le Livre est le Verbe incréé de Dieu.

Mais nous sommes d'accord sur le fait que Dieu n'a pas de mots. Dans ce cas, ce que nous lisons est une interprétation de Dieu. Et peut-être donc pourrait-il y avoir d'autres interprétations ? Peut-être la vôtre, celle de Yutubi, n'est-elle pas la seule ? Peut-être n'y a-t-il pas une seule et unique interprétation correcte ?

Vous êtes un serpent.

Puis-je vous demander dans quelle langue vous avez lu le Livre ? Dans la langue originale ou dans une autre ?

Je l'ai lu dans cette langue inférieure que nous parlons en ce moment.

Encore une traduction.

Je l'ai compris grâce aux nombreuses heures d'instruction que j'ai reçues de l'Imam Yutubi.

Lors de votre vie nocturne, enfermé dans votre sous-sol, regardant votre ordinateur. Et en jouant de temps en temps à des jeux vidéo ou en regardant Netflix.

Bien sûr.

Et ce que vous receviez de votre imam aux têtes multiples, c'étaient de nouvelles interprétations. Encore des exercices, pourrait-on dire, de traduction.

Ce que vous dites n'a aucun sens. C'est complètement hors de propos par rapport aux seules questions importantes.

Ce que je tente de vous suggérer c'est que, même dans le cadre de votre tradition, le doute subsiste. Certains de vos philosophes d'autrefois l'ont suggéré. Vos Yutubi des siècles passés, d'avant l'invention de YouTube. Ils disaient qu'on peut tout interpréter, même le Livre. Il peut être interprété en fonction de l'époque où vit l'interprète. Le prendre au pied de la lettre est une erreur.

Ce n'est pas vrai. Le Verbe est le Verbe. Le remettre en question c'est remettre en question le sens de la vie. De la stabilité de l'univers.

Permettez-moi une dernière question et nous pourrons souffler jusqu'à demain. Êtes-vous déjà allé à Jérusalem ?

Non.

Parce qu'à Jérusalem, comme vous savez, se trouve le Dôme du Rocher.

Le Haram al-Sharif Al-Aqsa.

Vous savez, moi non plus je ne suis jamais allé à Jérusalem. Mais on m'a raconté que sur les murs de cette mosquée étaient inscrits certains versets tirés du Livre.

Oui, bien sûr.

Et on m'a dit que, curieusement, certains versets étaient légèrement différents de ceux du Livre que vous avez à présent.

C'est impossible.

C'est impossible, n'est-ce pas ? Parce que la mosquée est très ancienne. Donc qu'est-ce que cela voudrait dire ? Si ces vieux mots sur les murailles ne sont pas exactement les mots que vous avez dans vos pages ?

Cela veut dire que vous ne dites pas la vérité. Vous mentez, comme d'habitude.

Je ne discute pas. Je ne les ai pas vus de mes propres yeux.

Vous dites que ce que vous écrivez ce sont des "fictions". Ce qui est synonyme de "mensonges".

Comme "laïc".

Exactement. Vous gagnez votre vie en mentant.

Restons-en là. On s'en sortira peut-être mieux demain.

*

Deuxième session

Pouvons-nous ce matin parler des voyages à l'étranger ? Est-ce que vous aimez cela ? Pensez-vous que les voyages élargissent l'esprit ?

Encore des questions stupides. Je ne m'intéresse pas au tourisme. Le monde est le même partout. La question est : pouvons-nous le voir tel qu'il est ? Peu de gens y arrivent.

Mais en 2018 vous avez quitté l'Amérique. Vous êtes allé au Liban.

Je suis allé voir mon père. C'est le contraire du tourisme.

On dit que Beyrouth était alors une très belle ville, avant l'explosion de 2020. Vous avez de la chance de l'avoir vue. Une ville de grande culture, de grande civilisation, une ville libérale et ouverte, connue comme le Paris du Moyen-Orient.

Je ne suis pas resté à Beyrouth. Et vous enjolivez le tableau. Peut-être ignorez-vous les conflits dans cette partie du monde, la guerre civile, les guerres impliquant la Syrie et Israël. Mon père ne vit pas à Beyrouth. Il vit dans un village près de la frontière.

Votre mère a dit qu'au départ vous ne vous y êtes pas plu et que vous vouliez rentrer immédiatement. Mais vous y êtes resté un mois et vous en êtes revenu transformé. Donc il semble bien que le voyage ait changé votre état d'esprit.

Ma mère peut raconter ce qu'elle veut.

Votre ancien beau-père a été très surpris de ce que vous avez fait. Il a pleuré et dit que vous étiez gentil, que vous aviez un bon cœur et que vous n'auriez fait de mal à personne. Il semble donc que vous ayez vraiment changé. Il vous est arrivé quelque chose qui a altéré toute votre personnalité. (*Silence.*) Vos voisins à Fairview, New Jersey, vous décrivent comme un solitaire qui ne se mélangeait pas beaucoup aux autres. Mais au Liban je suppose que vous avez dû vous mélanger aux autres. Je suppose que vous avez rencontré des gens.

Oui, bien sûr.

Que pouvez-vous dire de ces gens que vous avez rencontrés ?

Ils étaient forts. Puissants. Ils comprenaient le monde. Ils le voyaient tel qu'il est.

Ils étaient croyants ? Plus croyants que votre mère et vos sœurs ?

C'étaient des hommes. Ils comprenaient la religion comme de vrais hommes. Ils n'écoutaient pas les bêtises des autres. Ils servaient Dieu et se battaient pour lui.

Ils vous ont ouvert les yeux.

Ils m'ont ouvert le cœur.

Et puis vous êtes rentré chez vous, vous vous êtes installé au sous-sol chez votre mère. Vous avez cessé de lui adresser la parole ainsi qu'à vos sœurs. Que faisiez-vous dans ce sous-sol ?

Comme vous l'avez dit. Je jouais à des jeux vidéo, je regardais Netflix et j'apprenais auprès de l'Imam Yutubi.

Et c'est ainsi que vous avez vécu pendant quatre ans.

Je réfléchissais.

À quoi ?

Au nombre incroyable d'ennemis que nous avons. Vous l'avez dit vous-même. Un quart de l'humanité, deux milliards, c'est nous, les autres trois quarts ce n'est pas nous. Et il y a de la haine à notre encontre. On le voit partout en Amérique. Je l'ai vu aussi au Liban. L'ennemi est partout. Et nous devons apprendre à nous battre. Deux milliards contre six milliards. Nous devons apprendre à surmonter un tel déséquilibre.

Je voudrais creuser cette idée, l'idée de l'ennemi.

Bien sûr. Puisque c'est vous.

Et l'idée de l'ennemi justifie la violence contre de telles personnes.

L'ennemi c'est la violence sous une forme humaine. La violence qui marche, qui parle et qui agit. D'une certaine façon l'ennemi n'est pas humain. C'est un démon. Que peut-on faire contre de telles entités ? Vous connaissez la réponse. Puisque cette entité c'est vous.

Vous pensez que je suis la violence sous forme humaine. Il vous a fallu quatre ans pour apprendre cela.

Vous n'avez aucune importance. J'ai appris beaucoup de choses. Finalement je me suis demandé ce que j'étais personnellement prêt à faire pour combattre l'ennemi. Ce n'est qu'à ce moment-là que je me suis mis à penser à des gens comme vous.

Qu'est-ce que c'est, des gens comme moi ?

Vous êtes haï par deux milliards de personnes. C'est tout ce qu'il y a à savoir. Quel effet ça peut bien faire d'être haï à ce point ? Vous devez vous sentir comme un ver. Derrière tout votre beau langage vous savez que vous êtes moins qu'un ver. À écraser sous le talon. Vous parlez de voyager à l'étranger mais vous ne pouvez même pas mettre un pied dans la moitié des pays du monde tellement vous y êtes haï. Qu'avez-vous à dire là-dessus ? Allez-y donc.

Il est vrai que j'ai beaucoup appris sur la diabolisation. Je sais qu'il est possible de fabriquer une image d'un homme qui n'a que très peu de ressemblance avec sa véritable personnalité, mais cette deuxième image gagne en crédibilité à force d'être répétée sans cesse jusqu'à avoir l'air vraie, plus vraie que la personnalité initiale. Je suppose que c'est cette deuxième personnalité que vous avez été amené à connaître et contre laquelle votre inimitié est dirigée, pour répondre à votre question. Je sais que je ne suis pas cette image secondaire. Je suis moi-même et je me détourne de la haine pour me tourner vers l'amour.

Non, c'est une imposture. Ce que je sais de vous est bien réel. Tout le monde le sait.

Il y a un conte de Hans Christian Andersen où une ombre se sépare spontanément d'un homme et devient plus réelle que l'homme lui-même. À la fin, l'ombre épouse une princesse et l'homme véritable est exécuté pour imposture.

Je me fiche des histoires. Je vous l'ai déjà dit.

Et si je vous disais que, au cœur de ce livre que j'ai écrit et que vous détestez même si vous n'en avez lu que deux pages, il y a une famille musulmane de l'East London, qui tient un café-restaurant, décrite avec beaucoup d'amour ? Et si je vous disais qu'avant cela j'avais écrit un livre où j'avais placé une famille musulmane décrite avec sympathie au cœur de l'histoire de l'indépendance de l'Inde et du Pakistan ? Et si je vous disais que lorsque le projet de construction d'une mosquée à proximité du site de Ground Zero du 11-Septembre a été combattu par de nombreux New-Yorkais, j'ai défendu le droit de la mosquée à être bâtie sur cet emplacement ? Et si je vous disais que je me suis constamment opposé à l'idéologie sectaire de l'actuel gouvernement indien, dont les musulmans sont les principales victimes ? Et si je vous disais que j'ai écrit un livre dans lequel la situation des musulmans du Cachemire et d'un jeune Cachemiri qui s'engage dans le djihad est décrite avec sympathie ? D'une certaine façon, j'ai écrit ce livre, *Shalimar le clown*, sur vous avant de vous connaître, et en l'écrivant, je savais que le caractère est le destin, et que, dans votre cas, il y a une chose que j'essaie de découvrir, quelque chose qui est enfoui en vous sous tout ce fatras de Yutubi qui vous a donné la possibilité de vous emparer du couteau.

Peu importe ce que vous me dites. Nous savons qui vous êtes. Si vous pensez nous vaincre, vous n'êtes qu'un imbécile.

Très bien. Dans ce cas c'est ce genre d'imbécile que je suis. (*Silence.*) Et si je vous disais pour quelle raison nous nous opposons, moi et des gens comme moi, à la peine de mort ? C'est qu'il existe beaucoup de convictions erronées et si la personne condamnée à tort est exécutée, alors il n'y a plus moyen de rectifier le tir.

Ne mentez pas. Vous êtes opposé à la peine de mort parce que vous avez été à juste titre condamné et que vous avez peur de mourir.

Et si je vous disais qu'il y a des écrivains musulmans qui ont trouvé mon livre, ce livre que vous détestez après en avoir lu deux pages, beau et vrai ? Et si je vous disais qu'ils considèrent mon livre comme une œuvre d'art remarquable ? Pourriez-vous seulement envisager la possibilité qu'il existe d'autres façons de juger ce que je fais, ce que j'ai déjà fait ? Vous vouliez être un bourreau, mais si plus tard vous lisiez ces écrivains et compreniez que vous vous êtes peut-être trompé ?

Aucune importance. Je ne suis pas vraiment un lecteur. Mais je sais ce que je sais.

Vous allez avoir beaucoup de temps pour lire. Je ne pense pas que vous aurez accès à Netflix ni aux jeux vidéo là où vous allez.

Je m'en fiche.

Votre jeu vidéo préféré c'est *Call of Duty*, je suppose ?

C'est vous qui supposez.

Si je vous disais que mon plus jeune fils, mon fils qui n'a même pas deux ans de plus que vous, est un grand spécialiste de ce jeu ? Peut-être avez-vous même joué l'un contre l'autre, quelque part dans l'univers des jeux ? Quelle impression ça vous fait ? De penser que peut-être, derrière tous ces pseudonymes, vous avez pu être amis ? Des adversaires amicaux ? Ou même des joueurs de la même équipe ?

Je m'en fiche.

La romancière Jodi Picoult a écrit dans *Ma vie pour la tienne* : "Quand vous rencontrez une personne solitaire, ce n'est pas, quoi qu'elle vous raconte, par goût de la solitude. C'est que, ayant tenté de s'intégrer au monde, le monde continue de la décevoir[1]". » Je trouve cela éclairant. Je vous vois à vingt-quatre ans, déçu par la vie, déçu par votre mère, vos sœurs, vos pères, votre

1. Jodi Picoult, *Ma vie pour la tienne*, traduit de l'anglais par Irène Barki, J'ai lu, 2023.

manque de talent en tant que boxeur, votre manque de talent dans tous les domaines, déçu par le futur peu réjouissant qui s'étire devant vous et dont vous refusez de vous sentir responsable. Mais vous avez envie de trouver un responsable, vous en avez terriblement envie et toute cette hargne sans objet vous imprègne et vous enveloppe, et quelque chose, un tweet, une vidéo – qui sait ? –, dirige cette haine accumulée pendant toute une vie dans ma direction, elle se fixe sur moi et vous commencez à faire vos plans. (*Silence.*) Je me pose juste une question. Vous avez passé une bonne partie de votre vie nocturne au sein d'univers imaginaires. Dans ces univers, celui de *Call of Duty*, la mort est omniprésente mais elle n'est pas réelle. Vous tuez énormément de gens et en même temps vous ne tuez personne. En avant : courir, tuer, s'abriter. Courir, tuer, se cacher. Quand vous êtes allé à Chautauqua, cela faisait-il partie des manœuvres du jeu ? Ce serait un meurtre où personne n'allait mourir. Ou peut-être ne saviez-vous même pas que vous alliez le faire, parce qu'il vous faudrait franchir la frontière entre l'univers du joueur et celui-ci, et c'était peut-être trop difficile ? Vous pouviez bien apporter le couteau du joueur mais, dans ce monde-ci, il allait vraiment couper, blesser et tuer pour de bon. Je pense que vous n'étiez même pas sûr de le faire réellement jusqu'au moment où je suis monté sur scène et où vous avez bondi de votre siège et commencé à courir. Et emportés par cette course, vos pieds vous ont fait franchir le point de non-retour et il n'y avait plus moyen de s'arrêter. Vous étiez juste devant moi et j'étais là : la réalité. La véritable réalité authentique, debout sur ses deux pieds, face à vous,

vous regardant dans les yeux. Il y avait moi mais aussi toutes vos autres réalités, votre solitude, vos échecs, vos déceptions, votre besoin de trouver un coupable, vos quatre années d'endoctrinement, votre idée de l'Ennemi. J'incarnais tout cela et vous vous êtes mis à frapper et vous avez trouvé cela terrifiant, c'était bon mais terrifiant en même temps. Je suis certain que vous étiez effrayé. Vous étiez mort de peur. Parce que celui qui avait vécu dans un monde imaginaire c'était vous, et maintenant vous deviez affronter les conséquences d'avoir été poussé par vos fictions dans le monde réel, c'est-à-dire vers le meurtre et vers votre vie gâchée. (*Silence.*)

*

Troisième session

Permettez-moi de vous demander : avez-vous une petite amie ?

Ça rime à quoi cette question ?

Une question ordinaire qui s'adresse à un type ordinaire. Avez-vous déjà été amoureux ?

J'aime Dieu.

Oui, mais les humains ? Je sais que vous m'avez parlé de vos houris au Paradis. Mais le Paradis est encore loin. Pas de houris de sitôt. Et sur terre, une amie ?

Cela ne vous regarde pas.

Je vais prendre cela pour un non. Et un ami ? Je vous ai entendu évoquer votre admiration pour les vrais hommes au Liban. Et les vrais hommes dans le New Jersey ?

Ne soyez pas dégueulasse.

Donc, encore un non. Juste pour vérifier : *jamais* ? Personne au cours de toute votre vie ? Vous suscitez en moi un sentiment inattendu.

Lequel ?

La pitié.

Vous avez pitié de *moi*. Non, non. C'est moi qui ai pitié de *vous*, même si vous êtes indiscret et grossier.

Je vais vous dire ce que c'est d'être indiscret et grossier. Une attaque au couteau de vingt-sept secondes. Voilà ce que c'est. Selon moi, cela me donne le droit de vous poser des questions personnelles. Quelle différence y a-t-il entre un puceau et un incel ?

Allez vous faire foutre.

Un incel est fâché de devoir rester vierge. Vous êtes un type fâché. Six milliards d'ennemis. Côté amis, zéro. Côté amours, zéro pointé. Furieux. Tellement de ressentiment. Je me demande seulement qui vous vouliez réellement tuer. Une fille qui vous a plaqué ? Un gars à la salle de gym ou sur la frontière israélienne ? Votre mère peut-être ? C'est ce que pense une de mes amies et elle est bien plus intelligente que moi. Étais-je la victime de proximité ? Quel visage avez-vous vu au moment de me poignarder ?

Cette conversation est terminée.

Non pas du tout. Ce qu'il faut savoir au sujet de cette conversation c'est qu'elle a lieu dans ma tête et qu'elle ne prendra fin que lorsque ma tête en aura décidé ainsi. Vous n'avez même pas besoin de réfléchir à ce que vous allez dire. Je mettrai les mots dans votre bouche.

Alors ils n'auront aucune valeur.

Je pense à d'autres tueurs poussés par des motifs religieux : les hommes qui ont détourné les avions le 11 septembre 2001, les hommes à Mumbai qui ont provoqué des massacres dans les hôtels Taj Palace et Oberoi, au Centre communautaire juif et dans ce café bien-aimé, le Leopold Cafe, le 26 novembre 2008. Je ne me rappelle pas qu'aucune femme ou amante ait été associée à aucun d'entre eux, je ne me souviens d'aucun partenaire de vie horrifié les condamnant et les pleurant à la fois. Peut-être les hommes amoureux ont-ils plus de mal à mener de telles attaques de sang-froid. La solitude de ces personnes est peut-être une condition préalable nécessaire pour qu'ils se prêtent avec enthousiasme à de tels actes. Et vous-même, peut-être, mon cher A., faites-vous partie de cette troupe de tueurs solitaires.

Si c'est ce que vous décidez de croire, croyez-le. De toute façon, ma vie sentimentale n'a rien à voir avec mes choix.

Et maintenant parlons de l'Amérique.

Pourquoi ?

Je veux juste vérifier si je peux retrouver le garçon du New Jersey sous l'islamiste radical. Aimez-vous Springsteen ? Suivez-vous le football ? Les Jets ou les Giants ? Le basket ? Avez-vous abandonné les Nets quand ils sont partis s'installer à Brooklyn ? Que pensez-vous de Bon Jovi ? De Queen Latifah ? De Meryl Streep ? Bon, je retire Meryl Streep. Je ne pense pas qu'elle soit votre genre.

Je ne vais pas répondre.

Alors passons au niveau national. Les affaires américaines. Ne croyez-vous pas que l'assassinat est le sport américain *par excellence* ? Les Américains s'entre-tuent tous les jours en quantités énormes. Nous tuons tout le monde, des enfants, des adultes, des juifs, etc. Nous tuons dans les galeries commerciales, les hôpitaux et les lieux de culte. Je dis "nous" parce que moi aussi je suis citoyen américain. Vous êtes né ici, moi pas, je pourrais donc affirmer que vous êtes plus américain que moi. Je n'ai certainement jamais pensé à tuer qui que ce soit, encore moins à planifier la chose. Mais vous, vous avez fait un plan. Mais vous n'avez pas réussi à le mener à bien. Ce n'est pas très américain de votre part, maintenant que j'y pense. C'est peut-être votre côté libanais qui ressort. Qu'en pensez-vous ?

Je pense que vous racontez de la merde.

Permettez-moi de vous poser une question sérieuse. Quelle est selon vous la valeur d'une vie humaine ?

La valeur sous quelle forme ?

Je ne parle pas de valeur financière. Je ne vous demande pas à quelle somme vous l'auriez estimée. C'est plus une question d'ordre moral. La vie, selon vous, a de la valeur ou pas du tout ?

Cela dépend de quelle vie on parle.

Et qui fixe cette valeur ?

Celui, quel qu'il soit, qui a le pouvoir sur l'autre. Vous n'avez aucun pouvoir, votre vie vaut de la merde.

Et donc vous, armé du couteau, vous aviez le pouvoir et c'est vous qui avez fixé le prix de ma vie.

On peut dire ça.

Mais maintenant vous êtes en prison et c'est moi qui pose les questions. Surprenant, non ?

Ouais, je suis surpris.

Quelle valeur accordez-vous à votre propre vie ? Je me le demande. J'avais l'intention de vous interroger sur Socrate qui a dit qu'une vie sans examen ne valait pas la peine d'être vécue. Il s'ensuit que seule une vie consciente *vaut* d'être vécue. Ma question est donc : réfléchissez-vous à votre vie ? Vous interrogez-vous chaque jour pour tenter de décider de ce que vous pensez de vos actes ?

Cela, pour moi, ressemble à de la vanité. Du narcissisme. "Oh il faut que j'examine mes pensées parce qu'il n'y a que moi qui compte dans la vie. C'est moi l'important."

Et vous ne l'êtes pas ?

C'est ce que j'essaie de vous faire comprendre. Je ne suis pas important. Vous êtes super pas important. Ce qui importe c'est de servir Dieu. Être son serviteur, c'est ça l'important. Écoutez, à l'école il y a une expérience où on utilise de la limaille de fer et un aimant. Quand vous pointez l'aimant, tous les petits morceaux de fer s'alignent et pointent tous dans la même direction. C'est ce que je suis en train de vous dire. L'aimant c'est Dieu. Si vous êtes fait de fer, vous allez vous placer dans la bonne direction. Et le fer c'est la foi.

Je commence à comprendre. Vous voulez être un serviteur. Vous vous êtes mis en quête d'un maître et d'une idée qui vous dépasse, devant laquelle vous incliner. Vous ne vouliez pas être libre. Vous vouliez vous soumettre.

Vous ne comprenez toujours pas. Seule la soumission permet d'atteindre la liberté. C'est ça le point crucial.

Merci. J'ai encore certaines choses à vous demander mais ça peut attendre.

Lâchez-moi. Laissez-moi sortir d'ici. C'est ça votre vengeance, me garder emprisonné dans votre tête ?

Ce n'est pas une prison. Peut-être une école.

Vous n'avez rien à m'apprendre.

C'est bien là que nous sommes. Un lieu où le professeur ne peut enseigner et où l'élève ne peut apprendre. Et il n'est même pas évident de déterminer qui est l'élève et qui est le professeur.

Pour l'éternité.

C'est long l'éternité. Disons simplement qu'il s'agit d'une condamnation à perpétuité.

*

Quatrième et dernière session

Dans *The Faith of a Nationalist,* Bertrand Russell dit ceci : "Les gens tendent à aligner leurs croyances avec leurs passions. Les hommes cruels croient en un dieu cruel et prennent prétexte de leurs croyances pour excuser leur cruauté. Tandis que les bonnes personnes croient en un dieu de bonté, et elles auraient été bonnes de toute façon." Cela paraît convaincant, mais dans votre cas, mon cher A., ce n'est pas tout à fait pertinent. Quel âge aviez-vous quand vous êtes allé voir votre père au Liban ? Dix-neuf ans ? Un garçon solitaire qui avait vécu sans père pendant la plus grande partie de sa vie, un garçon avec un vide en lui, facile à influencer, facile à modeler et à la recherche d'une voie et d'un modèle, mais pas un garçon cruel. Un "brave garçon qui a bon cœur et n'aurait fait de mal à personne". Et donc la question se pose : un tel enfant, à peine adulte, peut-il se voir enseigner la cruauté ? La cruauté était-elle déjà en lui, dans quelque recoin intime, attendant les mots qui allaient la libérer ? Ou a-t-elle pu être véritablement semée dans le sol vierge de votre caractère pas encore formé, y prendre racine et s'épanouir ? Ceux qui vous connaissaient ont été surpris de votre geste. Le meurtrier en vous n'avait pas encore montré son visage. Ce sol vierge a eu besoin de quatre années d'Imam Yutubi pour devenir ce qu'il est, ce que vous êtes devenu.

Vous ne me connaissez pas. Vous ne me connaîtrez jamais.

Il y a une chose que je me plaisais à dire autrefois, à l'époque où la catastrophe s'est abattue sur *Les versets sataniques* et sur leur auteur. Que la seule façon de comprendre la polémique autour de ce livre c'était d'y voir une querelle entre ceux qui ont le sens de l'humour et ceux qui ne l'ont pas. Je vous comprends bien à présent, mon assassin raté, *hypocrite assassin, mon semblable, mon frère.* Vous pouviez envisager un meurtre parce que vous étiez incapable de rire.

*

La conversation imaginaire est terminée. Je n'ai plus la force de l'imaginer et lui n'a jamais été capable de m'imaginer. Mais il y a encore certaines choses que j'aimerais lui dire, même si je ne crois pas qu'il soit en mesure de le comprendre.

La plus importante est que l'art défie l'orthodoxie. Le rejeter ou le vilipender pour ce qu'il est c'est ne pas comprendre sa nature. L'art place la vision personnelle de l'artiste en opposition aux idées reçues de son temps. L'art sait que les idées reçues sont ses ennemis, comme l'a dit Flaubert dans *Bouvard et Pécuchet*. Les clichés sont des idées reçues et, à ce titre, des idéologies, que les unes et les autres dépendent de la sanction d'invisibles dieux célestes ou pas. Sans l'art, notre capacité à réfléchir, à avoir une vision neuve des choses, et à renouveler notre monde dépérirait et serait condamnée à mourir.

L'art n'est pas un luxe. C'est l'essence même de notre humanité et il n'exige aucune protection particulière si ce n'est le droit d'exister.

Il peut être mis en cause, critiqué et même rejeté. Il n'accepte pas la violence.

Et en fin de compte, il survit à ceux qui l'oppriment. Le poète Ovide a été exilé par César Auguste mais la poésie d'Ovide a survécu à l'Empire romain. La vie du poète Mandelstam a été ruinée par Joseph Staline mais sa poésie a survécu à l'Union soviétique. Le poète Lorca a été assassiné par les brutes du général Franco mais son art a survécu au fascisme de la Phalange.

Il arrive parfois qu'on tombe par hasard sur des mots dont on pense avoir besoin, des mots qui sonnent juste même s'ils proviennent d'un auteur auquel on ne pense guère, un propos d'un philosophe qu'on ne lit pas. Ces mots sont de Joseph Campbell, parlant de Nietzsche :

> L'idée lui vint [à Nietzsche] de ce qu'il nomma « l'amour de son destin ».
>
> Quel que soit votre destin, quoi qu'il puisse arriver de terrible. Vous vous dites : « C'est ce dont j'avais besoin »... Toute catastrophe à laquelle vous survivez améliore votre caractère, votre statut et votre vie.

Au bout d'un moment on comprend que ce qui est dit là est un cliché qui est probablement faux. Pour le dire en langage ordinaire, ce qui ne vous tue pas vous rend plus fort.

Mais est-ce vrai ? Réellement ?

7

SECONDE CHANCE

Milan Kundera, qui est mort pendant que j'écrivais ce livre, pensait que la vie est un voyage à sens unique. Vous ne pouvez pas changer ce qui s'est produit. Pas de seconde ébauche. C'est ce qu'il entendait par « l'insupportable légèreté de l'être » qui, me dit-il un jour, aurait pu être le titre de chacun des livres qu'il avait écrits – ce qui pouvait aussi bien être libérateur qu'insupportable. J'ai toujours approuvé cette idée mais l'attaque du 12 août m'a fait changer d'avis. Tandis que je guérissais de mes blessures tant physiques que psychologiques, je ne savais pas si je sortirais plus fort de cette expérience. J'étais juste heureux d'en sortir vivant. Plus fort ou plus faible, il était trop tôt pour le dire. Ce dont j'étais convaincu, en revanche, c'était que, grâce à la conjonction de la chance, de l'habileté des chirurgiens et de soins attentionnés, on m'avait accordé une seconde chance. J'obtenais ce que Kundera pensait impossible, une vie de rattrapage. J'avais déjoué toutes les prévisions. Une question se posait à présent : quand on vous donne une deuxième chance, qu'est-ce que vous en faites ? Quel usage en faites-vous ? Qu'allez-vous faire de la même façon ? Qu'allez-vous faire différemment ? J'ai pensé à Raymond Carver et à son poème « Régal », qui évoquait l'annonce qu'on lui avait faite qu'il n'avait plus que six mois à vivre alors qu'il avait encore dix ans de plus devant lui. Il avait écrit son poème au moment où il savait que son temps était finalement écoulé. Le cancer du poumon le tenait dans son emprise et n'allait pas le laisser échapper.

> Ne pleurez pas pour moi,
> disait-il à ses amis. J'ai de la chance.
> J'ai eu dix années de plus que moi ou quiconque,
> Nous y attendions.
> Un pur régal.
> Tenez-vous-le pour dit[1].

C'était une bonne façon de voir les choses. Chaque jour de ma vie, désormais, c'était un régal. Merci, Ray. Et je peux moi aussi « me dire aimé ». Je me sens « aimé sur cette terre ». Haï aussi, c'est vrai. Mais « l'aimé » l'emporte sur la haine.

Eliza et moi avons décidé de ne pas nous projeter dans le long terme, d'éprouver de la reconnaissance pour chaque nouvelle journée supplémentaire et de la vivre aussi entièrement que possible. Nous nous demanderions chaque jour : Comment allons-nous aujourd'hui ? Quelles sont les choses qui vont bien ? Qu'est-ce qu'il serait bon de faire aujourd'hui ? Qu'aimerions-nous faire ? De quelle façon et avec qui ? Que devrions-nous éviter d'entreprendre tant que notre instinct ne nous l'aura pas recommandé ? La

1. Raymond Carver, *Jusqu'à la cascade*, in *Poésie*, traduit par Jacqueline Huet et Jean-Pierre Carasso, Éditions de l'Olivier, 2015.

vision à court terme devint notre philosophie. L'horizon était trop éloigné. Notre vue ne portait pas jusque-là.

Au cours de la semaine précédant la fête de la Saint-Valentin, mon roman *La cité de la victoire* fut publié et l'accueil qui lui fut réservé me réchauffa le cœur. J'avais déjà connu des parutions qui s'étaient bien passées, d'autres moins bien, mais cette occasion était particulière, en partie pour des raisons évidentes, parce que j'étais encore là pour y assister, mais aussi pour des raisons moins évidentes : les critiques et les commentaires suscités par le livre n'étaient pas motivés par la sympathie ou la pitié du genre « Pauvre Salman. Soyons sympa avec lui », mais c'étaient des articles sérieux qui jugeaient le livre comme une œuvre d'art. En principe j'oublie les bonnes critiques et je retiens les mauvaises. Mais cette fois j'évitai cette attitude négative. Surtout, j'étais fier du succès que le livre remportait en Inde où les articles étaient pertinents, sagaces, enthousiastes et chaleureux. C'était sans doute mon livre le mieux accueilli au pays de ma naissance depuis *Les enfants de minuit,* il y avait bien longtemps. D'éminents critiques littéraires indiens écrivant dans des journaux occidentaux furent aussi louangeurs. Ce fut une parution rêvée qui me donna de l'espoir et de la force.

Je ne pouvais pas faire grand-chose pour aider au lancement du livre. Et ce fut extraordinaire de voir mes collègues écrivains se mettre en avant pour combler le vide. J'assistai à un entretien entre Neil Gaiman et Margaret Atwood à propos de *La cité de la victoire,* animé par Erica Wagner et diffusé en streaming sur une chaîne suivie par un vaste public au cours duquel Sarita Choudhury lut des extraits du livre mieux que j'aurais jamais pu l'espérer.

Au cours du festival de Hay, au Royaume-Uni, Elif Shafak, Douglas Stuart et de nouveau Atwood eurent un entretien très élogieux au sujet du roman. Quand j'observais les premiers pas de mon retour dans le monde, je sentais de tous côtés les bras rassurants de mes amis autour de mes épaules.

*

Je rendis visite à Paul Auster dans sa maison de Park Slope à Brooklyn. Quelle année il avait vécue. La mort de sa petite-fille, suivie par celle de son fils. Et maintenant, le cancer. Il avait entamé une chimiothérapie et avait perdu ses cheveux. Paul avait toujours eu une chevelure magnifique. À présent il avait le crâne dissimulé sous un chapeau. Il avait perdu du poids mais il avait gardé le moral. Il devait recevoir quatre doses de chimiothérapie à trois semaines d'intervalle et suivait une immunothérapie. Il espérait que le traitement parviendrait à réduire la tumeur. Il y aurait ensuite un mois ou six semaines de convalescence pour lui permettre de se remettre de l'affaiblissement provoqué par la chimiothérapie suivies, espérait-il, d'une intervention chirurgicale. Il faudrait lui retirer deux ou trois lobes du poumon. Je lui rappelai que le dramaturge devenu président de la République tchèque, Václav Havel, lui aussi gros fumeur, s'était retrouvé après son opération avec seulement la moitié d'un de ses poumons et qu'il se portait bien. Il en a ri et a déclaré qu'il espérait faire mieux. C'était bon de le voir et de l'entendre rire. J'étais heureux de le voir si optimiste. Mais le cancer était sournois. On ne pouvait qu'espérer que tout aille pour le mieux.

*

La grande nouvelle, pour moi du moins, c'était qu'après une année et demie de néant, l'inspiration commençait à revenir. Sur le moment, je n'ai pas fait le rapprochement mais quand j'y repense aujourd'hui, je crois que mon retour prudent à la vie ordinaire m'avait été d'un grand secours. J'écrivis l'esquisse du livre que vous êtes en train de lire et mes éditeurs l'apprécièrent. J'étais redevenu un auteur qui a un livre à écrire.

Pour parler franchement, c'était, et c'est toujours, un livre que j'aurais préféré ne pas devoir écrire. J'avais, et j'ai toujours, un autre livre en tête dont j'avais pensé qu'il ferait suite à *La cité de la victoire*, un roman sur une université mystérieuse et énigmatique, et pour m'y préparer, j'avais relu *La montagne magique* de Thomas Mann et *Le château* de Franz Kafka, deux grands livres sur des microcosmes étranges et mystérieux du même genre que l'université à laquelle je rêvais. J'essayai de toutes mes forces de fuir le cliché de l'éléphant dans la pièce, mais la réalité inévitable, c'était que j'avais un foutu mastodonte énorme dans mon bureau et qui agitait la trompe, barrissait et puait passablement. J'avais évoqué des mastodontes absurdes et comiques dans mon roman *Quichotte*, des habitants du New Jersey qui se transformaient en mastodontes, et voici qu'à présent j'avais ma propre bête, qui avait elle aussi un rapport avec le New Jersey et qui insistait pour être prise en compte.

Ce livre est cette prise en compte. Je me dis que c'est ma façon de m'approprier ce qui m'est arrivé, de le faire mien, d'en faire mon propre *travail*. C'est une chose que je sais faire. Traiter d'une attaque meurtrière est une chose que je ne sais pas faire. Transformer ceci en cela en fait une chose que je suis capable d'assumer. C'est du moins la théorie. Un livre sur une tentative d'assassinat devient pour le presque-assassiné le moyen de reprendre le contrôle sur l'événement.

*

Il est toujours difficile d'écrire sur les syndromes post-traumatiques, d'abord à cause du traumatisme, de la quantité de stress, et des troubles de la personnalité qui en résultent. C'est encore plus difficile quand vous êtes deux, vous et votre femme bien-aimée, à y faire face en même temps mais de façons différentes. Et c'est vraiment pénible de le faire quand on a un seul œil et une main et demie parce que l'aspect physique du travail d'écriture, sa difficulté, vous rappelle à chaque frappe sur le clavier la raison de votre douleur. La main donne l'impression d'être enfermée dans un gant et elle émet des sortes de craquements internes quand elle bouge. L'œil... est une absence dont la présence est d'une puissance énorme.

Ma façon de gérer ce syndrome était de prétendre, la plupart du temps, que j'allais très bien. Je dis à mon psychiatre : « Je ne vois pas l'intérêt de me plaindre. » Cela le fit rire : « Ne savez-vous pas que c'est justement pour vous plaindre que vous êtes ici ? » Après cela, je m'efforçai d'extérioriser mes émotions mais ce n'était pas facile. C'est contraire à ma nature. Eliza est différente. Je voyais tous les jours à quel point elle était ébranlée, à quel point elle avait été arrachée à sa vie heureuse et s'en trouvait éloignée, et tout le mal qu'elle se donnait pour rester efficace, chaleureuse et présente. Tout ce que l'on pouvait faire l'un pour l'autre, c'était de s'apporter mutuellement soutien et attention, et de poursuivre laborieusement notre chemin jusqu'à ce que les nuages se dissipent.

Vint un moment où la pression fut trop forte. « J'ai besoin de m'éloigner, dit-elle. Il me faut du temps pour réfléchir, prendre soin de moi et guérir. » J'approuvai et j'appelai le gérant d'un hôtel des Caraïbes où nous avions séjourné tous les deux en des temps plus heureux. « Bien sûr, dit-il, on va très bien s'occuper d'elle. » Il me fut pénible de la voir partir mais il était évident qu'elle en avait besoin. Et ses multiples appels quotidiens en vidéo me montraient que son visage reprenait son aspect habituel, que la tension s'effaçait. La magie des Caraïbes opérait.

Il serait évidemment simpliste de dire qu'un changement de décor suffit à tout régler, elle y trouva une infusion d'optimisme dont elle avait grandement besoin.

Quant à moi, certains jours, particulièrement quand je me retrouvais seul, j'avais du mal à me lever le matin et je me laissais facilement submerger par des pensées négatives. « C'est donc cela. Est-ce que je suis au bout du rouleau, l'attaque ne m'a-t-elle pas trop diminué ? Peut-être est-elle en train de me tuer à petit feu, même si je donne l'impression d'avoir connu une guérison spectaculaire, peut-être le couteau est-il toujours en moi et qu'il progresse en direction de mon cœur… » Mais je chassais ces pensées. Et je commençais moi aussi à envisager de voyager.

Dans ma vie avant l'attaque, je prenais l'avion pour Londres plusieurs fois par an pour retrouver ma famille et mes vieux amis et aussi pour des lancements de livres.

Maintenant j'ignorais quelle forme prendrait tout cela. Ma famille s'inquiétait pour ma sécurité. Je compris que tout le monde avait besoin d'être rassuré. Je fis donc une chose que je n'avais pas faite depuis longtemps, j'envoyai un mail à mon officier de contact à la Special Branch de Scotland Yard.

Dans le temps, la Special Branch était la division en civil de la Police métropolitaine, chargée de protéger les hommes politiques et d'autres individus que l'on estimait exposés à des risques importants. Elle était distincte de la Brigade de protection royale chargée de veiller sur la famille royale. Il y avait toujours eu un petit peu de chicane (presque) bon enfant entre les deux brigades. Mais aujourd'hui elles étaient réunies en un seul corps, la Royalty and Specialist Protection, ou RaSP. Depuis des années, leur attitude à mon égard avait été la suivante : Si vous venez pour des raisons privées, nous n'intervenons pas. Si vous participez à une manifestation publique, nous vous y accompagnons. Ainsi, lorsque je participais au lancement d'un livre ou à un événement en présence d'un public à Londres ou ailleurs, au festival de Hay, par exemple, des policiers assuraient ma protection et, de manière très discrète, prenaient en charge l'organisation. Dans les autres cas, c'était à moi de me débrouiller.

J'écrivis à mon contact : « À la lumière de ce qui vient de se produire, je me demande quelle serait votre position si je venais en Angleterre. » Je reçus une réponse rapide où l'on me demandait avec sollicitude des nouvelles de ma santé, où l'on exprimait l'horreur qu'avaient ressentie tous les membres du Yard après ce qui s'était passé et où l'on m'annonçait que la décision serait prise par le comité du ministère de l'Intérieur chargé de décider qui devait se voir accorder une protection et à quel niveau. Le RaSP allait soumettre mon cas au comité le plus vite possible.

Ce fut agréable d'obtenir aussi rapidement la réponse. Il n'avait pas fallu longtemps au comité pour rendre sa décision. On m'annonçait qu'à l'unanimité, il avait été décidé de m'accorder à nouveau une protection armée complète et permanente pour la durée de mon séjour au Royaume-Uni. Une équipe de policiers viendrait nous attendre, Eliza et moi, à notre descente d'avion et nous accompagnerait jusqu'à notre vol de retour. Toute ma famille était ravie. J'étais très content de la volonté du Royaume-Uni de me protéger. Mais en même temps, j'avais l'impression de glisser de nouveau dans un passé auquel j'avais échappé pendant plus de vingt ans lorsque l'évaluation du « degré de menace » avait chuté jusqu'au point où une protection n'était plus jugée nécessaire. Enfin, on n'y pouvait rien. Je ne pouvais que me montrer reconnaissant. Et je l'étais.

« Afin de vous rassurer, me dit-on, nous n'avons connaissance d'aucune menace contre vous au Royaume-Uni. Mais l'ennui, c'est qu'il peut toujours y avoir un individu fou et il nous est difficile de les avoir tous sous surveillance. » Jugement qui était à la fois rassurant et inquiétant.

J'avais aussi d'autres préoccupations. Dans les temps difficiles, autrefois, certaines compagnies aériennes avaient trop peur pour m'accepter comme passager. Il pourrait aussi être compliqué de trouver à se loger. Si l'un de ces désagréments du passé devait se représenter, j'aurais bien du mal à voyager. Mais quelque chose avait changé. Je ne posais plus de problème aux compagnies aériennes, les hôtels étaient disposés à m'accueillir, le pays m'attendait à bras ouverts. Je n'étais plus une personne à craindre. L'affection avait remplacé la peur dans l'opinion publique. C'était une excellente chose.

Nous avons atterri à Londres le mardi 23 mars 2023 au matin, et nous avons été accueillis par le visage souriant de Barry, le chef de notre équipe de protection. Je me suis senti immédiatement à l'aise et soulagé. Je connaissais la procédure. Ma famille et mes amis aussi ; ils étaient heureux que ma sécurité soit assurée. Pour Eliza, ce fut un peu plus difficile. Elle n'avait pas le souvenir des mauvais jours d'autrefois et se sentait, comme on peut le comprendre, mal à l'aise d'être entourée de policiers armés, installée dans une voiture blindée et de s'entendre dire : « N'ouvrez pas la portière, elle est trop lourde, nous allons vous l'ouvrir. » Et on ne pouvait pas baisser les vitres parce qu'elles étaient faites d'un matériau à l'épreuve des balles et épaisses d'au moins deux centimètres et demi.

J'essayai de dédramatiser la situation :

« On pourrait se dire qu'on est assez riches pour avoir des chauffeurs privés, hasardai-je.

— Non, dit-elle. Ce n'est pas du tout ce que je ressens.

— Ou on pourrait penser à tout l'argent qu'on économise en Uber. »

Elle me lança un regard, un regard que je connaissais. Il signifiait : « Arrête de faire l'imbécile. » Je m'arrêtai donc et au fil des jours, elle s'habitua un peu mieux au dispositif.

C'était différent cette fois-ci. Autrefois, dans les mauvais jours, ils voulaient que je sois « invisible » et ils n'aimaient pas l'idée que je me rende dans des lieux publics (comme des restaurants), et si j'allais voir ma famille ou mes amis chez eux, un ou deux policiers m'accompagnaient et s'installaient avec moi à l'intérieur. Et il y avait en permanence une désapprobation muette, non pas de la part des équipes de protection mais de celle de leurs chefs : l'idée entretenue par les tabloïds selon laquelle j'étais responsable de mes problèmes, et que je coûtais trop cher. À présent, l'approche était beaucoup plus amicale. Je pouvais aller où je voulais et ils s'occupaient de tout. Et quand j'allais chez des particuliers, ils m'attendaient à l'extérieur. Je me sentais plus que protégé. Je me sentais apprécié.

Ces dix jours à Londres furent très émouvants pour tous. Milan vint me voir et me dit :

« Tu as bien meilleure mine que la dernière fois que je t'ai vu.

— Oui, protestai-je, mais c'était il y a cinq mois et depuis tu n'as pas cessé de me voir sur FaceTime.

— Ce n'est pas la même chose. »

Sameen était du même avis. Nous nous étions retrouvés sept mois plus tôt, dans le service de traumatologie d'Érié, lorsque j'étais si faible et au plus mal. Me revoir de nouveau en personne avait une « réalité » que les images numériques ne pouvaient rendre. Et j'eus aussi la joie de faire la connaissance de ma petite-fille, Rose, et de revoir de vieux amis. Des choses simples qui signifiaient beaucoup. Et il était bon de voir *La cité de la victoire* exposé partout, bien en évidence, et d'entendre à son sujet les commentaires favorables de nos amis.

Eliza reçut un jeu d'épreuves de l'édition britannique de son roman. À la dernière page des remerciements, je lus ces mots :

Salman, que notre amour prouve à ce monde impossible que rien n'est impossible. Je t'aime avec tout mon cœur et avec chaque histoire qui a vécu en moi, et chaque histoire à venir. Salman – ma joie, mon foyer, ma joie, mon rêve, et mon miracle – À jamais.

C'était la plus belle déclaration d'amour que j'aie jamais lue. Et encore moins reçue.

Quand nous sommes rentrés à New York, j'ai compris qu'il était évident que ma seconde chance dans la vie devait être consacrée à l'amour et à l'écriture.

*

Après un long silence, je réactivai mon compte Twitter afin de participer au lancement de *La cité de la victoire* en réexpédiant des articles, etc. Mais Twitter est un puits empoisonné et quand on y plonge un seau, on en ressort quantité de saletés. Quand j'y ai trouvé le point de vue d'un professeur d'Oxford affirmant que ceux qui prennent ma défense ont une « conception néolibérale de la liberté d'expression », j'ai pu l'écarter d'un simple haussement d'épaules. Mais il y avait aussi diverses voix de musulmans se réjouissant de ce qui m'était arrivé, espérant que j'allais perdre l'autre œil et me comparant, dans ma situation de borgne, à la figure de Dajjal, le « faux Messie » borgne de la démonologie musulmane qui avait commencé par se faire passer pour un prophète avant de prétendre être Dieu. On m'avait « démasqué », m'apprenait-on, comme le Dajjal que j'étais en réalité. De plus, j'avais l'air déformé, hideux, semblable à un monstre, et ainsi de suite. Il n'était pas nécessaire de laisser ces ordures m'encombrer l'esprit. Elles n'avaient rien à voir ni avec l'amour ni avec l'écriture. Joyeusement, sans le moindre regret, je supprimai l'application Twitter de mon téléphone portable.

J'ai continué de penser aux récits contradictoires qui dominent ma vie publique depuis si longtemps. Un récit dans lequel j'étais respecté, un autre dans lequel on me détestait. Et j'ai commencé à comprendre que ce conflit faisait partie d'une bataille plus vaste entre narrations qui nous affecte tous. Le 13 mai 2022, le PEN America avait organisé un colloque exceptionnel d'écrivains aux Nations unies afin de débattre de la manière dont les écrivains pouvaient répondre à un monde en crise. Il s'agissait essentiellement de la guerre en Ukraine, mais pas seulement. Je fus invité à prendre brièvement la parole lors de ce congrès. Voici ce que j'ai déclaré :

> Nous sommes engagés dans une guerre mondiale entre les récits, une guerre entre des versions incompatibles de la réalité, et nous devons apprendre à y faire face.
>
> Un tyran s'est dressé en Russie et la violence submerge l'Ukraine dont le peuple, dirigé par un acteur comique devenu un héros, oppose une résistance héroïque et est déjà en train d'écrire une légende de la liberté. Le tyran invente des histoires fausses pour justifier son attaque. Les Ukrainiens sont des nazis, la Russie est menacée par des complots occidentaux. Il cherche à imposer à son propre peuple un lavage de cerveau par de tels mensonges.
>
> Pendant ce temps, l'Amérique retourne au Moyen Âge, et l'idéologie des suprémacistes blancs s'exerce non seulement contre le corps des Noirs, mais aussi contre celui des femmes. De faux récits, enracinés dans des pratiques religieuses antiques ou des idées sectaires datant de plu-

sieurs siècles, sont utilisés pour justifier cela et touchent des publics disposés à les croire.

En Inde le sectarisme religieux et l'autoritarisme politique vont de pair, la violence augmente et la démocratie se meurt. Une fois de plus, de fausses versions de l'histoire indienne sont à l'œuvre, des versions qui privilégient la majorité et oppriment les minorités, et ces récits, il faut bien le dire, ont du succès tout comme les mensonges du tyran russe sont bien accueillis.

Telle est, aujourd'hui, la laideur quotidienne du monde. Comment pouvons-nous réagir ? On a dit, et j'ai dit moi-même, que les puissants peuvent bien être maîtres du présent mais que le futur appartient aux écrivains, car c'est à travers leurs œuvres, ou du moins ce qu'elles ont de meilleur, celles qui survivront, que les méfaits actuels des puissants seront jugés. Mais comment penser au futur lorsque le présent réclame à grands cris notre attention ? Et que pouvons-nous faire de façon utile et efficace si, détournant notre attention de la postérité, nous nous concentrons sur l'horreur du présent ? Un poème ne peut arrêter une balle. Un roman ne peut pas désamorcer une bombe. Tous les acteurs comiques ne sont pas des héros.

Mais nous ne sommes pas impuissants. Même après qu'Orphée a été coupé en morceaux, sa tête tranchée, flottant sur l'Hèbre, continuait à chanter, nous rappelant que le chant est plus fort que la mort. Nous pouvons chanter la vérité, dénoncer les menteurs, affirmer notre solidarité avec nos camarades qui sont en première ligne et donner de l'ampleur à leurs voix en y joignant les nôtres.

Nous devons avant tout comprendre que les récits sont au cœur des événements et que les récits mensongers des oppresseurs ont séduit bon nombre de gens. Nous devons donc prendre le contre-pied des mensonges des oppresseurs, des populistes et des imbéciles en racontant de meilleures histoires, des histoires dans lesquelles les gens ont envie de vivre.

Le combat ne se déroule pas seulement sur le champ de bataille. Les histoires dans lesquelles nous vivons font également partie des territoires contestés. Peut-être devrions-nous rivaliser avec le *Dedalus* de Joyce qui cherchait à façonner dans la forge de son âme la conscience incréée de sa race. Nous pouvons rivaliser avec Orphée et chanter face à l'horreur, chanter sans arrêt jusqu'à ce que la marée s'inverse et que des jours meilleurs adviennent.

En relisant ce texte, près de onze mois plus tard, onze mois durant lesquels ma vie a été transformée par la violence provoquée par un récit mensonger, j'ai compris que ma nouvelle vie, celle de la seconde chance, ne pouvait se contenter de plaisirs personnels. L'amour avant tout, et l'écriture bien sûr, mais il y avait un combat à mener sur bien des fronts, contre le révisionnisme sectaire qui cherchait à réécrire l'Histoire, que ce soit à New Delhi ou en Floride, contre les pouvoirs cyniques qui cherchent à effacer les deux péchés originels des États-Unis, l'esclavage et l'oppression et le génocide des populations autochtones du continent, contre les fantasmes d'un passé idéalisé (à quel moment exactement l'Amérique a-t-elle été « grande » au sens où l'entendent ces casquettes rouges qui voudraient la recréer ?) ; contre les mensonges autodestructeurs qui avaient amené la Grande-Bretagne à sortir de l'Europe. Je ne pouvais pas rester tranquillement dans mon coin pendant que ces batailles faisaient rage. Dans ce combat également il était de mon devoir de m'impliquer et je le ferais.

Il y avait toutefois un débat dont je ne voulais plus entendre parler : le débat qui m'avait empoisonné la vie. Le débat au sujet de Dieu.

Je vais exprimer ici, pour la dernière fois, ma conception de la religion, quelle qu'elle soit, de toutes les religions, et ensuite, selon moi, je n'y reviendrai plus. Je ne crois pas à la « démonstration des choses qu'on ne voit pas ». Je ne suis pas croyant. Je viens d'une famille composée en majorité d'incroyants. (Ma sœur cadette, Nabeelah, qui a disparu trop tôt, faisait exception. Elle était pieuse.) Je n'ai jamais éprouvé le besoin de recourir à la religion pour m'aider à comprendre le monde et savoir comment m'y comporter. Mais je comprends que pour bien des gens, la religion fournit un ancrage moral et paraît essentielle. Selon moi, la croyance privée de quelqu'un ne regarde personne d'autre que l'individu concerné. Je n'ai aucun problème avec la religion dès lors qu'elle occupe la sphère privée et ne cherche pas à imposer ses valeurs aux autres. Mais lorsque la religion devient politique, quand elle devient une arme, c'est l'affaire de tous en raison de son pouvoir de nuisance.

Je me suis toujours souvenu qu'en France, au siècle des Lumières, l'ennemi à combattre au nom de la liberté était moins l'État que l'Église. L'Église catholique avec son arsenal – le délit de blasphème, l'anathème, l'excommunication, mais aussi ses véritables instruments de torture entre les mains de l'Inquisition – s'ingéniait à imposer à la pensée des limites strictes : *Jusque-là et pas plus loin.* Écrivains et philosophes des Lumières s'employaient à défier cette autorité et à briser ces restrictions. De ce combat naquirent les idées que Thomas Paine apporta en Amérique et qui constituent la base de ses essais, *Le sens commun* et *La crise américaine,* qui ont inspiré le mouvement d'indépendance, les Pères fondateurs et le concept moderne des droits de l'homme.

En Inde, à la suite du bain de sang provoqué par les massacres de la Partition qui se sont répandus dans tout le sous-continent au moment où le pays se libérait de la tutelle britannique et où les États de l'Inde et du Pakistan furent créés – des hindous massacrés par les musulmans, des musulmans par des hindous, entre un et deux millions de personnes assassinées –, un autre groupe de pères fondateurs, mené par Mahatma Gandhi et Jawaharlal Nehru, ont décidé que le seul moyen d'assurer la paix en Inde était d'écarter la religion de la sphère publique. La nouvelle Constitution de l'Inde fut donc totalement laïque dans sa formulation comme dans ses intentions et cela a duré jusqu'à présent, jusqu'à ce que le gouvernement actuel cherche à saper ces fondations séculaires, à discréditer ces fondateurs et à créer un État ouvertement confessionnel à majorité hindoue.

Quand les croyants estiment que leurs croyances doivent être imposées à ceux qui ne les partagent pas, ou quand ils pensent qu'il faudrait empêcher les non-croyants d'exprimer avec vigueur ou avec humour leur incroyance, il y a un problème. La transformation du christianisme en arme aux États-Unis a eu pour résultat l'abrogation de l'arrêt Roe v. Wade et la bataille incessante sur la question de l'avortement et du droit des femmes à disposer de leur corps. Comme je l'ai déjà dit, la transformation en arme d'une forme d'hindouisme radical par l'actuel gouvernement indien a provoqué de nombreux troubles sectaires et même des violences. Et la transformation de l'islam en arme un peu partout dans le monde a conduit au régime de terreur des talibans, aux ayatollahs, à la société oppressive de l'Arabie saoudite, à l'attaque au couteau contre Naguib Mahfouz et, pour prendre mon cas personnel, à celle dont j'ai été victime.

Bien des gens, des gens de gauche comme des conservateurs, se sentent en difficulté quand on leur demande de critiquer la religion. Mais si seulement on pouvait faire la distinction entre la pratique religieuse privée et l'idéologie politisée dans la sphère publique, il serait plus facile de voir les choses telles qu'elles sont et de parler librement sans avoir à s'inquiéter de heurter des sensibilités. Dans la vie privée, croyez ce que vous voulez. Mais dans le monde tumultueux de la politique et de la vie publique, aucune idée ne saurait être protégée et soustraite à la critique.

Toutes les religions se sont préoccupées de l'histoire de leur origine, des récits de la création du monde par un ou plusieurs êtres surnaturels. Voici ma vision personnelle de l'origine des religions. J'imagine qu'il y a très longtemps, avant que nos premiers ancêtres aient la moindre explication scientifique de l'univers, quand ils pensaient que nous vivions sous un couvercle et que la lumière des cieux passait par les trous de ce couvercle ou autres histoires semblables, ils ont cherché des réponses fabuleuses aux grandes questions existentielles. Comment sommes-nous arrivés ici ? Comment cet *ici* est-il né ? Et le concept d'un dieu céleste ou de plusieurs dieux, d'un dieu créateur ou d'un panthéon de dieux est apparu. Puis lorsque ces ancêtres se sont efforcés de codifier les notions de bien et de mal, de bons et de mauvais comportements, lorsqu'ils ont posé l'autre grande question – maintenant que nous sommes ici, comment devons-nous vivre ? –, les dieux célestes, ceux du Valhalla ou ceux du Kailash, sont devenus en plus des arbitres moraux. (Même si dans les religions panthéistes, le vaste éventail de divinités en contient certaines qui ne se conduisent pas particulièrement bien, donc on ne peut pas dire qu'ils soient des exemples reluisants de moralité.) J'ai souvent envisagé ce passé hypothétique comme une sorte d'enfance de l'humanité où ces parents éloignés avaient besoin de dieux à la manière dont les enfants ont besoin de parents qui leur expliquent leur propre existence, leur donnent des règles et des frontières au sein desquelles ils pourront grandir. Mais vient le temps où nous devons grandir, ou devrions, parce que, pour bien des gens, ce temps n'est pas encore arrivé. Si je peux me permettre de citer la première Épître de saint Paul aux Corinthiens, 13, 11 : « Lorsque j'étais enfant, je parlais comme un enfant, je pensais comme un enfant, je raisonnais comme un enfant ; lorsque je suis devenu un homme, j'ai fait disparaître ce qui était de l'enfant[1]. »

Nous n'avons plus besoin de figure(s) de l'autorité parentale, d'un Créateur ou de plusieurs Créateurs pour expliquer l'univers ou notre propre évolution. Et nous n'avons pas besoin, disons plus modestement, je n'ai pas besoin de commandements de papes, ou de serviteurs de dieu d'aucune sorte pour me communiquer des principes moraux. J'ai mon propre sens de l'éthique, merci bien. Dieu ne nous a pas transmis la morale. Nous avons créé Dieu pour incarner nos instincts moraux.

Je voudrais ajouter une chose que je n'ai encore jamais dite. Même si j'ai toujours été largement influencé par la pensée et l'art de l'islam (par exemple le Hamzanama, cet

1. La Bible. Traduction de Louis Segond.

ensemble de panneaux peints sous le règne de l'empereur moghol Akbar, le *Mantiq ut-Tair* ou *Conférence des oiseaux*, poème mystico-épique de Fariduddin Attar, une sorte de *Voyage du pèlerin* musulman, et par la philosophie libérale du penseur arabo-andalou et spécialiste d'Aristote Averroès ou Ibn Rushd, à qui mon père a emprunté notre nom de famille), je me suis aperçu que, d'une certaine façon, j'avais été plus influencé par le monde chrétien que je ne le pensais. D'abord j'en aime la musique. J'ai encore certains hymnes gravés à jamais dans ma mémoire, et encore aujourd'hui, je peux chanter « Accourez, fidèles » ou en latin « *Adeste, Fideles* ». Je me rappelle avec plaisir l'époque où tous les élèves de mon pensionnat de Rugby avaient chanté *Le Messie* de Haendel dans la chapelle de briques rouges de l'école, un bâtiment reconstruit par William Butterfield dans le style néoclassique, et je chantais allègrement le chœur de l'Alléluia. Je ne peux oublier la beauté des voix du chœur de King's College dans la chapelle de Cambridge que j'ai toujours considérée comme le plus beau bâtiment d'Angleterre, leurs mélodies hantant les pelouses embrumées et les cours de mon université. Et non seulement je viens de citer la première Épître de saint Paul aux Corinthiens mais je m'aperçois que j'y ai déjà fait allusion, sans citer ma source, lorsque, plus tôt dans ce livre, j'ai évoqué le fait de voir comme à travers un miroir obscurci (ce qui est en fait une citation de l'Épître aux Corinthiens, 13,12). En réalité, des citations de la Bible du roi Jacques, appelée aussi Version autorisée, m'échappent souvent. Depuis que j'ai lu *Jeeves au secours*, ce chef-d'œuvre comique de P. G. Wodehouse qui fait partie des aventures de Jeeves et Bertie, j'aime le psaume 30 (« Le soir arrivent les pleurs, et le matin l'allégresse »).

Et que dire de Léonard de Vinci, de Michel-Ange et de tous les autres ? Il y a deux ans, Eliza et moi avons visité la chapelle Sixtine, contemplant le plafond tandis que les gardiens psalmodiaient avec sévérité « *Silenzio, no foto* ». Même submergé par la beauté, mon moi athée et rebelle parvint quand même à en prendre quelques-unes.

Donc oui, l'art chrétien, l'architecture, la musique, même l'Ancien Testament ont profondément cheminé en moi, tout comme leurs équivalents musulmans et hindous. (*La cité de la victoire* est largement influencé par les récits hindous, tout comme l'avait été il y a longtemps *Les enfants de minuit.*) Rien de tout cela ne fait de moi un croyant. Mon athéisme demeure intact. Cela ne va pas changer dans cette vie de la seconde chance.

*

Le 7 janvier 1938, à Paris, alors que la plupart de ses œuvres majeures, à l'exception de *Bande et sarabande*, n'étaient pas encore écrites, et au moment où il travaillait à son roman *Murphy*, Samuel Beckett, qui marchait avenue de la Porte-d'Orléans et rentrait chez lui après être allé au cinéma, fut abordé par un voyou nommé Prudent qui lui réclama de l'argent. Beckett repoussa Prudent. Sur ce, le voyou brandit un couteau et l'enfonça dans la poitrine de l'écrivain, manquant de peu le cœur et le poumon gauche. Beckett fut conduit à l'hôpital le plus proche, l'hôpital Broussais. Il saignait abondamment et il survécut de justesse : James Joyce prit en charge le coût d'une chambre individuelle pendant son séjour à l'hôpital.

En lisant cela – encore un écrivain immortel, encore une attaque au couteau – je me mis à me sermonner.

Qu'est-ce que je cherchais, à fonder un club ? Pourquoi essayais-je de rassembler autour de moi les ombres de ces géants blessés ? C'était de la folie. Il fallait que je cesse.

Et puis j'ai lu qu'après être sorti de l'hôpital, Beckett assista au procès du voyou, il rencontra Prudent au tribunal et lui demanda pourquoi il avait agi ainsi. Voici quelle fut la réponse du voyou : « Je ne sais pas, monsieur. Je m'excuse. » Ce n'était pas vraiment une réponse mais quand je l'ai lue, cela m'a donné l'envie de voir mon agresseur en face, comme l'avait fait Beckett, et de m'adresser directement à lui.

Pour ce que j'en savais, le gars plaidait toujours non coupable. S'il ne changeait pas d'avis, il y aurait un procès en bonne et due forme et mon avocat, Nic, me dit que je devrais probablement y assister et témoigner en personne.

« Devrais-je vraiment être présent ? demandai-je. Est-ce que cela ne peut pas se faire à distance ?

— Si j'étais le procureur, je voudrais que vous soyez là. La présence de la victime de l'attaque pourrait jouer un très grand rôle. »

« D'accord, me dis-je. Je suis prêt à le faire. »

Nic me dit qu'il allait appeler le bureau du procureur pour savoir comment avançait leur dossier d'accusation sur les faits de tentative d'assassinat et de coups et blessures aggravés et aussi les fédéraux, pour voir où ils en étaient dans leur action visant à qualifier l'affaire d'attentat terroriste. Oui, pensai-je. Si Samuel Beckett a été capable d'affronter son voyou au tribunal, je peux bien moi aussi affronter le mien.

*

J'avais accepté d'accorder un entretien pour chacune des principales traductions de *La cité de la victoire.* J'eus des conversations par Zoom avec Eduardo Lago pour *El País,* Maurizio Molinari pour *La Repubblica,* Adam Soboczynski pour *Die Zeit.* Puis *Die Zeit* eut l'idée de demander à Eliza de faire mon portrait qu'ils publieraient pour illustrer l'interview. Elle accepta avec joie. Et par un dimanche de début avril, le premier jour véritablement ensoleillé du printemps, nous sommes allés à Central Park, là-haut, du côté du réservoir où les cerisiers étaient partout en fleur. Il y avait des joggeurs, des marcheurs, des gens qui se prélassaient sur les pelouses, d'autres dans des barques, la ville entière était de sortie pour profiter de cette magnifique journée.

Un appareil photo attire l'attention, les gens veulent savoir sur qui il est pointé et je fus donc reconnu par beaucoup de monde cet après-midi-là. C'était bon de voir à quel point ces signes de reconnaissance témoignaient le soutien et même la joie. Les New-Yorkais savent ne pas se montrer importuns. Ils font un signe et continuent à courir, ils affichent un large sourire puis reprennent le cours de leur vie, ils lèvent les deux pouces, ils lancent des paroles joyeuses, des encouragements. Ils ne s'arrêtent pas ; ils ne vous accaparent pas. Ils poursuivent leur chemin. J'aime bien être ici, au parc, au milieu de mes concitoyens, chacun de nous célébrant la vie à sa façon. Eliza me prit en photo, environné de fleurs. Le cliché eut beaucoup de succès, d'abord dans *Die Zeit,* puis après avoir été repris par d'autres journaux, ailleurs en Europe. C'était une photographie chargée d'émotion. Il y avait de l'amour des deux côtés de l'objectif.

C'était une photo de l'amour.

Puis ce fut notre anniversaire, le 1er mai, six ans après ma rencontre avec la porte en verre coulissante. May Day, *m'aidez*, aidez-moi, l'appel international de détresse. Eliza était venue à mon secours sur cette terrasse où nous nous étions rencontrés. Et puis elle était restée et avait transformé ma vie, pour le meilleur. Et aujourd'hui, elle était de nouveau en train de me sauver. Nous sommes allés dans un de nos endroits favoris, un restaurant français de Tribeca, et nous avons trinqué.

*

Nic, l'avocat (jeune, dynamique, brillant, excellent professionnel), pensait maintenant que le A. allait probablement changer de stratégie en décidant de plaider coupable pour tenter d'obtenir une forme d'aménagement de peine.

« Bon, ai-je pensé, une piqûre de rappel de la réalité. Il finira peut-être par comprendre qu'il a commis son crime devant plus de mille témoins. »

« Il se passe une chose inhabituelle, dit Nic. D'ordinaire quand une affaire est jugée sur le plan fédéral, le tribunal de l'État en est dessaisi. Mais il semblerait qu'il y ait deux procès en préparation qui avancent côte à côte, l'un au niveau de l'État, et un nouveau sur le plan fédéral.

— Et il pourrait plaider coupable dans les deux cas ?

— Je suis sûr que ses avocats réclameront une décision globale. Que les deux affaires soient liées. J'ai encore des points à éclaircir. Mais en gros, l'accusation que nous connaissons au niveau de l'État c'est tentative de meurtre et coups et blessures aggravés. Je pense qu'au niveau fédéral, ce sera une accusation de terrorisme, pour avoir apporté un soutien matériel à une entité terroriste connue ou une formulation équivalente. Il plaiderait coupable dans les deux cas, serait condamné par chacun des tribunaux et purgerait ses peines l'une après l'autre.

— Et elles pourraient être de combien ?

— Je ne peux pas vous donner de réponse définitive. Mais, de façon très approximative, si cela devait se passer ainsi, il serait condamné en tout à quelque chose comme trente ou quarante ans de prison. »

« Dans trente ans, j'aurai cent seize ans. Cela devrait faire l'affaire », me suis-je dit.

Puis j'ai demandé :

« Qu'en est-il de la libération conditionnelle ? De la remise de peine pour bonne conduite ? Ce gars est très jeune. Je n'ai pas envie de le retrouver âgé de quarante et quelques années, marchant dans les rues à ma recherche.

— En cas de condamnation au niveau fédéral, répondit Nic, il ne peut y avoir de libération conditionnelle. Il doit purger sa peine en entier. Tout au plus pourrait-il bénéficier de quinze à trente pour cent de remise de peine en cas de bonne conduite. Donc s'il est condamné à vingt ans, il en fera dix-sept de façon certaine. Et s'il écope encore de vingt ans dans le procès de l'État, ce sera encore probablement dix-sept ans de plus. C'est difficile d'être précis parce que le juge, dans les deux cas, dispose d'une certaine marge de manœuvre dans son verdict.

— Je vois. C'est difficile de se réjouir quand c'est tellement vague et nous ne savons même pas s'il va changer de stratégie. Ce que je veux dire simplement, c'est qu'en huit mois je n'ai pas entendu un mot de regret ou de remords de sa part, ni par l'intermédiaire de son avocat. Cela fait de lui un homme dangereux en ce qui me concerne.

— Je comprends.

— Que se passe-t-il s'il fait une demande de libération conditionnelle et que je ne suis pas d'accord ?

— Eh bien nous n'avons aucun droit de veto. Vous avez le droit, en tant que victime, de savoir ce qui est en discussion et ce qui a été ou sera décidé, et vous avez le droit absolu d'exprimer votre opinion sur la question, aussi clairement que vous le souhaitez.

— Ce qui pourrait nous donner une certaine influence ?

— Peut-être, un peu.

— Et où tout cela va-t-il se produire ? Et quand ?

— Le procès de l'État se tiendra au tribunal du comté de Chautauqua. Le procès fédéral se tiendra à Buffalo.

— Se tiendront-ils plus ou moins en même temps ?

— Non. Il y aura du temps entre les deux. Et aussi du temps entre le plaider-coupable et la sentence.

— Combien ?

— Cela peut prendre plusieurs mois. Cela ne pourrait arriver que vers le milieu de l'année prochaine.

— Mon Dieu, c'est long. »

En reposant le téléphone, je me suis dit que mon « moment Samuel Beckett » allait peut-être se produire pour de bon. Ce jour pourrait arriver bientôt.

*

Le gala 2023 du PEN à l'occasion duquel je devais recevoir le Centenary Courage Award avait une importance toute particulière pour moi. J'étais profondément associé depuis longtemps avec le PEN America. Je l'avais autrefois présidé, j'étais cofondateur du PEN World Voices Literary Festival, et nous nous étions battus ensemble pour la bonne cause pendant des décennies. Parfois, hélas, le combat ne se passait pas très bien et virait à la bagarre. Je ne pouvais oublier que huit ans plus tôt, en avril 2015, lorsque ce même prix du Courage avait été décerné aux caricaturistes assassinés du magazine satirique français *Charlie Hebdo*, un nombre déplorable d'écrivains de premier plan s'y était opposé parce qu'il était arrivé au journal de ridiculiser l'islam. Il s'était moqué du catholicisme romain et d'Israël bien plus souvent, il avait méchamment caricaturé le gouvernement français mais il était qualifié par ces éminences littéraires d'islamophobe et d'étatiste même si certains d'entre eux admettaient n'avoir jamais vu un exemplaire de *Charlie* et, de toute façon, être incapables de lire le français. La querelle fut violente. Des amitiés furent brisées, y compris plusieurs des miennes parce que je pensais et je pense toujours que ne pas soutenir nos collègues qui avaient été massacrés par des terroristes islamistes pour avoir dessiné des images était une erreur sur le plan moral. Je ne pus m'empêcher de m'interroger sur ce que la clique des anti-*Charlie* avait dû penser du prix qui m'était décerné. Peut-être s'y étaient-ils également opposés. Je n'en sais rien. Aucun d'eux ne m'a contacté depuis des années. Pour ce que j'en sais, aucun d'entre eux n'a commenté l'attaque contre moi, ni le prix du PEN.

Tout cela ajoutait un certain piquant à la manifestation du PEN mais ce n'était pas ce qui retenait mon attention. La soirée était joyeuse parce que j'avais l'impression de retrouver enfin le monde des écrivains, de me retrouver une fois de plus au sein de ce qui ressemble le plus à « ma famille ». J'étais immensément heureux de me trouver là, au musée d'Histoire naturelle, sous la baleine, entouré d'amis. C'était un grand pas dans mon retour vers le monde, le plus grand jusqu'à présent.

Dans mon discours au gala, je rendis hommage à tous ceux qui m'avaient porté secours à Chautauqua : « Ce jour-là c'était moi la cible mais eux étaient les héros. » Je soulignai l'importance du PEN « au moment où les livres, les bibliothèques aussi bien que les auteurs sont attaqués un peu partout ». Et je conclus ainsi mes propos, en citant, ce qui d'une certaine manière me surprit moi-même, un vieux slogan marxiste : « La terreur ne doit pas nous terroriser. La violence ne doit pas nous décourager. *La lutte continue.* »

(« Non, Philip, dis-je en m'adressant en moi-même au grand M. Roth. Le combat n'est pas terminé. Tu peux ranger ton post-it. »)

*

Le gala du PEN fut un grand moment d'optimisme et nous avions le moral mais les nouvelles de nos amis n'étaient guère réconfortantes. Martin avait été incinéré en Floride et Isabel ne savait plus quoi faire de sa vie. Hanif avait récupéré une certaine mobilité des membres mais pas des mains. Il voulait désespérément rentrer en Angleterre mais le centre de kinésithérapie où il voulait aller n'avait pas de place. Paul avait obtenu de mauvais résultats à un test de respiration et ne pouvait donc pas être opéré des parties atteintes de son poumon. Il semblait presque indécent d'être d'humeur positive.

Quelques jours plus tard, j'entendis à nouveau parler de la possibilité d'une négociation de peine de la part du

A. L'hypothèse d'une peine de prison de trente ou quarante ans n'était donc pas irréaliste. Mais il n'y avait rien de sûr.

Tout ce qu'on pouvait faire c'était attendre.

8

TOURNER LA PAGE ?

J'attendais. Le printemps laissa la place à l'été, et au cours de l'été 2023, on aurait dit que la terre elle-même était en feu. Des incendies au Canada teintaient d'orange le ciel de New York et rendaient l'air dangereux à respirer. Des records de chaleur étaient battus à Las Vegas et la température monta en flèche dans la Death Valley. Il commença à y avoir des morts. Je repensai au film de science-fiction de 1961, *Le jour où la Terre prit feu,* dans lequel, en raison d'activités humaines, la Terre sort de son orbite et fonce vers le Soleil. Hier des films de série B, aujourd'hui les gros titres de l'actualité. « La Terre a perdu sa boussole », annonce la BBC qui diffuse des reportages où l'on voit les poissons bouillir dans la mer.

Attendre c'est réfléchir, et réfléchir en profondeur c'est souvent l'occasion de changer d'avis. Ma colère se calmait. Je la trouvais triviale comparée à la colère de la planète. C'était un an après l'attaque et lors de cet anniversaire déplaisant, je compris que trois choses m'avaient aidé à prendre mon parti de ce qui m'était arrivé. La première, c'était le passage du temps. Le temps ne guérit pas toutes les blessures mais il avait atténué la souffrance, et les cauchemars avaient disparu. La deuxième, c'était la thérapie. Mes séances avec mon psychiatre le Dr. Justin Richardson m'avaient aidé plus que je ne saurais le dire. La troisième, c'était l'écriture de ce livre. Ces trois choses ne me permettaient pas de « tourner la page » quoi qu'on entende par là, et à supposer que ce soit seulement possible, mais elles signifiaient que l'attaque pesait moins lourdement qu'avant sur mes épaules. Le résultat c'est que je n'étais plus certain d'avoir envie ou besoin de faire face au A. et de m'adresser à lui lors d'une audience publique. Le « moment Samuel Beckett » ne me semblait plus essentiel.

La procédure judiciaire était d'une lenteur pénible en tout cas. Les semaines passaient et je ne savais toujours pas précisément quand l'affaire serait jugée, aussi bien devant le tribunal d'État que devant la cour fédérale. Finalement, on m'apprit qu'une « audience Huntley » était programmée pour le mois d'août. Une audience Huntley vise à déterminer si le tribunal envisage d'interdire à l'accusation d'utiliser pendant le procès des déclarations que l'accusé(e) aurait pu faire au moment de son arrestation. L'avocat du A., un avocat commis d'office, a-t-il voulu éviter le recours à l'interview (extrêmement compromettante) que le A. avait accordée au *New York Post* ? Quoi qu'il en soit, lors de l'audience, l'avocat a décidé de n'appeler aucun témoin ni de présenter aucune preuve au nom de son client. Le policier Zachary Colbin, celui qui avait arrêté le A., avait bien témoigné. Un journal local rapporta que le A. lui avait dit (à Colbin) qu'il avait un sac caché près de la scène. Colbin lui demanda s'il contenait une bombe, à quoi le A. répondit qu'il n'y en avait pas, il ne contenait que des couteaux. Le sac fut retrouvé et fouillé. Il fut confirmé que les seules armes découvertes étaient des couteaux. Il avait donc apporté avec lui tout un assortiment de couteaux. C'était décidément étrange. Il était déjà assez risqué d'apporter un seul couteau dans l'auditorium. En apporter plusieurs était encore plus risqué. Ne craignait-il pas que l'on fouille les sacs ? Et pourquoi plusieurs couteaux ? Avait-il prévu d'en utiliser plus d'un ? Ou avait-il eu du mal à décider lequel choisir ? Avait-il pris cette décision sur un coup de tête ? Ou était-ce une décision prise au hasard puisqu'il fallait bien en prendre une ? Pensait-il qu'il allait pouvoir les distribuer aux membres du public en les invitant à se joindre à lui ? Je n'ai pas de réponses à ces questions. En tout cas, aucune décision ne fut prise en faveur de l'accusé. L'accusation annonça qu'on se dirigeait vers un procès qui se tiendrait en 2024 à une date non spécifiée.

« Est-ce que cela veut dire, demandai-je à Nic, qu'il n'y aura pas de demande d'aménagement de peine et qu'un procès en bonne et due forme va bien avoir lieu et que j'y serai appelé comme témoin ?

— Probablement pas, supposa Nic. Mr. A. devrait probablement continuer à reconnaître sa situation réelle et plaider coupable dans les deux procès. »

Très bien. Bien sûr j'irai témoigner s'il le faut. Mais j'ai maintenant l'impression qu'il s'agit d'un devoir civique, et plus d'un moyen de satisfaire un besoin.

Pourquoi avais-je changé d'avis ? Pourquoi le « moment Samuel Beckett » me semblait-il moins nécessaire que peu de temps auparavant ? N'y avait-il pas quelque chose d'agréablement dramatique dans l'idée de la victime d'une tentative de meurtre, moi, allant faire face à l'homme qui avait essayé de la tuer ? N'allais-je pas trouver à coup sûr quelque chose d'important à dire à mon meurtrier raté ? Était-ce le pur surréalisme de la scène qui m'attirait, à un certain niveau, moi l'auteur de tant de scènes surréalistes ? Ne serait-ce pas bon pour moi ?

La réponse était simple. Plus je retrouvais, pas à pas, la vie « ordinaire » ou « réelle », moins j'avais de goût pour cet épisode « extraordinaire », « irréel ». Ce qui m'importait à présent, c'était de *continuer* d'écrire le chapitre suivant du livre de la vie. L'attaque me semblait une grande tache d'encre rouge répandue sur une page précédente. C'était sale, mais cela ne gâchait pas tout le livre. On pouvait tourner la page et continuer.

Je décidai que si en fin de compte je devais me rendre au tribunal et témoigner, je lui dirais à peu près ceci :

« Nous voici face à face : l'homme qui a failli tuer un écrivain désarmé de soixante-quinze ans, et ce même écrivain aujourd'hui âgé de soixante-seize ans qu'il n'a pas réussi à assassiner. Et, non sans une certaine surprise, je m'aperçois que j'ai très peu de choses à vous dire. Nos vies se sont touchées, l'espace d'un instant, puis se sont séparées. Depuis ce jour, la mienne n'a cessé de s'améliorer, tandis que la vôtre s'est dégradée. Vous avez parié sur le mauvais numéro et vous avez perdu. C'est moi qui ai eu de la chance.

« Les gens qui croyaient bien vous connaître vous ont décrit comme quelqu'un qui n'aurait fait de mal à personne. Mais ils ne vous connaissaient pas aussi bien qu'ils le pensaient. Vous êtes ici démasqué et montré pour ce que vous êtes, un aspirant assassin et un assassin incompétent. Vous avez trompé ces gens sur votre nature véritable. Mais vous ne tromperez plus personne. Vous êtes ici nu aux yeux du monde.

« Pendant les dizaines d'années de prison qui s'étendent devant vous, vous allez peut-être découvrir l'introspection et finir par comprendre que vous avez fait quelque chose de mal. Mais vous savez quoi ? Cela m'est égal. C'est cela, je crois, que je suis venu vous dire devant cette cour. Je ne me soucie pas de vous ni de cette idéologie que vous affirmez représenter et que vous représentez si lamentablement. J'ai ma vie, mon travail et il y a des gens qui m'aiment. C'est tout ce qui m'importe.

« Votre intrusion dans ma vie a été violente et a causé bien des dommages mais aujourd'hui, ma vie a repris son cours et c'est une vie pleine d'amour. Je ne sais pas ce qui emplira votre séjour en prison, mais je suis bien certain que ce ne sera pas l'amour. Et s'il m'arrive jamais de penser à vous dans l'avenir, ce sera avec un haussement d'épaules dédaigneux. Je ne vous pardonne pas. Je ne vous *refuse* pas mon pardon. Vous n'avez tout simplement aucune importance pour moi. Et dorénavant, pour le restant de vos jours, vous n'aurez plus aucune importance pour personne d'autre. Je suis heureux de vivre ma vie et non la vôtre. Et ma vie va continuer. »

*

Je ne pouvais m'empêcher de penser à la perte de mon œil. En dépit du calme que je commençais à ressentir, je ne parvenais pas à l'accepter. Quand j'ai parlé à David Remnick pour le *New Yorker*, je lui ai dit que ce livre ne serait pas écrit à la troisième personne comme mon précédent essai autobiographique *Joseph Anton*, parce que lorsque quelqu'un vous inflige quinze blessures, cela devient une affaire décidément très personnelle. Une histoire à la première personne. Et maintenant, pensai-je, c'est aussi une histoire d'œil. D'autres histoires à propos d'yeux me revenaient à la mémoire. Je repensais au terrible *Homme au sable* d'E. T. A. Hoffmann (complètement différent du personnage de Dream dans *Sandman* de Neil Gaiman) qui lance du sable brûlant au visage des gens puis arrache leurs yeux fondus. J'ai compris, en lisant Hoffmann, que je n'étais pas le seul pour qui la cécité était la pire chose au monde.

Dans le roman de José Saramago, *L'aveuglement*, une épidémie de cécité frappe une ville qui n'est pas nommée, provoquant la désintégration et l'effondrement de l'ordre social, s'ensuivent violence, famine, maladie et terreur. Quand je l'ai lu il y a quelques années, je l'avais trouvé extraordinaire mais j'avais été déçu par son dénouement où l'épidémie de cécité prenait fin de manière aussi soudaine et inexplicable qu'elle avait commencé, et tout le monde retrouvait la vue. J'ai eu les mêmes réserves à propos du dénouement d'un autre célèbre roman évoquant une épidémie, *La peste* d'Albert Camus, dans lequel la peste qui donne son titre au livre finit tout simplement par disparaître. Dans mon nouvel état de borgne, je jugeai ces fins encore moins satisfaisantes qu'auparavant. Les aveugles ou, comme dans mon cas, ceux qui le sont à moitié, savent bien que la cécité ne disparaît pas aussi simplement.

Et puis il y avait Odin qui sacrifia un de ses yeux pour obtenir en échange le droit de boire à la source dont les eaux allaient lui conférer la sagesse divine et la connaissance absolue. Et il y avait le cyclope Polyphème, aveuglé par Ulysse… J'ai relu toutes ces histoires d'yeux dans l'espoir, je suppose, d'y trouver une certaine consolation. Je n'en ai guère obtenu. Je n'avais pas acquis la sagesse divine et même si j'aime beaucoup Capri, l'île du Cyclope, j'avais du mal à m'identifier avec un géant anthropophage et borgne. Malgré la perte d'un œil en commun.

Là où j'ai vraiment trouvé une certaine consolation et même de l'inspiration, ce ne fut pas dans la fiction ou dans la mythologie mais dans une histoire vraie, celle du Nawab de Pataudi et du cricket. Tous les amateurs de cricket, et en tout cas tous les Indiens qui s'intéressent à ce sport, savent que Mansoor Ali Khan, le Nawab ou dirigeant de la minuscule principauté de Pataudi, connu sous le surnom de « Tigre » ou, chez certains Anglais, comme « le Bleu », fut l'un des grands champions de ce sport, un batteur très doué, capitaine de l'équipe indienne, et un personnage infiniment romanesque, marié à une vedette de cinéma, Sharmila Tagore, et père de deux autres vedettes, Saif et Soha Ali Khan. Mais quelques mois avant le début de sa prestigieuse carrière sportive internationale, alors qu'il avait à peine vingt ans, il eut un accident de voiture et perdit l'usage d'un œil. Il était difficile de croire qu'un batteur borgne, même doué de talents exceptionnels, pût faire face aux balles de lanceurs aussi rapides et redoutables que Wes Hall et Charlie Griffiths des West Indies, qui jouaient dans l'équipe indienne adverse. Mais il joua, et même très bien, et fut nommé capitaine – le plus jeune joueur à l'époque à être nommé capitaine d'une équipe nationale de cricket – et ainsi débuta sa glorieuse carrière. Je décidai que le Tigre serait mon modèle. S'il avait réussi à affronter la vitesse féroce des balles de Hall et de Griffiths, je devrais arriver à verser de l'eau dans un verre sans tout renverser, à traverser un passage clouté sans heurter les autres piétons et, en général, à me débrouiller en tant que borgne dans un monde de voyants.

*

Qui suis-je ? Suis-je encore celui que j'étais le 11 août ou suis-je devenu une autre personne ? À certains égards, je suis manifestement diminué. Le moi du 11 août n'aurait jamais pris un sportif pour modèle, aussi doué soit-il. Il est également vrai que d'autres semblent supposer qu'à présent je suis différent. Certains me posent la question : comment ce qui m'est arrivé va-t-il transformer ma façon d'écrire ? L'un d'eux m'a comparé à Nietzsche, qui l'eût cru ? Parce qu'il avait dit, quand il avait commencé à perdre la vue, que sa façon d'écrire en avait été modifiée. On pouvait supposer que la mienne changerait également à la fois sur la forme et sur le fond. Je réagis fermement à cette suggestion : « Je ne pense pas que cela affecte, puisse affecter ou affectera en aucune façon mon style. Le style, la forme ou le langage de tout projet d'écriture, qu'il s'agisse de fiction ou de non-fiction, sont déterminés par les exigences de ce projet, et peuvent varier d'un livre à l'autre, du style le plus baroque au plus épuré… Je ne vois pas en quoi un acte de violence comme celui que j'ai vécu pourrait avoir une influence artistique. » En prononçant cela, je repensai à une chose que j'avais coutume de dire avant le 12 août : « Supposez que vous ignorez tout de moi, que vous venez par exemple de débarquer d'une autre planète, et qu'on vous donne mes livres à lire alors que vous n'avez jamais entendu parler de ma vie ni de l'attaque contre *Les versets sataniques* en 1989. Donc si vous lisez mes livres dans l'ordre chronologique, je ne pense pas que vous puissiez vous dire : "un grand malheur est survenu dans la vie de cet auteur en 1989". Les livres suivent leur propre voyage. » En repensant à cette époque, je me rappelle m'être dit que la fatwa pouvait me faire dérailler, me détruire en tant qu'artiste de deux façons : si je me mettais à écrire des livres « effrayés » ou si je me mettais à écrire des livres « vengeurs ». Les deux options me feraient perdre mon individualité et mon indépendance, elles feraient de moi une simple créature de cette attaque. Elle prendrait possession de moi et je ne serais plus moi-même. La seule véritable issue, le seul moyen de survivre en tant qu'artiste était de reconnaître le chemin littéraire que je suivais, d'accepter le voyage que j'avais choisi et de poursuivre dans cette voie. Cela m'a demandé un effort de volonté. Et voilà qu'à présent on me reposait la question. Qui étais-je ? Allais-je demeurer moi-même ?

Bien des écrivains sont conscients de cette séparation entre la personnalité publique et le moi privé. Il y a longtemps, à Berlin, alors que je prenais un café avec Günter Grass sur Unter den Linden, il m'a dit : « J'ai parfois l'impression d'être double, Günter et Grass. Günter est le mari de ma femme, le père de mes enfants, l'ami de mes amis et il habite chez moi. Grass est quelque part, ailleurs dans le monde, à faire du bruit et causer des ennuis. » Et puis il y a le fameux texte de Jorge Luis Borges *L'auteur*, dans lequel il écrit : « C'est à l'autre Borges que les choses arrivent… Mais je dois persévérer en Borges, non en moi (pour autant que je sois quelqu'un). Pourtant je me reconnais moins dans ses livres que dans beaucoup d'autres ou que dans le raclement laborieux d'une guitare... Je ne sais pas lequel des deux écrit cette page[1]. »

Et un cas extrême mais apparenté. Graham Greene a découvert qu'il avait un alter ego, un faux double qui évoluait dans un milieu social pas très différent du sien et qui prétendait être le vrai Graham Greene. Il recevait des messages d'inconnues qui évoquaient leurs rencontres romantiques, voyait dans les journaux des photos de l'autre Greene dans des endroits où il ne se trouvait pas au moment où elles avaient été prises. Une fois, au Chili, on l'accusa d'être le faux Greene. Ils ne se sont jamais rencontrés, le vrai et l'autre, mais on raconte qu'un jour Greene arriva dans un hôtel et découvrit que l'autre Graham Greene venait tout juste de le quitter.

Depuis 1989, j'ai toujours été gêné par les nombreux autres Rushdie qui circulent dans le monde. Moi aussi je suis à la fois « Salman » et « Rushdie ». Il y a le Rushdie démoniaque inventé, je dois le dire, par les musulmans, c'est ce Rushdie-là que le A. croyait vouloir tuer. Il y a le Rushdie arrogant, égocentrique, inventé à l'époque par les tabloïds britanniques (celui-là apparemment a l'air de se faire plus discret). Il y a Rushdie le fêtard. Et à présent, après le 12 août, il y a le « bon Rushdie » à l'image plus sympathique, le quasi-martyr, le symbole de la liberté d'expression, mais même celui-là a des points communs avec tous les « mauvais Rushdie ». Il a très peu à voir avec le Salman qui se trouve chez lui, le mari de sa femme, le père de ses fils, l'ami de ses amis, à s'efforcer de surmonter ce qui lui est arrivé, à essayer encore d'écrire ses

1. Jorge Luis Borges, *L'auteur et autres textes*, traduit de l'espagnol par Roger Caillois, Gallimard, 1982.

livres. Et tous détournent l'attention des livres eux-mêmes. D'une certaine façon, ils rendent *superflue* la lecture des livres. Et c'est là, selon moi, le plus grave dommage que j'ai subi, à la fois avant le 12 août et à cause du 12 août. Je suis devenu un drôle d'oiseau, célèbre non pas tant pour mes livres que pour les tribulations de mon existence. La bonne réponse à la question « en quoi cela va-t-il affecter votre écriture ? » est : cela va affecter la façon dont mon écriture est lue. Ou pas lue. Ou les deux à la fois.

Quoi qu'il en soit, il me faut accepter d'être à la fois « Salman » et « Rushdie », conserver l'optimisme nécessaire à la création de fictions, espérer que mes romans continueront à trouver des lecteurs (à supposer que je continue à trouver des idées de romans), et en plus conserver la volonté de me battre pour la bonne cause. Si le destin m'a transformé en Rushdie icône de la Liberté d'Expression, une sorte de poupée Barbie vertueuse amoureuse de la liberté, alors j'assumerai ce sort. C'est peut-être cela que signifie pour moi « tourner la page » : accepter la réalité et continuer à aller de l'avant à travers cette réalité.

*

Immédiatement après les assassinats de *Charlie Hebdo*, j'écrivis ceci : « La religion, forme médiévale de l'irrationalité, associée à l'arsenal moderne devient une menace réelle pour nos libertés. Le totalitarisme religieux a provoqué une mutation mortelle au cœur de l'islam et nous en voyons les tragiques conséquences aujourd'hui à Paris. Je suis solidaire de *Charlie Hebdo* et nous devons tous l'être afin de défendre l'art de la satire qui a toujours été une force de liberté et une arme contre la tyrannie, la malhonnêteté et la stupidité. Le "respect de la religion" est devenu un mot de passe signifiant la "peur de la religion". Les religions, comme toutes les autres idées, méritent la critique, la satire et même notre irrévérence intrépide. »

Dans le cas de l'attaque du A. contre moi, je remplacerais le mot « arsenal » par « technologie », parce que si un couteau n'a rien de moderne, le A. est un pur produit des nouvelles technologies de notre âge de l'information que l'on pourrait plus justement appeler l'« âge de la désinformation ». Les géants qui fabriquent la pensée de groupe, YouTube, Facebook, Twitter et les jeux vidéo violents ont été ses maîtres. Si l'on ajoute à cela une personnalité malléable qui a trouvé dans la pensée de groupe de l'islam radical la structure identitaire dont il avait besoin, on obtient quelqu'un qui a failli devenir un assassin.

John Locke écrit : « Les actions des hommes ont toujours été pour moi les meilleurs interprètes de leurs pensées[1]. » L'attaque au couteau nous enseigne tout ce que nous devons savoir de la vie intérieure du A. Le procès peut bien avoir lieu quand il aura lieu. J'y témoignerai si on me le demande. La sentence sera ce qu'elle sera. Pour moi cela n'a plus tellement d'importance.

*

Treize mois après l'attaque, je suis retourné à Chautauqua. J'avais décidé que c'était important pour moi, que j'avais besoin de revenir sur la scène de crime et de sen-

1. John Locke, *Essai sur l'entendement humain*, traduction de Jean-Michel Vienne, Vrin, 2002.

tir que je m'y tenais debout, en bonne santé et vigoureux – ou du moins en relative bonne santé et moins faible qu'avant –, à l'endroit même où je m'étais écroulé et où j'avais failli mourir, où la Mort m'avait visé et m'avait raté (de peu). J'espérais en faire un rite de résilience qui m'aiderait à dépasser cette terrible journée.

« Je t'accompagne, dit Eliza. Cette fois, je ne te laisse pas faire le voyage tout seul. »

À mesure que la date du voyage approchait, le projet commençait de temps en temps à m'oppresser. Mon esprit revenait à ce jour passé et de fortes émotions que je croyais avoir surmontées refaisaient surface. À d'autres moments, j'étais beaucoup plus apaisé. Je me disais que peut-être j'allais réagir au fait de me retrouver dans cet amphithéâtre d'un simple haussement d'épaules. *Ouais, c'est arrivé ; mais c'était hier et nous sommes aujourd'hui. Il n'y a rien à voir ici. Allons-nous-en.* Je demandai à Eliza si elle se sentait bizarre à l'approche de cette visite. « Bien sûr. C'est naturel. » Je lui avouai que je ne savais pas à quel point cela allait m'affecter, profondément, très violemment ou un peu entre les deux. « Je me sens d'humeur changeante », dis-je. Cela aussi, c'était peut-être normal.

« On ne peut pas savoir à l'avance, dit Eliza. On ne peut qu'y aller et voir ce qui se passe. »

J'avais évoqué avec Shannon Rozner, première vice-présidente de l'Institution, mon souhait de revenir sur place et elle s'était montrée compréhensive et obligeante. La première date qui convenait à tous était, étrangement, le 11 septembre, le vingt-deuxième anniversaire d'une autre attaque terroriste bien plus importante et qui a changé la face du monde. Mon histoire personnelle était et reste peu de chose en comparaison de cette horreur. Mais elle fait partie de la même histoire, l'histoire de la violence terroriste religieuse. Le 11-Septembre nous a appris qu'un avion pouvait aussi être un couteau. Ces avions, le vol 11 d'American Airlines et le vol 175 de United Airlines, ont tranché comme des lames mortelles le corps de leurs cibles, les Twin Towers, et des milliers d'êtres humains, à l'intérieur de ces géantes assassinées, ont eu moins de chance que moi.

Je me souviens d'un épisode de la bande dessinée *Doonesbury* où un personnage dit à un autre : « Tu sais, le 10 septembre me manque vraiment. » Cette phrase, qui évoque si tendrement l'innocence perdue et même un monde perdu, est restée gravée en moi et aujourd'hui je me surprends à penser : « Tu sais, le 11 août me manque vraiment. » J'avais follement envie d'être, encore une fois, ce type insouciant qui contemplait la pleine lune au-dessus du lac, un écrivain dont un nouveau roman allait bientôt paraître et un homme amoureux. Était-ce là ce que ce voyage de retour voulait faire renaître ? Non une façon de « tourner la page », mais le désir encore plus profond d'un passé irrémédiablement perdu, ce passé dont le couteau m'avait séparé, laissant une douleur à laquelle il n'y avait aucun remède ? Peut-être allais-je à Chautauqua pour être confronté à cette idée insupportable que partagent tous les humains, qu'hier ne reviendra jamais.

« On ne peut pas savoir à l'avance. On ne peut qu'y aller et voir ce qui se passe. »

À cinq heures du matin, le 11 septembre, notre vol fut annulé. Eliza et moi avions beaucoup réfléchi à cette visite pour nous y préparer et cette annonce fut un vrai choc. Mais des chocs, nous en avions connu de bien pires l'année passée et nous y avions survécu. Nous prîmes nos dispositions pour un voyage la semaine suivante et curieusement, la nouvelle date nous parut à l'un comme à l'autre moins angoissante que la première.

Peu avant notre départ, j'appris que le A. avait renoncé à la négociation de peine, à la perplexité générale. Les deux procès, au niveau de l'État et au niveau fédéral, allaient donc, selon toute probabilité, se tenir. Peut-être ne réfléchissait-il pas rationnellement puisqu'il n'en demeurait pas moins que plus de mille personnes l'avaient vu commettre l'acte qu'il prétendait ne pas avoir commis. Peut-être allait-il plaider la folie ? Ou peut-être voulait-il pendant quelques jours épater la galerie au tribunal, en jouant au héros radical à destination d'un public lointain ? Peut-être allait-il, une fois de plus, changer d'avis ? « Fais ce que tu veux, pensai-je. Tu suis ton chemin et moi, le mien. »

*

Le lundi 18 septembre tombait un an, un mois et une semaine après mon précédent voyage à Chautauqua. Nous nous sommes éveillés tous les deux très calmes et « normaux ». Je me faisais plus de soucis pour Eliza que pour moi-même. Elle n'avait jamais été à Chautauqua, elle allait donc voir l'amphithéâtre pour la première fois et je savais que cela allait susciter chez elle des sentiments violents. Mais elle insista, trouvant que c'était une excellente idée de s'y rendre. « Cela va aller, dit-elle, en fait je suis plus inquiète pour toi que pour moi. »

Dans l'avion il me vint l'envie de voir où se trouvait la prison du comté de Chautauqua, là où le A. était incarcéré. Chautauqua County Jail. Si ce n'était pas très loin de notre destination, me dis-je, j'aimerais y aller, juste pour la voir et en fixer l'aspect dans mon imagination. J'appris qu'il n'y avait qu'un court trajet entre les deux endroits, moins de deux minutes. « Allons-y », dis-je à Eliza. Après une brève hésitation, elle accepta.

Le temps, ce jour-là, était curieusement de bon augure. Le matin à New York il avait beaucoup plu mais quand nous sommes arrivés à Buffalo, et pour le reste de notre visite, le soleil brillait, la journée était devenue magnifique, tout comme celles des 11 et 12 août, un an auparavant. C'était comme si l'univers avait décidé de recréer, dans notre intérêt, les conditions de ma première visite. Si la journée avait été venteuse et pluvieuse à Chautauqua notre expérience aurait été différente, plus sombre, plus sinistre, moins détendue. Mais ce fut un ciel bleu qui nous accueillit et maintint notre moral au beau fixe. (Plus tard, sur le chemin du retour vers l'aéroport, les nuages s'amoncelèrent et il se remit à pleuvoir à verse. C'était comme au théâtre, le rideau de la journée s'était levé à notre arrivée et il retombait après notre départ.)

Nous traversâmes des petites villes et des villages idylliques dont l'aspect charmant n'était gâché que par quelques affiches en faveur de Trump. Leurs noms défilaient, Seneca, sur le territoire originel du peuple Seneca qui faisait partie de la Confédération iroquoise ; Angola, ainsi nommé parce qu'au XIXe siècle sa population avait soutenu des activités missionnaires en Afrique ; Eden, la « Ville Jardin » ; Dunkirk, ainsi nommé d'après la ville de Dunkerque en France bien avant la Seconde Guerre mondiale. Et ma préférée, Freedonia. Comme n'importe quel mordu de cinéma pourrait vous le dire, Freedonia est le nom du pays imaginaire dont Groucho Marx devient le président dans ce classique des Marx Brothers de 1933, *La soupe au canard.* Des bribes de dialogues du film me revinrent en mémoire et me firent sourire. C'était bon d'avoir quelques bêtises en tête en pareil moment.

« Enfin, un enfant de quatre ans pourrait comprendre ce rapport. Foncez me chercher un enfant de quatre ans. Pour moi ça n'a ni queue ni tête. »

Mais un autre nom approcha sur un panneau routier. « Érié, 32 kilomètres de la Pennsylvania Line. » Cela évoqua de pénibles souvenirs de l'hôpital de Hamot et jeta un nuage obscur sur cette matinée.

Eliza m'avoua plus tard, quand nous fûmes de retour à New York, que dans l'avion elle avait été la proie de pénibles souvenirs qui lui revenaient de son voyage vers Érié le jour de l'attaque, avec ces mots horribles qui lui résonnaient aux oreilles. *Il ne va pas s'en sortir.* Elle s'était efforcée de détourner ses pensées de son souvenir pour se concentrer sur la journée présente et tout ce qu'elle signifiait pour nous deux.

*

La prison consistait en un petit ensemble de bâtiments de briques rouges qui n'avait rien de remarquable. À gauche se trouvaient les locaux de la police. Les cellules étaient à droite. Je pris une photo que j'envoyai à Sameen, elle me répondit : « Cela paraît tellement banal. » C'était vrai. Mais cela eut sur moi un effet inattendu. En regardant le bâtiment, en essayant de m'imaginer le A. dans sa tenue blanc et noir de prisonnier quelque part à l'intérieur, je me sentis bêtement heureux et j'eus envie, de manière absurde, de danser. « Arrête ça, me dit Eliza, je veux te prendre en photo devant cet endroit et tu ne devrais pas être en train de sautiller en souriant. » Nous ne nous sommes pas attardés. Ce n'était pas nécessaire. Mais j'étais heureux d'avoir vu l'endroit où mon aspirant meurtrier, c'est ce que j'espérais et que j'attendais, allait passer une bonne partie de sa vie.

*

En plein soleil, l'Institution de Chautauqua apparaissait sous son meilleur jour. Tout était très calme. La saison était terminée et les quelque dix mille personnes qui avaient participé aux événements de la session estivale étaient reparties, laissant derrière elles environ quatre cents résidents permanents. Le lac Chautauqua scintillait à l'arrière-plan et les arbres étaient encore verts mais marqués çà et là par une touche dorée. Je voyais l'endroit où je m'étais tenu le soir et où j'avais pris une photo de la pleine lune.

Nous fûmes accueillis par Shannon Rozner et Michael Hill, président de l'Institution. Je compris que pour eux, comme pour nous, c'était un moment extrêmement émouvant.

« J'ai pensé à vous tous les jours depuis ce qui s'est produit », dit Michael et sa voix se brisa. « Je suis tellement, tellement désolé.

— Je suis heureux de me retrouver ici plus ou moins en un seul morceau, dis-je.

— C'est si beau, ici, dit Eliza.

— J'ai beaucoup pensé à la contradiction entre la beauté et le calme de cet endroit et la violence répugnante de cet événement, dis-je. D'une certaine façon, la splendeur du décor rend le crime encore plus choquant.

— Exactement, répondit Michael. Et je suis si heureux de vous voir en aussi bonne forme. Nous le sommes tous. »

Puis le moment arriva. Nous pénétrâmes dans l'amphithéâtre par la même porte arrière que j'avais franchie un an auparavant, nous nous arrêtâmes dans les coulisses où j'avais rencontré la mère d'Henry Reese et où on m'avait remis mon chèque, ce chèque taché de sang qui était maintenant une preuve entre les mains de l'accusation. Je voyais qu'Eliza était extrêmement émue. Je l'étais aussi. Mais nous étions là pour faire ce que nous étions venus faire. On ouvrit les portes et nous montâmes sur la scène pour fixer les rangs de sièges vides qui nous fixaient en retour.

La scène aussi était vide, de longues lattes en bois verni. Je m'efforçai de faire revivre le moment pour Eliza : « Il y avait deux sièges, pour Henry et pour moi, lui expliquai-je, à peu près *ici* et *là*, et le micro sur pied qu'a utilisé Sony Ton-Aime pour me présenter devait être *ici*. Et le A., la première fois que je l'ai vu, devait avoir bondi d'un siège au milieu de la rangée de droite. *Là*. Il est arrivé en courant, il a monté ces marches *ici*. Et puis l'attaque. Et quand je suis tombé, c'était à peu près *là*. *Ici* exactement. »

Je faisais ce que j'avais voulu faire et qui m'avait paru nécessaire : je me tenais à l'endroit même, ou ce que je considérais comme le lieu exact, où je m'étais écroulé. J'éprouvai, je l'avoue, une petite pointe de triomphe à être là. Je me rappelai, mais m'abstins de les réciter, les vers d'*Invictus* de W. E. Henley : « Sous les coups du hasard / Ma tête saigne mais reste droite. »

« Après, dis-je à Eliza, on m'a emmené *ici* et ensuite, je ne sais au bout de combien de temps, on m'a transporté sur le brancard en direction de l'hélicoptère qui avait dû se poser quelque part *par là.* »

Michael dit : « Nous avons amené l'ambulance juste devant la porte de derrière, voici la porte par laquelle on vous a emmené. »

Les gens de Chautauqua, très gentiment, nous laissèrent seuls dans cet espace immense et pendant un bon moment, nous n'avons désiré qu'une seule chose, rester enlacés. Nous étions là, nous serrant fort tous les deux et nous disant l'un à l'autre *tout va bien. C'est bien que nous soyons venus. Nous sommes ensemble. Je t'aime. Moi aussi je t'aime. C'était important de le faire.*

Je voyais que c'était pénible pour Eliza d'être là mais, en même temps, cela lui faisait du bien parce que, dit-elle, à présent elle savait comment ça s'était passé, à quoi tout cela avait ressemblé, elle n'avait plus à l'imaginer. Quand on lui avait dit : « Voici la porte par laquelle on l'a évacué », elle avait eu du mal à le supporter mais elle avait tenu le coup. Nous avions tenu le coup tous les deux. J'étais très heureux de sa présence. Nous nous sommes serrés dans les bras en nous disant, sans parler, que nous étions là l'un pour l'autre, que nous étions sortis du cauchemar et que tout allait bien. Cela aurait été totalement différent, plus triste, moins positif, moins revigorant si j'étais venu seul.

Quant à moi, il me fallut un certain temps pour comprendre ce qui m'arrivait.

Au début j'étais distrait de mes propres sentiments par le souci de décrire la scène à Eliza, et par l'inquiétude que j'avais de son bien-être. Mais tandis que nous nous tenions là, dans le calme, je sentis que, d'une certaine façon, un fardeau m'était enlevé, et le meilleur mot que je puisse trouver pour décrire cette sensation c'est *légèreté*. Un cercle se refermait, j'avais accompli ce pour quoi j'étais venu ici, je faisais la paix avec ce qui m'était arrivé, je faisais la paix avec ma vie, je me tenais debout à l'endroit où j'avais failli être tué, vêtu, je dois vous le dire, de mon *nouveau* costume Ralph Lauren et je me sentais... entier.

« Je vois que cela t'a fait du bien, dit Eliza, et cela m'en a fait aussi. »

Je repensai à la question que je m'étais posée après l'attaque : « Notre bonheur pourrait-il survivre à pareil coup ? » Debout ici, sur la scène de l'amphithéâtre de Chautauqua, je connaissais la réponse. Oui nous avions reconstruit notre bonheur, même s'il n'était pas parfait. Même par cette journée de ciel bleu, je savais que ce n'était plus le ciel sans nuages que nous avions connu. C'était un bonheur blessé, et il y avait, il y aurait peut-être toujours une ombre dans un coin du tableau. C'était néanmoins un bonheur solide, et alors que nous nous serrions dans les bras, je savais que cela suffirait.

« Nous n'avons plus rien à faire ici, dis-je à Eliza en lui prenant la main. Rentrons chez nous. »

DISPONIBLE
ÉCOUTEZ LIRE
EN LIVRE AUDIO

Découvrez la version audio avec ce QRcode.

Composition : Nord Compo
Achevé d'imprimer
par CPI Firmin-Didot
à Mesnil-sur-l'Estrée, en mars 2024
Dépôt légal : mars 2024
Numéro d'imprimeur : 179093

ISBN : 978-2-07-303398-7/Imprimé en France

612420